AGATHA CHRISTIE EDITOR'S CHOICE

AND THEN THERE WERE NONE

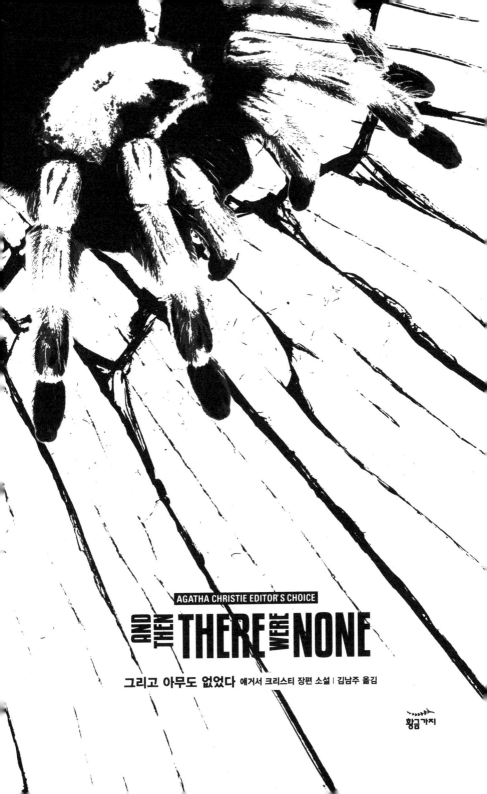

AGATHA CHRISTIE EDITOR'S CHOICE

AND THEN THERE WERE NONE

그리고 아무도 없었다 애거서 크리스티 장편 소설 | 김남주 옮김

황금가지

AND THEN THERE WERE NONE
by Agatha Christie Mallowan

나는 한국에서 우리 할머니의 작품을 정식으로 출간한다는 소식을 듣고 무척 기뻤다. 할머니가 1920년부터 1970년 무렵까지 오랜 세월에 걸쳐 집필한 작품들은 21세기인 지금 읽어도 신선하고 재미있다. 등장 인물들이 워낙 자연스러워서 요즘 사람들과 다를 바 없고 이들이 등장하는 상황과 장소가 전 세계 사람들의 애정과 향수를 자극하기 때문이다. 한국 독자들은 이번에 새로 나온 정식 한국어 판을 통해 그 동안 접하지 못했던 애거서 크리스티의 일부 작품들을 읽을 수 있을 것이다. 덕분에 한국에 새로운 세대의 애거서 크리스티 팬들이 탄생할지도 모르겠다는 생각을 하면 가슴이 벅차다.

애거서 크리스티는 대표적인 두 명의 주인공으로 기억되는 작가이다. 14권의 작품에 등장하는 마플 양은 영국의 작은 시골 마을에서 평온한 나날을 보내며 뜨개질과 수다로 소일하는 미혼의 할머니이지만, 놀라운 기억력과 날카로운 두뇌 회전으로 주변에서 벌어진 살인 사건을 해결한다.

그리고 마플 양과 상반되는 성격을 지닌 에르퀼 푸아로는 자신만 만하고 콧수염을 포함한 자신의 외모와 벨기에라는 국적에 대한 자부심이 상당하다. 그는 이집트와 이라크를 비롯한 세계 각지에서 수수께끼를 해결하며 『오리엔트 특급 살인 *Murder On The Orient Express*』, 『나일 강의 죽음 *Death On The Nile*』, 『애크로이드 살인 사건 *The Murder Of Roger Ackroyd*』 등 애거서 크리스티의 여러 대표작에 모습을 드러낸다.

황금가지의 대담하고 참신한 표지와 전반적인 디자인 덕분에 작품의 성격이 잘 살아난 것 같아 기쁘다. 또한 한국 독자들이 할머니의 원작이 지닌 참된 묘미를 느낄 수 있도록 충실한 번역을 위해 애써 준 점도 높이 사고 싶다.

할머니의 작품이 20세기의 그 어떤 작가들보다 많이 팔리고 있는 이유는 나이와 국적에 상관없이 읽을 수 있는 재미와 감동을 갖추었기 때문이다. 모쪼록 한국 독자들도 황금가지에서 선보이는 애거서 크리스티 작품들을 즐겁게 감상하기를 바란다.

매튜 프리처드

애거서 크리스티의 손자

ACL 이사장

차례

제1장

I

최근 판사직에서 물러난 워그레이브 판사는 흡연자용 일등칸 구석에 앉아 담배를 피우며 흥미로운 눈길로 《타임스》의 정치면을 훑어보고 있었다.

그는 신문을 내려놓고 창밖으로 눈길을 던졌다. 기차는 서머셋을 지나고 있었다. 그는 손목 시계를 보았다. 앞으로 두 시간을 더 가야 했다.

그는 여러 신문에 게재되었던 병정 섬에 대한 기사를 떠올렸다. 원래 그 섬은 요트에 미친 어떤 미국인 백만장자의 소유였다. 그는 데번 해안에서 멀지 않은 그 작은 섬에 호화로운 현대식 저택을 세웠다. 그런데 안타깝게도 그의 세 번째 아내가 배 타는 것을 즐기지 않았기 때문에 그 저택과 섬이 매물로 나온 터였다. 여러 신문에 요란스러운 광고가 몇 차례 실렸다. 그러더니 그 섬이 '오웬'이라는 사람에게 팔렸다는 짤막한 기사가 나왔다. 그것을 필두로 여러 가지 추측 기사가 난무하기 시작했다. 병정 섬을 산 오웬이란 사람은 사실 할리우드의 영화 배우인 가브리엘 터를 양으로, 그녀는 사람들의 눈을 피해 1년 중 몇 달을 그 섬에서 지낼 계획이라는 기사도 있었다. 《비지 비》에서는 그 섬이 영국 왕실의 별장이 될지도 모른다는 추측을 조심스럽게 내비쳤고, 《미스터 메리웨더》에서는 그 섬이 신혼 여행을 위해서 매입된 것이라고 했다. 젊은 L경이 마침내 큐피드의 화살을 맞았다는 것이다. 《조너스》에서는 사실이라고 단언하면서 그 섬은 일반에 알려져서는 안 될 실험을 위해 영국 해군 본부에서 구매한 것이라고 떠들어 댔다.

병정 섬은 분명 대단한 뉴스거리였다!

워그레이브 판사는 주머니에서 한 통의 편지를 꺼냈다. 필적은 거의 알아볼 수 없었지만, 뜻밖에도 군데군데 명확히 알아볼 수 있는 단어들이 있었다.

친애하는 로렌스…… 오랫동안 당신 소식을 듣지 못했…… 병정 섬에 꼭 와 주었으면…… 그 어느 곳보다도 아름다운…… 함께 이야기하고 싶은 게 너무 많고…… 지난날들을…… 자연과 더불어…… 태양 아래서…… 패딩턴발 12시 40분 열차를 타고 오면…… 오크브리지 역에 마중을……

그리고 발신자는 '변함없는 당신의 친구 콘스탄스 컬밍턴'이라는 장식체의 서명을 남겨 놓았다.

워그레이브 판사는 레이디 콘스탄스 컬밍턴을 마지막으로 본 것이 정확히 언제였던가 기억을 뒤졌다. 7년, 아니 8년 전의 일인 듯했다. 당시 그녀는 태양 아래서 일광욕을 즐기고, 자연 속에서 콘타디니('농부들'을 뜻하는 이탈리아 어―옮긴이)와 하나가 되기 위해 이탈리아로 가고 있었다. 후에는 더욱 강렬한 태양 아래서 일광욕을 즐기고, 자연 속에서 베두인 족과 하나가 되기 위해 시리아로 가는 중이라는 소식이 들려왔다.

'콘스탄스 컬밍턴이야말로 섬을 사들여 베일에 싸인 생활을 할 만한 여자지.'

자신의 생각에 만족해 가볍게 고개를 끄덕이던 워그레이브 판사는 그대로 졸기 시작했다.

그는 잠 속으로 빠져들어 갔다.

II

다른 다섯 승객과 함께 삼등칸에 타고 있던 베라 클레이슨은 머리를 뒤로 기대고 두 눈을 감았다. 기차로 여행하기에는 정말 더운 날씨였다! 바다에 도착하면 너무나도 상쾌할 것 같았다. 이 일자리를 얻게 된 것은 정말이지 행운이었다. 휴가철엔 대개 많은 아이들을 돌봐야 하는 일자리뿐이었다. 비서 일자리는 보통 때보다 훨씬 구하기 어려워서 인력 기관에서도 별로 기대하지 말라고 했다.

그런데 그 편지가 도착했다.

여성 인력 기관에서 당신을 추천하였습니다. 그곳에서는 당신을 개인적으로 알고 있다고 하더군요. 당신이 요구하는 급료를 기꺼이 지불하겠으니, 8월 8일부터 일을 시작해 주셨으면 합니다. 패딩턴발 12시 40분 기차를 타시고 오크브리지 역에 내리시면 사람이 기다리고 있을 겁니다. 비용으로 5파운드를 동봉합니다.

유너 낸시 오웬

스탬프로 찍힌 주소는 '데번 주 스티컬헤이번의 병정 섬'으로 되어 있었다.

병정 섬이라니! 아니, 최근 여러 신문에서 떠들어 댔던 바로 그 섬 아닌가! 온갖 종류의 암시와 흥미진진한 소문이 나돌았다. 대개는 사실과는 거리가 먼 것일 테지만 어떤 백만장자가 그곳에 저택을 세운 것은 분명했다. 그리고 그 저택은 단연코 호사스럽기 이를 데 없을 거라고들 했다.

최근 힘겨운 교사 근무로 지쳐 있던 베라 클레이슨은 생각했다.

'삼류 학교 교사로는 별 볼일이 없어. 괜찮은 학교에 자리를 구할 수만 있다면…….'

그러다가 심장에 차가운 기분을 느끼며 생각을 고쳐먹었다.

'하지만 이런 일자리를 얻게 된 것만도 다행이야. 검시관의 심문

을 받은 적이 있는 사람은 다들 꺼리잖아! 무혐의로 풀려났다 해도 말이야.'

심지어 검시관은 그녀의 침착함과 용기를 칭찬하기까지 했다. 그런 심문에 그 이상 잘 대처할 수는 없을 터였다. 게다가 해밀턴 부인도 너무나도 친절하게 대해 주었다. 다만 휴고는 그렇지 않았다. 하지만 그녀는 휴고 생각은 하지 않으리라.

기찻간의 후끈거리는 열기에도 불구하고 문득 그녀는 부르르 몸을 떨었다. 그러고는 지금 가는 곳이 바닷가가 아니면 좋았을 거라고 생각했다. 하나의 영상이 머릿속에 또렷하게 떠올랐다. 바위를 향해 헤엄쳐 가는, 떠올랐다 가라앉고, 떠올랐다 가라앉는 시릴의 머리……. 떠올랐다 가라앉고…… 떠올랐다 가라앉고……. 이윽고 편안하고 숙련된 자세로 그를 향해 헤엄치기 시작하는 자신. 물살을 가르면서도 그녀는 자신이 그곳에 닿기 전에 시릴이 물에 빠져 죽고 말리라는 것을 너무나도 잘 알고 있었다…….

그 바다. 그 깊고 따뜻한 푸르름. 모래 위에 누워서 보내던 아침나절. 휴고, 자신을 사랑한다고 했던 휴고…….

휴고 생각을 해서는 안 됐다…….

그녀는 두 눈을 뜨고 앞자리에 앉아 있는 남자를 보고는 눈살을 찌푸렸다. 갈색 피부, 다소 좁아 보이는 미간에 연한 눈빛, 잔인한 입매를 한 키 큰 사내였다.

그녀는 생각했다.

'저 사람은 뒷골목에서 잔뼈가 굵은 것 같아…….'

III

필립 롬바드는 재빠른 눈길로 앞자리의 여자를 흘끗 바라보면서 생각했다.

'그런 대로 매력적이군. 어딘가 여선생처럼 딱딱하고 까다로운 냄새가 나.'

냉정한 성격일 거야. 그렇지 않을까 싶었다. 자신을 통제할 줄 아는 형, 사랑에 있어서나 싸움에 있어서나. 그는 그녀와 어쩐지 겨뤄보고 싶었다……

그는 얼굴을 찌푸렸다. 안 돼, 그런 짓거리는 그만두자. 이건 일이었다. 일에 정신을 집중시켜야 했다.

정확히 어떤 일일까? 그는 자문했다. 그 작달막한 유태인은 정말 짜증날 만큼 수수께끼 같은 인물이었다.

"할 건지 말 건지 결정하시오, 롬바드 대위."

롬바드는 생각에 잠긴 채 물었다.

"100기니라고, 하?"

그는 100기니 정도는 대수롭지 않다는 듯 무관심을 가장하며 물었다. 글자 그대로 끼니를 잇기가 힘든 참에 100기니라니! 하지만 그는 그 작달막한 유태인을 속일 수 없다는 사실을 깨달았다. 빌어먹을, 그게 바로 유태인의 강점이 아니던가. 돈 문제에서 유태인을 속일 수는 없었다. 그들은 훤히 알고 있는 것이다.

롬바드는 다시 아무렇지도 않은 말투로 물었다.

"게다가 좀 더 자세하게 말해 줄 수도 없나?"

아이작 모리스는 머리카락이 빠져 버린 작은 머리를 단호하게 내저었다.

"말해 줄 수 없소, 롬바드 대위. 비밀이 이 일의 핵심이오. 내 고객은 당신이 곤란한 상황에서 능력을 발휘한다는 걸 알고 있소. 나는 당신이 데번 주 스티컬헤이번에 가는 대가로 100기니를 지불하는 것뿐이오. 가장 가까운 역은 오크브리지요. 그곳에서 마중 나온 사람을 만나 자동차로 스티컬헤이번까지 가면 모터보트가 당신을 병정 섬으로 데려다줄 거요. 그곳에서 내 고객의 지시에 따르면 되는 거요."

그러자 롬바드는 불쑥 물었다.

"얼마나 걸리는 일입니까?"

"길어도 일주일을 넘지 않을 거요."

숱이 적은 콧수염을 만지작거리며 롬바드 대위가 대답했다.

"내가 아무 일이나 하는 사람이 아니란 건 알고 있을 겝니다만? 뭐, 불법적인 일이라든가?"

그렇게 말하면서 그는 날카로운 눈길로 상대를 쏘아보았다. 모리스는 셈 족 특유의 두꺼운 입술에 희미한 미소를 띠며 무게 있는 어조로 대답했다.

"불법적인 일을 제안받을 경우, 언제든 그만둬도 좋소."

그 닳아빠진 여우 같은 자식, 그놈은 미소를 지었다! 지난날 롬바드가 합법적인 일만 해 온 게 아님을 분명 잘 알고 있다는 듯한 미소였다…….

롬바드 역시 씩 웃었다.

그렇고말고, 한두 번 위험한 일이 있었다. 하지만 그는 언제나 곤경을 헤쳐 나오곤 했다! 사실 롬바드는 일에 별로 한계를 두는 편이 아니었다…….

그랬다, 그가 거절할 만한, 선을 넘는 일이라고는 그동안 거의 없었다. 그는 병정 섬에 재미있는 일이 기다리고 있으리라고 생각했다…….

IV

금연칸 안에서 에밀리 브렌트는 언제나처럼 반듯한 자세로 앉아 있었다.

예순다섯 살인 그녀는 흐트러진 자세를 용납할 수 없었다. 보수적인 육군 대령이었던 그녀의 부친은 몸가짐에 특히 엄격했다.

요즘 사람들은 부끄러운 줄 모르고 늘어져 있고는 했다. 기차 안에서도 그렇고 모든 일에서도 그랬다…….

엄격한 원칙과 꼿꼿한 분위기로 무장한 채 에밀리 브렌트는 붐비는 삼등칸에 고고한 자세로 앉아 불쾌함과 더위를 견디고 있었다. 요즘에는 너나없이 온갖 일에 법석을 떨고는 했다! 마취 주사를 맞고야 이를 빼고, 잠이 오지 않을 때는 약을 먹고, 언제나 편안한 의자와 쿠션을 원하고, 처녀들은 난잡한 행동을 일삼고 여름 바닷가에서는 거의 벌거벗은 모습으로 누워 있었다.

에밀리 브렌트는 입술을 굳게 다물었다. 그녀는 그런 사람들에게 모범을 보이고 싶었다.

그녀는 작년 여름 휴가를 떠올렸다. 하지만 올해는 사정이 전혀 달라지리라. 병정 섬……

그녀는 수없이 읽고 또 읽은 그 편지의 내용을 머릿속에 떠올렸다.

친애하는 브렌트 양,

저를 기억하시겠어요? 몇 해 전 8월 벨헤이븐 모텔에 함께 묵었지요. 우린 공통점이 많았는데.

저는 데번 해안 부근의 섬에서 직접 모텔 경영을 시작했어요. 점잖고 나이 지긋한 손님을 초대해 소박하고 맛있는 식사로 개업 파티를 열 생각이랍니다. 벌거벗고 돌아다니거나 밤 늦게까지 음악을 틀어놓는 사람은 없을 거예요. 올 여름 휴가를 병정 섬에서 보내 주시면 기쁘겠군요. 비용은 필요없답니다. 제 손님으로 오시는 거니까요. 8월 초순이 괜찮으시겠어요? 8일이 어떨지.

그럼 안녕히 계세요.

U.N.O.

이름이 뭐였더라? 서명의 글씨는 알아보기가 어려웠다. 에밀리 브렌트는 초조하게 생각했다.

'알아볼 수 없는 서명을 하는 사람들이 정말 많다니까.'

그녀는 벨헤이븐 모텔에서 만났던 사람들을 머릿속에 떠올렸다. 그녀는 예전에 두 해 여름을 내리 그곳에서 지냈다. 괜찮은 중년 여자가 있었더랬다. 그 여자, 미스…… 미스…… 그 여자의 이름이 뭐였더라. 그녀의 아버지가 성직자였는데. 올턴 부인, 오먼 부인이었던가? 아니, 올리버였을 거야. 그래, 올리버가 맞아.

병정 섬! 그 섬에 대한 기사가 신문에 났었더랬지. 영화 배우와 관련된 것이었던가, 아니 미국인 백만장자에 대한 것이었던가?

물론 그런 섬들이 헐값에 팔리는 경우가 종종 있었다. 아무에게나 섬이 어울리는 건 아니었다. 섬에서 사는 것을 낭만적으로 생각했다가 정작 그곳에서 살게 되면 불편한 점들을 깨닫고는 얼른 팔아치울 생각만 하게 되는 거였다.

에밀리 브렌트는 생각했다.

'어쨌든 나로서는 공짜로 휴가를 즐기게 되는 셈이야.'

수입은 줄고 여러 가지 배당금을 받지 못하고 있는 그녀에게 그것은 정말 귀가 솔깃한 제안이었다. 다만 그 올리버 부인, 아니 올리버 양이었던가? 그 여자에 대한 것을 좀더 기억해 낼 수 있으면 좋으련만.

V

맥아더 장군은 기차의 차창 밖을 내다보았다. 기차는 막 엑시터 역에 들어서고 있었다. 그 역에서 기차를 갈아타야 했다. 빌어먹을,

이런 느려터진 지선 열차 같으니라고! 직신 거리로 보면 여기에서 병정 섬은 정말 가까웠다.

그는 스푸프 레가드와 조니 다이어 두 사람을 다 알고 있는 그 오웬이라는 사내가 정확히 누구인지 생각해 낼 수가 없었다.

……장군님의 옛 친구도 한둘 올 겁니다. 그 시절에 대해 옛 이야기를 나누는 것은 즐거운 일이 될 겁니다.

그랬다, 그는 옛 이야기를 하는 것이 즐거웠다. 하지만 최근에는 친구들이 웬지 자신을 피하는 것 같았다. 그게 모두 그 빌어먹을 소문 탓이었다! 휴우, 그 점이 무엇보다 견디기 어려웠다. 하지만 벌써 30년 전 일이 아닌가! 아무래도 아미티지가 입을 연 모양이었다. 빌어먹을 풋내기 녀석! 그 일에 대해 녀석이 뭔가 알고 있었던 것일까? 그래, 그런 일에 속을 끓인들 무슨 소용이 있겠는가! 사람이란 때때로 괜한 생각에 사로잡히곤 하지 않는가. 누군가 자신을 의심의 눈초리로 보고 있다는 엉뚱한 생각에.

병정 섬은 가 보고 싶던 곳이었다. 수많은 소문이 난무했다. 해군 본부라든가 육군 본부라든가 공군 본부에서 그 섬을 사들였다는 소문에도 뭔가 근거가 있는 것 같았다…….

그곳에 저택을 세운 것은 미국의 젊은 백만장자인 엘머 롭슨이었다. 소문에 따르면 저택을 짓는 데 어마어마한 돈을 쏟아부은 모양이었다. 사치스럽기 이를 데 없이…….

드디어 열차가 엑시터 역에 정차했다! 한 시간 정도 갈아탈 기차를 기다려야 했다! 그는 기다리고 싶지 않았다. 얼른 목적지에 가고 싶었다……

VI

암스트롱 박사는 자신의 모리스 승용차로 솔즈베리 평원을 달리고 있었다. 그는 너무나도 피곤했다……. 성공이란 대가를 요구하는 법이었다. 한때 그는 일류 의사들이 모여 있는, 런던의 할리 가에 있는 자신의 진료실에서 말쑥한 차림으로 최신 의료 기기와 호화로운 가구들에 둘러싸인 채 손님 하나 찾아오지 않는 나날을 보낸 적도 있었다. 성공과 실패를 운에 맡긴 채…….

뭐, 결국 그는 성공을 거두었다. 그에게는 행운이 따라 주었다! 물론 솜씨도 훌륭했다. 그는 유능한 의사였다. 하지만 성공하기 위해서는 그것만으로는 부족했다. 행운이 필요했다. 그리고 그는 그 행운을 붙잡았던 것이다! 용의주도한 진단, 돈과 지위를 가진 감격한 몇몇 여자 환자들이었다. 그러자 소문이 퍼져나갔다.

"암스트롱을 만나 보렴. 꽤 젊은 의사지만 아주 똑똑해. 팸은 여러 해 동안 온갖 의사들을 다 만나 봤잖아. 그런데 그 의사는 첫 진료에서 문제점을 짚어내더래!"

마침내 그는 성공 가도를 달리기 시작했다.

암스트롱 박사는 완벽한 성공을 이룩했다. 그의 스케줄은 언제나 꽉 차 있었다. 쉴 틈조차 거의 없었다. 따라서 이 8월의 아침 나절, 런던을 떠나 데번 해안의 섬에서 며칠을 보내게 된 그는 행복했다. 이것은 정확하게는 휴가라고 할 수 없었다. 그가 받은 편지의 내용은 좀 애매했지만, 동봉된 수표는 틀림없었다. 굉장한 액수였다. 이 오웬 부부란 사람들은 돈이 넘쳐나는 게 분명했다. 아내의 건강이 걱정된 남편이 본인 모르게 진찰을 받도록 하려는 것이었다. 쉽게 이해할 수 있는 일이었다. 아내는 신경이 과민해서…….

신경 과민이라! 의사가 눈썹을 치켜 세웠다. 그런 여자들은 언제나 신경 과민 환자들이었다! 뭐, 결국 그의 일에 득이 되는 일이기는 했다. 그를 만나러 온 여자들의 절반은 특별한 문제가 있는 것이 아니라 그저 무료할 뿐이었다. 그러나 사실대로 말한다면 그들은 절대로 고마워하지 않을 터! 따라서 뭔가를 찾아내야 했는데 그 일은 어렵지 않았다.

"가벼운 이상 증세가 있습니다.(라고 말하며 좀 긴 병명을 대는 것이다.) 심각한 건 전혀 아닙니다. 하지만 조치를 취해야 합니다. 간단한 처방입니다."

그런 경우 약은 대개 심리적인 치료 효과를 나타냈다. 그리고 그의 태도도 훌륭했다. 그는 환자에게 희망과 믿음을 불어넣어 줄 수 있었다.

10년 전, 아니 15년 전이었던가. 그 사건 후 재빨리 자신을 추스를 수 있었던 것은 다행이었다. 그 일은 너무나 충격적이었다! 당시 그는 엉망이 되어 가고 있었지만 너무 늦지 않은 때에 그 충격에서 헤어났다. 술도 완전히 끊었다. 맙소사, 그건 정말이지 위기였다. 하지만…….

갑자기 귀청이 터질 듯한 경적과 함께 육중한 경주용 스포츠카인 델메인이 시속 130킬로미터의 속도로 그의 차를 추월했다. 암스트롱 박사는 하마터면 울타리를 들이받을 뻔했다. 맹렬한 속도로 사방을 누비고 다니는 정신나간 젊은 녀석들 중의 하나였다. 그는 그런 녀석들을 증오했다. 지금도 큰일날 뻔하지 않았나! 빌어먹을 애송이 같으니라고!

VII

토니 매스턴은 미어를 향해 맹렬히 질주하는 가운데 생각했다.

'도로 위를 기어다니는 차들 때문에 정말 미치겠군. 언제나 앞을 가로막잖아. 게다가 그런 차들일수록 도로 한가운데를 달리고 있거든! 아무튼 영국에서는 제대로 달릴 수가 없어……. 프랑스와는 다르다니까. 거기선 그야말로 해방을 느낄 수 있지…….'

여기서 잠시 멈추고 목을 축일까, 아니면 내처 달릴까? 남아도는 게 시간이었다! 앞으로 남은 거리는 150여 킬로미터뿐이었다. 그는 이미 진 한 잔과 진저비어 한 잔을 마신 상태였다. 김이 날 정도로 더운 날씨였다!

그 섬의 저택은 상당히 재미있는 곳일 것이다. 화창한 날씨가 계속된다면 말이다. 이 오웬 부부는 어떤 이들일까? 돈은 많지만 밥맛

없는 치들일 터였다. 뱃저는 귀신같이 그런 사람들을 찾아냈다. 물론 뱃저야 그럴 수밖에 없었다, 딱한 노인네 같으니라고, 자기는 돈이 없으니…….

그들이 술 인심만큼은 후했으면 싶었다. 자수성가한 그런 치들이 어떻게 나올지는 모르는 법이었다. 병정 섬을 산 사람이 가브리엘 터를이라는 소문이 사실이 아니라니 유감이었다. 여배우들과의 교제는 그가 좋아하는 일이었다.

오, 그래, 젊은 처녀가 한둘 있을지도 몰랐다…….

호텔을 나오면서 그는 몸을 쭉 펴고 하품을 하며 푸른 하늘을 올려다본 다음 댈메인에 올라탔다.

젊은 여자 몇몇이 감탄 어린 눈길로 그를 바라보았다. 183센티미터의 키에 균형 잡힌 체격, 물결치는 머리칼, 햇볕에 그을은 얼굴, 검푸른 눈.

그는 쌩 하는 소리를 내며 가속 페달을 밟고 좁은 길을 달려 올라갔다. 노인들과 상점에서 심부름을 하는 사환 소년들이 깜짝 놀라 뒤로 물러섰다. 소년들은 달려가는 자동차의 뒷모습을 부러운 듯 바라보았다.

앤터니 매스턴은 의기양양하게 질주를 계속했다.

VIII

블로어는 플리머스발 완행 열차 안에 앉아 있었다. 그가 타고 있는 객차에는 졸린 눈빛의 늙은 뱃사람과 자신뿐이었다. 지금 그 노인은 잠들어 있었다.

블로어는 조그만 수첩에 조심스럽게 뭔가를 기록하는 중이었다.

"이게 그 명단이란 말이지."

그는 중얼거렸다.

"에밀리 브렌트, 베라 클레이슨, 암스트롱 박사. 앤터니 매스턴, 워그레이브 판사, 필립 롬바드, 미가엘 조지 훈장 및 무공 훈장 수훈 자인 맥아더 장군, 하인인 로저스 부부."

그는 수첩을 덮은 다음 도로 주머니에 넣었다. 그리고 구석의 잠든 노인을 바라보다가 정확하게 진단을 내렸다.

"쯧쯧, 과음했군."

블로어는 차분하고 면밀하게 사태를 머릿속에서 점검했다.

"일은 충분히 쉬울 거야."

그는 깊은 생각에 잠겼다.

"실수할지 모른다는 생각 같은 건 하지 말자. 내 모습이 괜찮아 보이기만 빌어야겠군."

그는 자리에서 일어나 유리창에 비친 자신의 모습을 걱정스러운 눈빛으로 자세히 살펴보았다. 콧수염 덕택에 그의 얼굴에서는 약간 군인 같은 분위기가 풍기고 있었다. 표정은 거의 없었다. 눈동자는 회색이고 미간이 몹시 좁았다.

"소령쯤이 어떨까? 아니, 깜빡 잊었군. 노장군이 하나 있었지. 거 짓말이라는 걸 금방 눈치 챌 거야. 남아프리카로 하자! 그중에 남아

프리카와 관계 있는 사람은 없을 것이고, 나는 막 여행사 광고지를 읽은 참이니까 그런 대로 얘기를 엮어 갈 수 있을 거야."

다행히 식민지 출신들 중에는 온갖 사람이 다 있었다. 남아프리카 출신의 재산가로 처신하면 어떤 모임에 가서도 의심받지 않으리라는 생각이 들었다.

병정 섬. 그는 어린 시절에 보았던 그 섬을 머릿속에 떠올렸다. 갈매기가 모여드는 바위투성이의 냄새나는 그 섬은 육지에서 1.5킬로미터쯤 떨어져 있었다.

그 섬을 사들여 저택을 짓다니 정신나간 짓이 아닌가! 날씨가 궂으면 정말 지독한 곳인데! 하지만 백만장자들은 괴팍한 법이었다!

구석의 노인이 눈을 뜨고 말했다.

"바다란 장담할 수 없는 곳이야. 그렇고말고!"

블로어는 달래는 어조로 말했다.

"맞소이다. 장담할 수 없소."

노인은 딸꾹질을 두 번 정도 하더니 구슬픈 어조로 말했다.

"폭풍우가 오고 있어."

"아니, 그렇지 않소, 노인장. 이렇게 날씨가 좋잖소!"

노인은 화가 난 어조로 말했다.

"폭풍우가 닥칠 거야. 난 냄새로 안다니까."

"노인장 말이 맞을지도 모르지."

블로어는 조용히 말했다.

기차가 역에 도착하자 노인이 비틀거리며 자리에서 일어섰다.

"난 여기서 내린다네."

노인이 창문을 더듬었다. 블로어가 그를 부축했다.

노인은 통로로 나가 섰다. 그는 위엄 있게 한 손을 들어올리더니 흐릿한 눈을 껌벅거렸다.

"깨어서 기도하라. 깨어서 기도하라. 심판의 날이 다가왔도다."

노인은 통로에서 플랫폼으로 나가떨어지고 말았다. 드러누운 채 그는 블로어를 올려다보며 엄숙한 어조로 말했다.

"바로 자네에게 하는 말일세, 젊은 친구. 심판의 날이 눈앞에 와 있다네."

자리에 앉으며 블로어는 생각했다.

'심판의 날이 가까운 건 내가 아니라 당신인데!'

하지만 그 점에서 블로어는 잘못 짚은 셈이었다……

제2장

I

오크브리지 역 밖에는 한 무리의 사람들이 잠시 우왕좌왕하고 있었다. 그들 뒤에서는 짐꾼들이 짐가방을 들고 서 있었다. 그들 중의 하나가 소리쳤다.

"짐!"

택시 운전사 중의 하나가 앞으로 나섰다.

"병정 섬으로 가실 겁니까?"

그는 데번 억양이 약간 섞인 말투로 물었다. 네 사람의 입에서 동시에 그렇다는 대답이 터져 나왔다. 그들은 재빨리 서로의 얼굴을 훔쳐보았다.

운전사는 모여 있는 사람들 중에서 가장 나이가 많아 보이는 워그레이브 판사를 바라보며 말했다.

"여기 택시 두 대가 있습니다, 선생님. 한 대는 엑시터발 완행 열차가 도착할 때까지 기다려야 합니다. 5분쯤 있으면 도착할 겁니다. 그 열차로 신사 한 분이 오실 겁니다. 여러분 중에서 어느 분이 기다려 주시겠습니까? 그 편이 자리는 더 편하실 겁니다."

비서인 자신의 직분을 잊지 않고 있던 베라 클레이슨이 그 말이 끝나자마자 말했다.

"제가 기다리겠어요. 자, 타시겠어요?"

그녀는 다른 세 사람을 바라보며 말했다. 그녀의 눈길과 어조에서는 권위 있는 위치에 있는 사람이 풍기는 명령하는 기미를 느낄 수 있었다. 여학생들에게 각자 연습할 테니스 코트를 정해 주는 것처럼.

에밀리 브렌트는 딱딱한 어조로 "고마워요."라고 하고는 고개를 숙이며 택시에 올랐다. 운전수는 택시 문을 열어 놓고 기다리고 있었다.

워그레이브 판사가 그녀의 뒤를 따랐다.

롬바드 대위가 말했다.

"난 이분과 함께 기다리겠습니다. 성함이……."

"클레이슨이에요."

베라가 대답했다.

"나는 롬바드라고 합니다. 필립 롬바드."

짐꾼들이 택시에 짐을 실었다. 워그레이브 판사가 법정에서 주의라도 주는 말투로 말했다.

"오늘은 날씨가 좋소."

에밀리 브렌트가 대답했다.

"정말 그렇군요."

그녀는 생각했다.

'품위가 넘치는 노신사야.'

해변에 있는 모텔에 투숙할 사람이 아닌 것 같았다. 기혼인지 미혼인지는 모르지만 올리버란 여자는 훌륭한 친구들을 갖고 있는 게 분명했다……

워그레이브 판사가 궁금하다는 듯 물었다.

"이곳을 잘 아시오?"

"콘월이나 토키는 가 본 적이 있지만, 데번은 처음이랍니다."

판사가 말했다.

"나 역시 이곳에 대해 전혀 아는 게 없다오."

택시가 움직이기 시작했다.

뒤에 남은 택시 운전사가 물었다.

"차에 앉아서 기다리시겠습니까?"

베라가 단호한 어조로 대답했다.

"아뇨, 괜찮아요."

롬바드 대위가 미소를 지으며 말했다.

"저 양지바른 담벼락이 좀더 나아 보이는군요. 아니면 역 안에서 기다리시는 게 더 낫겠습니까?"

"아뇨, 정말이에요. 숨막히는 기차 안에서 나오니까 정말 좋네요."

"하긴 이런 날씨에 기차 여행은 좀 괴롭지요."

베라가 판에 박은 듯이 대답했다.

"제발 계속되었으면 좋겠어요. 그러니까 이런 날씨 말이에요. 영국의 여름 날씨는 무척 변덕스럽잖아요."

롬바드는 참신성이 살짝 부족한 질문을 던졌다.

"이곳을 잘 아십니까?"

"아뇨, 처음이에요."

그녀는 자신의 위치를 분명히해 두는 것이 좋겠다고 마음먹고는 재빨리 이렇게 덧붙였다.

"제 고용주도 아직 만나 뵙지 못했답니다."

"고용주요?"

"네, 전 오웬 부인의 비서거든요."

"오, 그렇군요."

그의 태도가 눈에 띄게 달라졌다. 그의 어조에는 신뢰감과 편안함이 조금 더 실려 있었다.

"그건 좀 드문 경우가 아닙니까?"

베라가 웃음을 터뜨렸다.

"오, 아녜요. 그렇다고는 할 수 없어요. 비서가 갑자기 병이 나는 바람에 부인이 대신할 사람을 구하기 위해 인력 기관에 연락을 해서 저를 추천받은 거랍니다."

"그렇게 된 거군요. 그런데 도착하고 나서 그 자리가 당신 마음에 안 들면 어떡합니까?"

베라가 다시 웃음을 터뜨렸다.

"오, 이건 임시직일 뿐인걸요. 휴가 동안만 하는 일이에요. 제 직업은 여학교 교사랍니다. 사실 전 병정 섬을 관광한다는 사실에 짜릿한 전율을 느껴요. 아주 매력적인 곳이겠죠?"

"모르겠습니다. 나도 가 본 적이 없으니까요."

"오, 정말이세요? 오웬 부부는 정말 멋진 분들인 것 같아요. 어떤 분들이시죠? 말 좀 해 주세요."

롬바드는 생각에 잠겼다.

'곤란한 상황인데. 그들을 알고 있는 척해야 할까, 그러지 말아야 할까.'

그가 재빨리 말했다.

"잠깐만, 팔에 말벌이 한 마리 기어가고 있습니다. 아니, 움직이지 마십시오."

그는 휙 하니 벌을 쫓는 시늉을 했다.

"됐습니다. 날아갔어요!"

"오, 고맙습니다. 올 여름에는 말벌이 많군요."

"그렇습니다, 더위 때문에 그런 것 같습니다. 그런데 우리가 기다리고 있는 사람이 누구인지 아십니까?"

"전혀 몰라요."

부웅 하는 굉음이 들려왔다. 기차가 플랫폼에 들어오는 소리였다. 롬바드가 말했다.

"저 기차인 것 같군요."

플랫폼과 연결된 출입구에서 모습을 나타낸 것은 키가 크고 어깨가 떡 벌어진 나이든 사내였다. 희끗희끗한 머리를 짧게 잘랐고 하얀 콧수염은 말끔하게 손질되어 있었다.

견고해 보이는 가죽 짐가방이 무거운 듯 약간 휘청거리며 짐꾼이 베라와 롬바드를 가리켰다.

베라가 적당히 예를 갖추어 앞으로 나서며 말했다.

"전 오웬 부인의 비서입니다. 차가 기다리고 있습니다."

이어 그녀는 이렇게 덧붙였다.

"이분은 롬바드 씨입니다."

지긋한 나이인데도 예리하기 짝이 없는 사내의 연푸른 눈이 롬바드를 응시했다. 한순간 그의 눈길에 내심의 판단이 드러났다. 누구라도 읽을 수 있을 정도로.

'잘생긴 젊은이로군. 하지만 뭔가 비뚤어진 구석이 있는걸……'

세 사람은 택시가 기다리고 있는 곳으로 갔다. 택시는 소도시 오크브리지의 조용한 도로를 지나 플리머스 간선 도로를 1.5킬로미터가량 달렸다. 그런 다음 푸른 들판을 가로지르는 가파르고 좁고 꼬불꼬불한 길로 접어들었다.

맥아더 장군이 말했다.

"난 이곳은 전혀 모른다오. 도싯 주와 면해 있는 이스트 데번은 좀 알지만 말이오."

베라가 말했다.

"여기는 정말이지 기분좋은 곳이군요. 언덕이며 붉은 대지며 푸른 식물들, 아름다운 경치예요."

필립 롬바드가 비판적인 어조로 말했다.

"좀 답답한 것 같은데요⋯⋯. 난 탁 트인 곳이 좋습니다. 시야가 환히 트인 곳 말입니다."

맥아더 장군이 그에게 말했다.

"외국 여행을 좀 하신 모양이오?"

롬바드는 깔보듯이 어깨를 으쓱해 보였다.

"몇 군데 가 본 것뿐입니다."

그는 생각했다.

'이제 제2차 세계 대전에 참전했을 정도로 나이가 들었는지 묻겠군. 늙은이들은 언제나 그런다니까.'

하지만 맥아더 장군은 전쟁 이야기를 꺼내지 않았다.

II

차는 가파른 언덕을 오른 다음 스티컬헤이번으로 통하는 꼬불꼬불한 길을 달려 내려갔다. 한두 척의 고깃배가 해안에 정박해 있고 오두막 몇 채가 모여 있는 작은 마을이었다.

황혼 속에서 남쪽 바다 너머 솟아 있는 병정 섬의 모습이 처음으로 드러났다.

베라가 놀란 어조로 말했다.

"육지에서 상당히 멀리 떨어져 있군요."

그녀가 꿈꾸던 것과는 다른 모습이었다. 육지에서 가깝고 아름다운 하얀 저택이 서 있는 섬을 상상했던 것이다. 하지만 저택 같은 것은 보이지 않고 병정을 닮은 투박한 형상의 거대한 바위만이 보일 뿐이었다. 거기에는 뭔가 불길한 느낌이 감돌았다. 그녀는 약간 몸을 떨었다.

'세븐 스타'라는 작은 여관 앞에 세 사람이 앉아 있었다. 웅크리고 앉은 판사의 나이든 얼굴과 에밀리 브렌트의 꼿꼿한 모습, 그리고 또 한 사내의 모습이 보였다. 덩치가 크고 화통해 보이는 그 사내가 앞으로 나와 자신을 소개했다.

"우리가 기다리고 있던 분들인 것 같소만. 같이 섬에 가려고 말이오. 날 소개하겠소. 이름은 데이비스, 고향은 남아프리카라오, 하하!"

그는 기운차게 웃음을 터뜨렸다.

워그레이브 판사가 혐오감을 드러내며 그를 바라보았다. 그는 자신이 지시를 내려 그 법정 아닌 법정을 정돈하고 싶은 모양이었다. 에밀리 브렌트는 식민지 출신에 대해 호의적인 태도를 취해야 할지 어떨지 마음을 정하지 못하고 있었다.

"배에 오르기 전에 한잔하실 분?"

데이비스가 상냥한 어조로 제안했다.

그 제안에 동의하는 사람이 아무도 없자 데이비스는 몸을 돌리고 손가락 하나를 들어 보였다.

"그렇다면 지체할 이유가 없군. 친절하신 주인 부부께서 우리를 기다리고 계실 테니까 말이오."

모인 사람들의 태도에 기묘한 조심스러움이 서리는 것을 그는 알아차릴 수 있었다. 주인 부부에 대한 말이 기묘하게도 초대객들을 마비시키기라도 한 것처럼.

데이비스의 손짓을 보고 근처 벽에 기대 서 있던 사내 하나가 그들 앞으로 다가왔다. 건들거리는 걸음걸이가 그가 뱃사람이라는 것을 말해 주고 있었다. 그의 얼굴은 비바람에 단련되어 있었고 짙은 눈빛에는 알 수 없는 표정이 떠올라 있었다. 그는 데번 억양이 약간 들어간 말투로 입을 열었다.

"섬으로 떠날 준비를 해 주시겠습니까, 여러분? 배가 기다리고 있습니다. 신사 두 분이 차로 오실 예정입니다만, 언제 도착할지 알 수 없으니까 기다릴 필요는 없다고 오웬 씨께서 말씀하셨습니다."

사람들이 일어섰다. 안내인이 그들을 돌로 된 작은 부두로 이끌었다. 부둣가에는 모터보트가 기다리고 있었다.

에밀리 브렌트가 말했다.

"아주 작은 보트군요."

보트의 주인이 설득력 있는 어조로 말했다.

"좋은 배랍니다, 부인. 플리머스까지도 거뜬하게 갈 수 있지요."

워그레이브 판사가 날카로운 어조로 물었다.

"이렇게 여러 명이 타도 괜찮겠소?"

"이 두 배의 인원도 태울 수 있습니다."

"문제없을 겁니다. 화창한 날씨니까요. 파도라고는 없군요."

필립 롬바드가 쾌활하고 태평한 목소리로 말했다.

그래도 미덥지 않다는 태도로 에밀리 브렌트가 배에 올랐다. 나머지 사람들이 그 뒤를 따랐다. 사람들 사이에는 아직 친밀감이 없었다. 각자 서로의 태도에 당혹해하고 있는 것 같았다.

그들이 배에 앉아 긴장을 풀려고 할 때, 배의 갈고리 장대를 들고 있던 안내인이 동작을 멈추었다.

마을로 들어오는 가파른 길을 차 한 대가 달려 내려오고 있었다. 그 차의 모습이 어찌나 힘에 넘치고 멋졌던지 비현실적 존재가 나타난 것 같았다. 운전대 앞에는 한 청년이 갈색 머리를 바람에 날리며 앉아 있었다. 석양빛 한가운데에서 그의 모습은 인간이 아닌 젊은 신, 북유럽 전설에 나오는 영웅처럼 보였다.

그가 경적에 손을 대자 작은 만의 바위들을 뒤흔들며 빠앙 하는 굉음이 울려퍼졌다.

환상적인 순간이었다. 그 순간 앤터니 매스턴은 인간 이상의 그 무엇처럼 보였다. 그곳에 있던 이들 중 여럿이 나중에도 그 순간을 떠올렸다.

III

프레드 내러코트는 배의 엔진 옆에 앉아 이번 초대객들은 참 이상한 조합이라고 생각하고 있었다. 그는 훨씬 잘 차려입은 손님들을 예상했다. 하나같이 부와 권력의 냄새가 나는, 성장한 숙녀들과

요트 복장을 차려입은 신사들일 것으로 생각했던 것이다.

엘머 롭슨 씨의 파티와는 딴판이 아닌가. 그 백만장자의 손님들을 떠올리자 그의 입가에 희미한 웃음기가 어렸다. 그것은 최상의 파티였다. 동이 날 때까지 술을 마셔 대지 않았던가!

오웬이라는 사람은 아주 특이한 신사임이 분명했다. 오웬이든 오웬 부인이든 아직 얼굴조차 보지 못했다니 우습지 않은가. 오웬 씨는 아직 이곳에 한 번도 온 적이 없었다. 모든 지시와 지불은 그 모리스란 사람을 통해서 이루어졌다. 지시 사항은 언제나 명료했고 지불은 언제나 정확했지만, 그렇다고 이상하지 않은 것은 아니었다. 신문에서는 오웬 씨가 베일에 싸인 인물이라고 했다. 내러코트는 그 의견에 동감이었다.

어쩌면 정말 이 섬을 사들인 것은 가브리엘 터를 양인지도 몰랐다. 하지만 배에 탄 사람들을 살펴보고 나자 그 추리는 설득력을 잃어버렸다. 그랬다. 배에 탄 사람들 중에서 영화 배우와 관계 있어 보이는 사람은 한 사람도 없었다.

그는 심심풀이 삼아 그곳에 모인 사람들을 평가해 보았다.

나이 든 여자가 한 사람 있었다. 성미가 까다로울 것 같았다. 그는 그런 종류의 여자를 잘 알고 있었다. 사나운 여자임에 틀림없었다. 그리고 군인 분위기를 풍기는 노신사가 한 사람 있었다. 진짜 군인 같았다. 젊은 처녀는 괜찮은 용모의 소유자였지만, 매혹적이라기보다는 평범한 편이었다. 그녀에게서 할리우드 분위기를 찾아볼 수는 없었다. 그리고 저 허세꾼은 쾌활하기는 하지만 분명 진짜 신사는 아니었다. 은퇴한 사업가쯤 되리라. 또 한 사람, 여위고 허기져 보이는 얼굴에 눈초리가 불안정한 사내는 종잡을 수 없는 인물이었다. 영화와 관계가 있을 가능성이 있는 인물은 그뿐이었다.

아니, 그 배에 탄 사람 중에서 유일하게 그의 기대를 만족시키는 인물이 있었다. 승용차(얼마나 대단한 차인가! 그런 차는 스티컬헤이번에서 본 적이 없었다. 가격도 어마어마하리라.)를 타고 마지막에 도착한 신사가 바로 그 사람이었다. 그는 내러코트의 기대에 부응하는 인물이었다. 부유하게 태어난 인물인 것이다. 나머지 손님들이 모두 그랬다면…… 내러코트도 수긍이 갔을 것이다.

이번 손님들은 생각할수록 모든 점에서 낯설고 이상했다. 몹시 이상했다…….

IV

배가 바위를 돌았다. 마침내 저택이 시야에 들어왔다. 섬의 남쪽 면은 전혀 다른 모습이었다. 해안까지 완만한 경사가 져 있었다. 저택은 남쪽에 면해 있었다. 햇빛이 충분히 들어올 수 있도록 유리창으로 둘러싸인 나지막한 정방형의 건물이었다.

흥분을 불러일으키는, 기대에 부응하는 멋진 저택이었다!

프레드 내러코트는 배의 엔진을 끈 다음 바위 사이에 자연적으로 생긴 작은 후미에 조심스럽게 배를 댔다.

필립 롬바드가 날카로운 어조로 말했다.

"험한 날씨에는 이곳에 배를 대기가 무척 어렵겠군요."

프레드 내러코트가 쾌활하게 대답했다.

"남동풍이 불 때에는 병정 섬에 배를 댈 수가 없습니다. 때로는 한 주일 이상 격리되는 경우도 있지요."

베라 클레이슨은 생각했다.

'음식물을 조달하기가 매우 어렵겠네. 그게 섬의 가장 나쁜 점이야. 집안 살림 전체가 걱정거리가 되니까.'

배가 바위에 닿아 삐걱 소리를 냈다. 프레드 내러코트는 배에서 뛰어내렸다. 그와 롬바드는 다른 사람들이 배에서 내리도록 도와주었다. 내러코트가 배를 바위에 박힌 고리에 단단히 붙들어 맸다. 그는 앞서서 벼랑을 타기 시작했다.

맥아더 장군이 감탄했다.

"하아! 멋진 곳이군!"

하지만 그는 마음이 편치 않았다. 휴가철 파티를 하기엔 좀 괴상한 곳이었다.

기슭을 기어올라 테라스에 이르자 그들은 기분이 좋아졌다. 저택의 탁 트인 현관에서 집사가 단정한 태도로 그들을 기다리고 있었다. 집사의 진지한 태도가 그들을 안심시켰다. 그리고 저택만큼은 정말이지 매혹적이었다. 테라스에서 바라보는 전망은 너무나도 멋졌다.

집사가 가볍게 고개를 숙이며 다가왔다. 그는 키가 크고 몸이 날렵했다. 희끗희끗한 머리카락에 믿음직스러운 태도를 하고 있었다.

"이쪽으로 오십시오."

널찍한 홀에는 마실 것이 준비되어 있었다. 술병들이 즐비했다. 앤터니 매스턴은 기분이 좀 좋아졌다. 재미없는 파티가 될 거라고 생각하던 참이었다. 자기 또래는 하나도 없지 않은가! 뱃저는 어째서 자신에게 이런 파티가 어울린다고 생각했던 것일까? 하지만 술은 훌륭했다. 얼음도 충분했다.

그런데 저 집사가 뭐라고 하는 걸까?

오웬 씨는 불가피한 일 때문에…… 내일이나 이곳에 오실 수 있답니다. 하지만 지시가 있었습니다. 원하는 것은 뭐든지……. 각자 방을 안내해 드릴까요? ……저녁 식사 시간은 8시 정각입니다…….

V

베라는 로저스 부인을 따라 2층으로 올라갔다. 로저스 부인이 복도 끝에 있는 문을 열었다. 베라는 방 안으로 들어갔다. 커다란 창으로는 바다가 보이고 다른 쪽 창문은 동쪽에 면해 있는 쾌적한 방이었다. 그녀는 자신도 모르게 기쁨에 찬 감탄사를 내질렀다.

로저스 부인의 목소리가 들려왔다.

"더 필요한 건 없으신가요, 아가씨?"

베라는 주위를 둘러보았다. 짐은 이미 옮겨져서 물건들이 정리되어 있었다. 방 한쪽의 열린 문으로는 하늘색 타일이 깔린 욕실이 보였다.

그녀는 재빨리 대답했다.

"예. 모든 게 있는 것 같군요."

"필요한 게 있으시면 벨을 눌러 주시겠어요, 아가씨?"

로저스 부인은 억양 없고 단조로운 목소리로 말했다. 베라는 유심히 그녀를 바라보았다. 그녀는 백지장처럼 하얗고 핏기 없는 유령 같았다! 뒤로 넘긴 말끔한 머리 모양에 검은 원피스를 입은, 아주 깔끔한 차림이었는데도. 이상하게 번뜩이는 눈동자는 끊임없이 두리번거렸다.

그녀는 생각했다.

'자기 그림자만 봐도 겁에 질릴 것처럼 보이네.'

그렇다, 그 표현이 적절했다. 겁에 질려 있다!

여자는 마치 감당할 수 없는 공포를 경험한 사람 같았다…… .

베라는 등줄기로 전율이 훑고 지나가는 것을 느꼈다. 도대체 저 여자가 뭘 두려워하고 있는 것일까?

베라는 쾌활하게 말했다.

"전 오웬 부인의 새로 온 비서예요. 이미 알고 계시리라 믿어요."

"아닙니다, 아가씨. 전 아무것도 모릅니다. 다만 손님 명단과 그분들이 어느 방에 묵으실 것인지만 알고 있을 뿐입니다."

"오웬 부인이 제 얘기를 하지 않으셨나요?"

로저스 부인이 속눈썹을 깜박거렸다.

"전 오웬 부인을 뵌 적이 없습니다. 아직은요. 저희는 겨우 이틀 전에 이곳에 도착했답니다."

이 오웬 부부란 사람들은 정말 이상한 사람들이군. 베라는 생각했다. 그녀는 소리내어 말했다.

"이곳에서 일하는 사람들로는 누가 있죠?"

"저와 남편 로저스뿐입니다, 아가씨."

베라는 미간을 찌푸렸다. 여덟 명의 손님에 주인 부부를 합하면 모두 열 사람이나 되는데 그들의 시중을 드는 사람이 집사 부부 둘뿐이라니.

로저스 부인이 말했다.

"저는 요리를 잘하고 제 남편은 집안일에 능숙하지요. 물론 큰 파티가 열리게 되어 있다는 사실은 몰랐습니다만."

"해낼 수 있겠지요?"

"오, 그럼요, 아가씨. 성대한 파티가 열리면 오웬 부인께서 일할 사람을 더 데려오실 겁니다."

"그렇겠지요."

로저스 부인이 발길을 돌렸다. 그녀의 두 발이 소리 없이 움직였다. 그녀는 유령처럼 조용히 방을 빠져나갔다.

베라는 창가로 다가가 창에 딸린 의자에 앉았다. 약간 혼란스러웠다. 모든 것이 어쩐지 좀 이상했다. 오웬 부부의 부재, 유령 같은 로저스 부인, 그리고 손님들까지! 그렇다, 손님들 역시 이상하기는 마찬가지였다. 괴상하기 짝이 없는 사람들의 모임이었다.

베라는 생각했다.

'오웬 부부를 만나 보았더라면 좋았을걸……. 그들이 어떤 사람

들인지 알고 싶어.'

그녀는 일어나 불안한 태도로 방 안을 왔다갔다하기 시작했다.

처음부터 끝까지 현대적인 스타일로 장식된 완벽한 침실이었다. 반들거리는 쪽마루 바닥에는 연회색 카펫이 깔려 있었고, 연한 빛깔로 칠해진 벽에는 전구들에 둘러싸인 기다란 거울이 달려 있었다. 장식 없는 벽난로 선반에는 거대한 흰 대리석으로 된 곰 모양의 조각상이 놓여 있었다. 현대적 감각의 그 조각상 안에는 시계가 장착되어 있었다. 그리고 그 위에는 번쩍이는 크롬 액자 안에 커다란 정사각형 양피지가 끼워져 있었다. 시였다.

그녀는 벽난로 앞에 서서 그 시를 읽어보았다. 어린 시절에 들은 오래된 자장가였다.

열 꼬마 병정이 밥을 먹으러 나갔네.

하나가 사레들었네. 그리고 아홉이 남았네.

아홉 꼬마 병정이 밤이 늦도록 안 잤네.

하나가 늦잠을 잤네. 그리고 여덟이 남았네.

여덟 꼬마 병정이 데번에 여행 갔네.

하나가 거기 남았네. 그리고 일곱이 남았네.

일곱 꼬마 병정이 도끼로 장작 팼네.

하나가 두 동강 났네. 그리고 여섯이 남았네.

여섯 꼬마 병정이 벌통 갖고 놀았네.

하나가 벌에 쏘였네. 그리고 다섯이 남았네.

다섯 꼬마 병정이 법률 공부 했다네.

하나가 법원에 갔네. 그리고 네 명이 남았네.

네 꼬마 병정이 바다 항해 나갔네.

훈제 청어가 잡아먹었네. 그리고 세 명이 남았네.

세 꼬마 병정이 동물원 산책했네.

큰 곰이 잡아갔네. 그리고 두 명이 남았네.

두 꼬마 병정이 볕을 쬐고 있었네.

하나가 홀랑 탔네. 그리고 하나가 남았네.

한 꼬마 병정이 외롭게 남았다네.

그가 가서 목을 맸네. 그리고 아무도 없었네.

베라는 미소를 지었다. 그래! 여기가 바로 병정 섬이었다!

그녀는 다시 창가로 가서 앉아 바다를 내다보았다.

바다는 얼마나 넓은가! 여기에서는 육지가 전혀 보이지 않았다. 저녁 햇살 속에서 출렁거리는 드넓은 푸른 바다만이 있을 뿐이었다.

오늘, 바다는…… 너무나도 평화롭다. 하지만 바다는 때로 너무나도 잔인하다……. 사람을 깊숙한 곳으로 끌어들이는 바다. 물에 빠져……, 물에 빠져 죽은 시체로 발견되어……. 바다에 빠져……, 빠져……, 빠져……, 빠져…….

아니, 떠올리지 않을 것이었다……. 그 사건은 결코 생각하지 않으리라!

이미 끝난 일인 것을…….

VI

해가 바다 속으로 모습을 감추는 순간, 암스트롱 박사는 병정 섬에 도착했다. 배를 타고 오는 동안 그는 이 고장 사람인 뱃사람과 이야기를 나누었다. 병정 섬의 소유자들에 대해 조금이라도 알아내고 싶은 마음이 간절했지만, 내러코트라는 그 뱃사람은 이상하게도 아는 것이 없었다. 아니면 이야기하고 싶지 않은 것인지도 몰랐다.

그래서 암스트롱 박사는 날씨와 고기잡이에 대한 이야기밖에 할 수 없었다.

그는 오랫동안 운전을 하고 난 참이라 피곤했다. 눈두덩이 욱신거렸다. 오후에 서쪽으로 달리는 것은 햇빛을 받으며 달리는 것을 의미했다.

그랬다, 그는 몹시 피곤했다. 바다와 완벽한 평화야말로 그가 필요로 하는 것이었다. 그는 정말이지 긴 휴가를 갖고 싶었다. 하지만 그럴 수가 없었다. 경제적으로는 물론 가능했지만, 일을 쉴 수가 없었다. 요즘은 누구든 쉽사리 잊혀지는 법이었다. 그럴 수는 없었다. 이만큼 자리잡았을 때 열심히 일해야 했다.

그는 생각했다.

'그렇지만 오늘 저녁엔 그곳으로 영영 돌아가지 않을 것처럼 여겨야지. 런던과 할리 가 같은 것들과는 인연이 끝났다고 생각하겠어.'

섬에는 마법적인 무엇인가가 있었다. 섬이라는 단어만 들어도 환상적인 느낌에 잠기지 않는가. 섬에 오면 세상과 이어지는 끈을 놓

게 된다. 섬은 그 자체로 하나의 세계였다. 그 세계에서 다시는 나갈
수 없을지도 몰랐다.

그는 생각했다.

'난 지금 일상을 뒤로하고 떠나는 중이야.'

그런 다음 그는 혼자 미소를 지으며 미래에 대해 환상적인 계획
을 세우기 시작했다. 바위를 쪼아 만든 계단을 오르면서도 그는 줄
곧 미소를 짓고 있었다.

테라스의 의자에는 노신사가 앉아 있었다. 암스트롱 박사는 그의
눈길이 왠지 낯익었다. 저 개구리 같은 얼굴과 자라 같은 목, 웅크린
자세를 어디서 보았더라? 그랬다, 바로 워그레이브 영감이었다. 그
는 언젠가 그 노인이 주재하는 재판정에서 증언대에 선 적이 있었
다. 언제나 반쯤 잠이 든 듯한 모습이었지만 법적인 문제에서는 그
누구보다도 철저했다. 그리고 배심원들에게 큰 영향을 끼쳤다. 언
제든지 배심원들이 결단을 내리도록 할 수 있는 인물이라는 평가를
받고 있었다. 한두 차례 배심원들로부터 뜻밖의 유죄 판결을 이끌
어낸 적도 있었다. 그를 가리켜 교수형 판사라고 부르는 이들도
있었다.

이런 데서 그를 만나다니 우스운 일이었다……. 세상을 벗어난
이런 곳에서.

VII

워그레이브 판사는 생각했다.

'암스트롱이잖아? 증인석에 선 그를 본 기억이 나는군. 아주 정중하고 주의 깊은 사람이었지. 의사들이란 모두 멍청하기 짝이 없어. 그중에서도 할리 가의 개업의들이 최악이지.'

그러면서 판사는 못마땅한 기분으로 최근 만났던 할리 가의 의사를 떠올렸다.

판사는 퉁명스런 어조로 말했다.

"홀에 마실 게 준비되어 있소."

암스트롱 박사가 말했다.

"우선 주인 부부께 인사를 드려야겠습니다."

워그레이브 판사는 영락없이 파충류를 연상시키는 두 눈을 도로 감으며 말했다.

"그럴 수가 없을 거요."

암스트롱 박사는 깜짝 놀랐다.

"왜요?"

"주인 부부는 둘 다 없으니까. 정말 이상한 일이오. 난 이곳이 어딘지 도무지 모르겠소."

암스트롱 박사는 잠시 그를 응시했다. 노신사가 이제 정말로 잠이 든 모양이라고 암스트롱이 생각한 순간 워그레이브가 갑자기 입을 열었다.

"혹시 콘스탄스 컬밍턴이라고 아시오?"

"글쎄……, 모릅니다. 유감스럽지만 모르겠는데요."

"꼭 알아야 하는 건 아니오. 꼭 짚어 설명할 수 없는 여자지. 게다가 사실 필적을 알아볼 수가 없었어. 지금 난 내가 집을 잘못 찾은 것이 아닐까 하는 생각을 하고 있었소."

암스트롱 박사는 고개를 내젓고는 현관 계단을 올라갔다.

워그레이브 판사는 콘스탄스 컬밍턴에 대해 기억을 되짚어 보았다. 여자들이 으레 그렇듯 미덥지가 않은 그 여자를.

그의 관심은 이 집에 있는 두 여자에게로 쏠렸다. 입을 꼭 다물고 있는 노부인과 아가씨에게로. 젊은 여자, 냉혹하고 제멋대로 행동할 듯 보이는 그 여자는 별로 그의 마음에 들지 않았다. 아니, 로저스 부인까지 헤아린다면 여자는 모두 셋이었다. 로저스 부인은 괴상하게도 뼛속까지 겁에 질린 듯한 얼굴을 하고 있었다. 하지만 그 부부는 자기 일을 잘 알고 있는 유능한 사람들이었다.

바로 그 순간 로저스가 테라스로 나왔다. 판사가 물었다.

"콘스탄스 컬밍턴 부인이 오기로 되어 있소?"

로저스가 물끄러미 그를 응시했다.

"아니요, 선생님. 잘 모르겠습니다."

판사의 눈썹이 치켜 올라갔다. 하지만 그는 끙 하는 소리를 냈을 뿐이었다.

그는 생각했다.

'병정 섬이라? 뭐가 뭔지 알 수 없는 섬이군.'

VIII

앤터니 매스턴은 욕조 속에 들어가 있었다. 김이 무럭무럭 피어오르는 물 속에 몸을 담그니 기분이 좋았다. 오랫동안 운전을 한 뒤라 팔다리가 경련을 일으켰다. 그의 머릿속에는 별다른 생각이란 게 없었다. 앤터니 매스턴은 감각형 인간, 행동형 인간이었다.

그는 생각했다.

'불쾌해도 해내야겠지.'

그의 머릿속은 다시 텅 비어 버렸다.

김이 피어오르는 더운 물, 피곤한 팔다리, 면도를 하고 칵테일을 한잔 한 다음 저녁을 먹고.

그 다음엔……?

IX

블로어는 넥타이를 매고 있었다. 그는 이런 일에 서툴렀다.

괜찮아 보이나? 그런 것 같았다.

자신에게 딱히 호감을 보이는 사람은 한 사람도 없었다……. 우습게도 모두 서로를 힐끔거리지 않았던가. 마치 뭔가 알고 있기라도 한 것처럼…….

그렇다, 이제 그에게 달린 일이었다.

그리고 그는 이런 일에 서투른 사람이 아니었다.

그는 벽난로 선반 위에 걸려 있는 액자 속의 동시를 문득 바라보았다.

저런 걸 저런 데 걸어 놓다니 재치 있지 않은가!

'어렸을 때의 이 섬이 기억나. 이곳에 있는 저택에서 이런 일을 하게 될 줄은 꿈에도 몰랐는데. 사람이 앞일을 모른다는 건 어쩌면 좋은 일인지도 몰라.'

X

맥아더 장군은 혼자서 미간을 찌푸렸다.

빌어먹을, 모든 것이 정말이지 이상하기 짝이 없었다! 기대했던 것과는 딴판이었다…….

양해를 구하고 확 돌아가 버리고 싶었다……. 모든 것을 없었던 일로 하고…….

하지만 모터보트는 육지로 돌아가 버렸다.

이곳에 묵어야 했다.

그 롬바드라는 사내는 왠지 수상쩍었다. 그 사내는 세상을 정직하게 사는 사람이 아님이 분명했다.

XI

식사 시간을 알리는 종소리가 울리자 필립 롬바드는 방에서 나와 층계를 향해 걸었다. 그는 표범처럼 소리 없이 날렵하게 움직였다. 그의 모습은 전체적으로 보아 표범 같은 데가 있었다. 흐뭇한 시선으로 먹이를 바라보는 야수 같았다.

그는 혼자 히죽 웃었다.

일주일이라?

그는 그 일주일을 즐길 생각이었다.

XII

에밀리 브렌트는 저녁 식사를 위해 검은 비단 드레스로 갈아입은 다음 자기 방에서 성서를 읽고 있었다.

그녀의 입술이 글자를 따라 움직였다.

"믿음이 없는 자는 자기가 파놓은 구덩이에 빠지고, 자기가 감춘 올가미에 자기 발이 걸리리니. 주는 당신이 내리는 심판으로 스스로를 드러내시고, 악인은 자신이 판 함정에 빠지리니. 악인은 지옥으로 들어가리라."

그녀는 입술을 꼭 다물었다. 그리고 성서를 덮었다.

그녀는 일어나 연수정 브로치를 달고, 저녁 식사를 하기 위해 아래층으로 내려갔다.

제3장

I

저녁 식사가 끝나 가고 있었다.

음식은 맛있고, 포도주는 완벽했으며, 로저스의 시중은 훌륭했다.

모두들 원기를 회복했다. 그들은 한결 자유롭고 친밀하게 서로 대화를 나누기 시작했다.

포르투갈산 고급 포도주로 기분이 좋아진 워그레이브 판사가 신랄한 어조로 이야기를 늘어놓았고, 암스트롱 박사와 토니 매스턴이 그의 이야기에 귀를 기울이고 있었다. 에밀리 브렌트는 맥아더 장군과 이야기를 나누고 있었다. 두 사람이 모두 아는 친구들이 있다는 사실을 알게 된 것이다. 베라 클레이슨은 데이비스에게 남아프리카에 관해 쓸 만한 질문을 던졌고, 데이비스는 그 질문에 비교적

유창하게 대답하고 있었다. 롬바드는 그 대화에 귀를 기울였다. 그는 한두 차례 다른 이들을 탐색하듯 훑어보았다.

앤터니 매스턴이 갑자기 입을 열었다.

"이상하군요, 저거 말이에요. 그렇지 않아요?"

둥근 식탁 한가운데에 놓인 회전 유리판 위에 도기로 된 꼬마 인형들이 놓여 있었다.

토니가 말을 이었다.

"병정 인형들이네, 병정 섬이니까. 그래서 놓아둔 것 같은데요."

베라가 앞으로 몸을 기울였다.

"그런 것 같군요. 모두 몇 개죠? 열 개?"

베라는 감탄했다.

"정말 재미있군요! 쟤네들은 자장가에 나오는 열 꼬마 병정 같아요. 제 방 벽난로 선반 위에는 그 노래의 가사가 쓰여 있는 양피지가 액자에 들어 있어요."

롬바드가 말했다.

"제 방에도 있던데요."

"내 방에도."

"내 방에도."

모두들 입을 모아 말했다. 베라가 말했다.

"재미있는 생각 같지 않아요?"

워그레이브 판사가 못마땅하다는 듯 투덜거렸다.

"유치하기 짝이 없군."

그러고 나서 그는 자기 잔에 포도주를 따랐다.

에밀리 브렌트가 베라 클레이슨을 바라보았다. 베라 클레이슨도 브렌트 양을 바라보았다. 두 여자는 자리에서 일어섰다.

응접실에는 프랑스식 유리문이 테라스 쪽으로 열려 있었다. 파도가 바위에 부딪치는 소리가 그들에게까지 들려왔다.

에밀리 브렌트가 말했다.

"듣기 좋군요."

베라가 날카롭게 말을 받았다.

"전 저 소리가 싫어요."

에밀리 브렌트가 놀란 눈으로 그녀를 바라보았다. 베라는 얼굴을 붉혔다가 한결 가라앉은 어조로 말했다.

"폭풍우가 몰아칠 때면 이곳이 그리 기분 좋을 것 같지 않아요."

에밀리 브렌트가 동의했다.

"겨울에는 이곳을 폐쇄해야 할 것 같군요. 급료를 준다는 이유로 고용인을 이곳에 잡아 놓을 수는 없을 테니까요."

베라가 중얼거렸다.

"어쨌든 일하는 사람을 둔다는 건 어려운 일임에 틀림없어요."

에밀리 브렌트가 말했다.

"올리버 부인이 저 두 사람을 고용한 건 행운이에요. 그 여자의 요리는 정말 훌륭하더군요."

베라는 생각했다.

'노인네들은 웃기게도 언제나 이름을 헷갈려 한다니까.'

그녀가 말했다.

"그래요, 오웬 부인은 정말 복 많은 분 같아요."

에밀리 브렌트는 손가방에서 자그마한 자수감을 꺼낸 참이었다. 그녀는 바늘에 실을 꿰려다가 말고 날카로운 어조로 물었다.

"오웬이라뇨? 오웬이라고 했나요?"

"네."

에밀리 브렌트는 그럴 리가 없다는 단호한 표정으로 말했다.

"내 평생 오웬이라는 이름을 가진 사람은 만난 적이 없어요."

베라가 물끄러미 그녀를 응시했다.

"하지만 분명히……."

그녀는 그 말을 채 맺지 못했다. 문이 열리고 남자들이 들어왔던 것이다. 로저스가 커피 쟁반을 들고 그들의 뒤를 따라 방 안으로 들어왔다.

판사가 다가와 에밀리 브렌트 곁에 앉았다. 암스트롱은 베라 곁으로 갔다. 토니 매스턴은 열린 창문가로 다가갔다. 블로어는 놀라움에 찬 순진한 표정으로 황동으로 된 자그마한 조각상을 살펴보았다. 그 기묘하게 생긴 앙상한 조각상이 정말로 여인상일까 의아해하면서. 맥아더 장군은 벽난로 선반에 등을 대고 서 있었다. 그는 숱 적은 하얀 콧수염을 잡아당겼다. 대단히 훌륭한 식사였다. 원기가 회복되는 것 같았다. 롬바드는 벽 근처의 탁자 위에 다른 신문들과 함께 놓여 있는 《펀치》를 집어들어 책장을 넘겼다.

로저스가 커피 쟁반을 들고 좌중을 돌았다. 커피는 맛있었다. 정말 진했고 무척 뜨거웠다.

모두들 흡족하게 저녁 식사를 마쳤다. 그들은 자기 자신과 인생에 대해 만족감을 느꼈다. 시계 바늘이 9시 20분을 가리키고 있었다. 한동안 아무도 말이 없었다. 안락감과 포만감에 찬 고요함이었다.

갑자기 그 고요함 속으로 '목소리'가 울려퍼졌다. 아무런 경고도 없이 폐부를 찌르는 비인간적인 목소리였다…….

"신사 숙녀 여러분! 조용히 해 주십시오!"

모두 소스라치듯 놀랐다. 그들은 주위를 둘러보았다. 서로를, 이어서 방 안을. 도대체 이 목소리의 주인공은 누구란 말인가?

"여러분은 다음과 같은 죄목으로 기소된 죄인들입니다.

에드워드 조지 암스트롱, 당신은 1925년 3월 14일, 루이자 메어리 클리스의 죽음에 원인을 제공했습니다.

에밀리 캐롤라인 브렌트, 당신은 1931년 11월 5일에 일어난 베아트리스 테일러의 죽음에 책임이 있습니다.

윌리엄 헨리 블로어, 당신은 1928년 10월 10일, 제임스 스티븐 란더를 죽게 했습니다.

베라 엘리자베스 클레이슨, 1935년 8월 11일, 당신은 시릴 오길비 해밀턴을 죽게 했습니다.

필립 롬바드, 당신은 1932년 2월 어느 날 동아프리카의 원주민 스물한 명을 죽음으로 몰고 갔습니다.

존 고든 맥아더, 당신은 1917년 1월 1일, 아내의 정부인 아서 리치먼드를 죽게 했습니다.

앤터니 제임스 매스턴, 당신은 작년 11월 14일, 존 콤스와 루시 콤스를 죽게 했습니다.

토머스 로저스와 에델 로저스, 1929년 5월 6일 당신들은 제니퍼 브래디를 죽게 했습니다.

로렌스 존 워그레이브, 당신은 1930년 6월 10일에 에드워드 시튼을 죽게 했습니다.

법정에 선 피고 여러분, 당신들은 자신들을 변호하기 위해 할 말이 있습니까?"

II

'목소리'가 그쳤다.

한순간 겁에 질린 침묵에 이어 와장창 하고 뭔가 깨지는 소리가 들렸다! 로저스가 커피 쟁반을 떨어뜨린 것이다!

다음 순간 응접실 밖 어딘가에서 비명 소리와 함께 뭔가 쿵 하고 넘어지는 소리가 들려왔다.

제일 먼저 움직인 사람은 롬바드였다. 그는 달려가 문을 열어젖혔다. 문밖 잡동사니 한가운데에 로저스 부인이 쓰러져 있었다.

롬바드가 소리쳤다.

"매스턴!"

앤터니가 그를 도우러 달려갔다. 두 사람은 로저스 부인을 양쪽에서 일으켜 세워 응접실로 데려왔다.

암스트롱 박사가 재빨리 다가갔다. 그는 두 사람을 도와 그녀를 소파 위에 눕힌 다음 얼굴을 들여다보았다. 그가 재빨리 말했다.

"별일 아닙니다. 기절했을 뿐입니다. 잠시 후면 깨어날 겁니다."

롬바드가 로저스에게 말했다.

"브랜디를 좀 가져와요."

로저스는 안색이 하얗게 질린 채 두 손을 떨면서 작은 소리로 대답했다.

"알겠습니다, 선생님."

그는 재빨리 방을 나갔다.

베라가 비명을 질렀다.

"도대체 누가 그런 말을 한 거죠? 그 사람은 어디 있죠? 이건 마치, 마치……."

맥아더 장군이 내뱉듯이 말했다.

"도대체 무슨 일이 일어나고 있는 거지? 이게 무슨 짓궂은 장난이야?"

그의 두 손이 떨렸고 어깨는 축 늘어져 있었다. 갑자기 10년은 더 늙어 보였다.

블로어는 손수건으로 얼굴을 닦았다.

워그레이브 판사와 에밀리 브렌트만이 다른 사람들에 비해 침착했다. 에밀리 브렌트는 고개를 곧추 세운 채 꼿꼿이 앉아 있었다. 그녀의 양쪽 뺨이 발갛게 달아올라 있었다. 판사는 고개를 숙인 평소의 자세로 앉아 있었다. 그는 한쪽 손으로 귀를 긁적였다. 혼란과 경악과 지성이 어우러진 두 눈만이 줄곧 방 안을 둘러보고 있었다.

이번에도 역시 롬바드가 먼저 움직였다. 암스트롱은 쓰러진 로저스 부인을 돌보느라 바빴다. 할 일이 없어진 롬바드는 다시 한 번 다른 사람들보다 먼저 행동을 개시했다.

그가 말했다.

"그 목소리는? 바로 이 방 안에서 들려온 것 같았는데."

베라가 소리쳤다.

"누구예요? 누구냐고요? 우리들 중에는 없어요."

롬바드 역시 판사처럼 천천히 방 안을 둘러보았다. 그의 눈길이 한순간 열린 창문에 머물렀다. 이윽고 그는 단호하게 고개를 내저었다. 갑자기 그의 두 눈이 번쩍 빛났다. 그는 옆방으로 통하는, 벽난로 근처의 문을 향해 재빨리 달려갔다.

기민한 동작으로 그는 문손잡이를 돌린 다음 문을 열었다. 옆방으로 들어간 그의 입에서는 즉각 만족의 감탄사가 터져나왔다.

"그렇지, 여기 있군."

다른 사람들이 그를 따라 들어왔다. 에밀리 브렌트만이 의자에 꼿꼿이 앉은 채 움직이지 않았다.

탁자 하나가 응접실에 면한 벽에 바짝 붙어 있었고, 그 위에는 축음기가 놓여 있었다. 커다란 나팔 모양의 확성기가 달린 구식 축음기였다. 확성기의 입구는 벽 쪽으로 향해 있었다. 롬바드는 그 축음기를 한쪽으로 밀면서 벽에 뚫린 세 개의 작은 구멍을 손가락으로 가리켰다.

그가 축음기를 다시 제자리에 놓고 음반 위에 바늘을 올려놓자마자, 예의 목소리가 다시 흘러나오기 시작했다.

"여러분은 다음과 같은 죄목으로 기소된······."

베라가 외쳤다.

"꺼요! 끄라고요! 끔찍해요!"

롬바드는 축음기를 껐다.

암스트롱 박사가 안도의 한숨을 내쉬며 말했다.

"이건 정말 파렴치하고 잔인한 장난입니다."

워그레이브 판사가 나직한 목소리로 중얼거리듯 물었다.

"그러니까 선생은 이게 장난이라는 거요?"

의사가 물끄러미 그를 응시했다.

"아니면 뭐겠습니까?"

판사는 한쪽 손으로 천천히 윗입술을 쓰다듬으며 말했다.

"지금으로서는 무어라 말할 수 없소."

앤터니 매스턴이 끼어들었다.

"내 말 좀 들어 봐요. 모두 잊고 있는 게 한 가지 있어요. 도대체 어떤 작자가 저걸 틀었을까요?"

워그레이브가 나지막한 어조로 말했다.

"그렇소, 그걸 알아봐야 할 것 같소."

그는 앞장서서 응접실로 돌아갔다. 다른 사람들이 그 뒤를 따랐다.

그때 로저스가 브랜디 한 잔을 들고 응접실로 들어왔다. 에밀리 브렌트는 신음하는 로저스 부인을 들여다보고 있었다.

로저스가 어색한 태도로 두 여자 사이에 끼어들었다.

"부인, 제 아내와 말 좀 하게 해 주십시오. 여보, 에델, 이젠 괜찮아. 괜찮다고. 내 말 들려? 정신 차려."

로저스 부인의 호흡이 가빠졌다. 그녀는 겁에 질린 눈빛으로 모인 사람들의 얼굴을 거듭 둘러보았다. 로저스의 어조가 다급해졌다.

"정신 차려, 에델."

암스트롱 박사가 안심시키는 어조로 그녀에게 말했다.

"이제 괜찮을 겁니다, 로저스 부인. 현기증이 났던 것뿐입니다."

그녀가 물었다.

"제가 기절했었나요, 선생님?"

"그렇습니다."

"그 목소리……, 그 끔찍한 목소리가 마치 판결이라도 내리는 것처럼……."

그녀의 얼굴빛이 다시 새파래졌고 눈꺼풀이 파들거렸다.

암스트롱 박사가 날카롭게 물었다.

"브랜디 가져온 것 어디 있습니까?"

로저스가 가져온 브랜디 잔은 작은 탁자 위에 놓여 있었다. 누군가 그것을 집어서 의사에게 주자, 의사는 헐떡이고 있는 여자에게 몸을 기울여 그 잔을 건넸다.

"이걸 마셔요, 로저스 부인."

그녀는 목이 메는지 약간 헐떡거리며 브랜디를 마셨다. 효과가 있었다. 핏기가 돌아온 얼굴로 그녀가 말했다.

"이젠 괜찮아요. 잠깐 현기증이 났을 뿐이에요."

로저스가 재빨리 말했다.

"무리도 아니야. 나 역시 현기증이 났는걸. 쟁반을 떨어뜨릴 정도였어. 악의에 찬 거짓말이야! 대체 누가……."

그는 문득 말을 멈추었다. 기침 소리가 들려왔던 것이다. 건조하고 크지 않은 기침 소리였지만, 그의 고함을 멈추게 하기에 충분했다. 그는 워그레이브 판사를 응시했다. 판사가 다시 기침을 하고는 입을 열었다.

"누가 축음기에 그 레코드를 걸었소? 당신 아니오, 로저스?"

로저스가 외쳤다.

"그게 뭔지 전 몰랐습니다. 하느님께 맹세코 그게 뭔지 몰랐습니다, 선생님. 알았다면 결코 그런 짓을 하지 않았을 겁니다."

판사가 담담하게 말했다.

"당신 말이 맞을 거라고 생각하오. 하지만 몰랐다는 말로는 부족하다오, 로저스."

집사는 손수건으로 얼굴의 땀을 닦았다. 그는 필사적인 어조로 말했다.

"전 지시에 따랐을 뿐입니다, 선생님. 그뿐이에요."

"누구의 지시 말이오?"

"오웬 씨입니다."

워그레이브 판사가 말했다.

"자세히 말해 보시오. 오웬 씨의 지시란 게 정확히 어떤 거였소?"

"축음기에 그 레코드를 올려놓으라는 지시였습니다. 그 레코드는 서랍에 들어 있었습니다. 제가 커피 쟁반을 들고 응접실로 들어왔을 때, 아내가 축음기를 틀었지요."

판사가 나지막하게 말했다.

"흠잡을 데 없는 이야기군."

로저스가 소리쳤다.

"사실입니다, 선생님. 하느님께 맹세합니다. 전 그게 뭔지 몰랐습니다. 단 한순간도 말입니다. 그 레코드 위에는 제목이 있었습니다. 전 그게 그저 음악인 줄 알았습니다."

워그레이브가 롬바드를 바라보았다.

"레코드 위에 제목이 있었소?"

롬바드가 고개를 끄덕였다. 그는 갑자기 날카롭고 하얀 이를 드러내고 씩 웃으며 대답했다.

"분명 그랬답니다. '백조의 노래'라고 되어 있더군요……."

III

맥아더 장군이 갑자기 발끈했다. 그가 외쳤다.

"모든 게 뒤죽박죽이야. 엉망진창이라고! 이런 식으로 생사람을 잡다니! 이 일에 대해 뭔가 조치를 취해야 해. 이 오웬이라는 작자가 누구든 간에……."

에밀리 브렌트가 그의 말허리를 잘랐다. 그녀가 날카롭게 물었다.

"바로 그거예요. 그는 누구죠?"

판사가 끼어들었다. 그는 평생 동안 법정에서 몸에 밴 권위 있는 어조로 말했다.

"그것이야말로 우리가 주의 깊게 알아봐야 할 일이오. 로저스, 당신은 우선 아내를 침대에 데려다주는 게 좋겠소. 그런 다음 이리 돌아오시오."

"알겠습니다, 선생님."

암스트롱 박사가 말했다.

"내가 도와주겠습니다."

두 사람의 부축을 받으며 로저스 부인은 비틀거리며 응접실을 나갔다. 그들이 방을 나가자 매스턴이 말했다.

"선생님은 어떤지 몰라도, 난 한잔해야겠는데요."

롬바드가 말했다.

"나도 한잔할래요."

토니가 말했다.

"내가 가서 술을 찾아오죠."

그는 방을 나갔다가 이내 돌아왔다.

"문밖에 술이 놓인 쟁반이 준비되어 있더군요."

그는 조심스럽게 쟁반을 내려놓았다. 각자의 잔에 술을 따르느라 잠시 시간이 걸렸다. 맥아더 장군은 독한 위스키를 따랐고 판사도 마찬가지였다. 모두 원기를 돋워 줄 무엇인가를 필요로 하고 있었다. 에밀리 브렌트만이 물 한 잔을 원했을 뿐이었다.

암스트롱 박사가 다시 응접실로 들어왔다.

"로저스 부인은 괜찮습니다. 그녀에게 진정제를 주었지요. 그게 뭡니까, 술인가요? 나도 한잔하겠습니다."

몇 사람이 두 번째 잔을 채웠다. 잠시 후 로저스가 돌아왔다.

워그레이브 판사가 진행을 맡았다. 그 방이 임시 법정이 된 셈이었다.

판사가 물었다.

"자, 로저스. 우리는 기필코 사실을 알아내야겠소. 이 오웬이란 사내는 누구요?"

로저스가 허공을 응시했다.

"이 저택을 소유하고 있는 분입니다, 선생님."

"그건 나도 알고 있소. 내가 듣고 싶은 건 당신이 그 사람에 대해 뭘 알고 있는가 하는 거요."

로저스는 고개를 내저었다.

"대답할 수가 없습니다, 선생님. 전 한 번도 그분을 만난 적이 없으니까요."

좌중에 희미한 동요가 일었다.

맥아더 장군이 물었다.

"그 사람을 만난 적이 없다니? 그게 무슨 말이오?"

"제 아내와 저는 이곳에 도착한 지 채 일주일도 되지 않았습니다. 저희는 저희를 고용한다는 편지를 받았습니다. 어떤 직업 안내소를 통해서 말입니다. 플리머스에 있는 레지나 직업 안내소입니다."

블로어가 고개를 끄덕인 후 묻지도 않은 말을 했다.

"오래된 회사지."

워그레이브가 물었다.

"그 편지를 갖고 있소?"

"저희를 고용한다는 편지 말입니까? 아뇨, 선생님. 보관해 두지 않았는데요."

"이야기를 계속하시오. 그러니까 당신네 부부는 편지로 고용되었군."

"그렇습니다, 선생님. 지정된 날에 도착하라고 되어 있었지요. 저희는 그렇게 했습니다. 이곳에는 모든 것이 정리되어 있었습니다. 창고에는 식품이 가득 차 있었고, 모든 게 아주 훌륭했지요. 먼지를 닦아내는 것으로 충분했습니다."

"그 외에는?"

"그뿐입니다, 선생님. 저희는 역시 서면으로, 하우스 파티가 열릴 테니 손님방을 준비해 놓으라는 지시를 받았습니다. 그리고 어제 오후 우편으로 오웬 씨의 편지가 도착했습니다. 두 분의 도착이 늦어질 터이니 손님 대접에 만전을 기하라는 것이었습니다. 그 편지에는 식사와 커피를 대접하고 축음기에 레코드를 올려놓으라는 지시가 담겨 있었습니다."

판사가 날카롭게 물었다.

"그 편지는 갖고 있소?"

"그렇습니다, 선생님. 여기 있습니다."

로저스가 주머니에서 편지를 꺼냈다. 판사가 편지를 받았다.

"흠, 발신지는 리츠 호텔이고 타이프로 작성됐군."

블로어가 날랜 동작으로 그의 곁으로 다가오며 말했다.

"그 편지를 잠깐 보여 주시면……."

그는 상대의 손에서 편지를 채듯이 받아들어 훑어보고는 중얼거렸다.

"콜로네이션 타자기로 작성된 거군. 꽤 신형인데. 잘못된 키도 없고. 종이는 엔사인이네. 가장 흔하게 쓰이지. 이것만 가지고는 아무것도 알아낼 수 없겠군. 지문이 있을 수도 있지만 내 생각엔 남기지 않았을 것 같소."

워그레이브는 문득 관심이 가는 눈길로 그를 응시했다.

앤터니 매스턴이 블로어 옆에 서서 그의 어깨 너머로 그 편지를 바라보며 말했다.

"이 사람은 재미있는 세례명을 가졌군요, 그렇잖아요? 얼릭 노먼 오웬이라. 한 번에 발음도 안 되네."

판사가 약간 움찔하며 말했다.

"고맙소, 매스턴 씨. 당신 덕택에 특이하고 중요한 문제에 관심을 갖게 됐소."

그는 다른 사람들을 둘러보고는 화가 난 자라처럼 고개를 치켜들며 말했다.

"우리가 알고 있는 것을 한데 모아야 할 때가 된 것 같소. 각자 이 집의 주인에 대해서 알고 있는 것을 털어놓으면 도움이 될 거요."

그는 잠시 말을 끊었다가 계속했다.

"우리는 모두 그의 손님이오. 내 생각에 우리 한 사람 한 사람이 어떻게 그의 초대를 받게 되었는지 자세히 이야기해 보면 크게 도움이 될 것 같소."

잠시 침묵이 흐른 후 에밀리 브렌트가 엄격한 어조로 입을 열었다.

"이 모든 일이 이상하기 짝이 없어요. 나는 편지를 한 통 받았는데, 서명의 글씨를 알아보기 힘들었어요. 그 편지는 이삼 년 전 여름에 어떤 행락지에서 만난 여자가 보낸 것이었어요. 나는 편지를 보낸 사람이 아그덴이나 올리버일 것이라고 생각했어요. 올리버 부인이나 아그덴 양과는 알고 지내는 사이니까요. 하지만 오웬이라는 이름을 가진 사람과는 만난 적도, 가깝게 지낸 적도 없답니다."

워그레이브 판사가 말했다.

"그 편지를 갖고 있습니까, 브렌트 양?"

"그럼요, 가서 가져오죠."

그녀는 자리를 떴다가 잠시 후 편지를 가지고 돌아왔다.

판사가 그 편지를 읽고는 말했다.

"슬슬 알 것 같소……. 클레이슨 양, 당신의 경우는?"

베라는 자신이 비서로 고용된 과정을 설명했다.

판사가 말했다.

"매스턴?"

앤터니가 대답했다.

"전보를 받았죠. 잘 아는 사람한테서요, 뱃저 버클리라고. 전보를 받고 깜짝 놀라긴 했어요. 그 늙다리가 노르웨이에 가 있는 줄 알았거든요. 나더러 이곳으로 달려오라더군요."

워그레이브는 다시 한 번 고개를 끄덕이고는 말했다.

"암스트롱 박사?"

"나는 이곳에 왕진을 온 겁니다."

"알겠소. 이 일가를 전부터 알고 있었던 게 아니란 말 아니오?"

"그렇습니다. 편지에는 동료 의사 이름이 언급되어 있더군요."

판사가 말했다.

"신뢰감을 주기 위해서였을 거요. 그래, 그리고 그 동료 의사는 지금은 당신과 연락이 끊긴 사람이겠지?"

"아니, 어…… 그렇습니다."

그때 롬바드가 블로어를 응시하고 있다가 불쑥 입을 열었다.

"잠깐만요. 방금 생각난 게 있는데……."

판사가 한쪽 손을 들어올렸다.

"잠깐만……."

"하지만 이건……."

"한 번에 한 가지씩 이야기합시다, 롬바드 씨. 지금은 우리가 어떻게 해서 오늘 저녁 이곳에 오게 되었는지를 알아보아야 하오. 맥아더 장군?"

콧수염을 잡아당기며 장군이 말했다.

"편지를 받았소. 이 오웬이라는 사람에게서 말이오. 내 옛 친구 몇 명이 이곳에 올 거라고 했소. 비공식적인 초대를 이해해 달라면서 말이오. 안타깝게도 그 편지는 갖고 있지 않소."

워그레이브가 물었다.

"롬바드 씨?"

롬바드는 재빨리 머리를 굴렸다. 모든 것을 털어놓을 것인가, 그러지 말 것인가. 그는 마음을 정했다.

"비슷한 얘깁니다. 초대장에는 잘 아는 친구들의 이름이 언급되어 있었습니다. 그 편지에 깜빡 속아 넘어갔지요. 그 편지는 찢어 버렸는데요."

워그레이브 판사는 블로어 씨에게 관심을 돌렸다. 판사는 엄지로 윗입술을 쓸었다. 그의 어조는 지나치리만큼 공손했다.

"이제까지 우리는 이상한 일을 겪었소. 실체를 알 수 없는 목소리가 우리 각각의 이름을 들면서 죄상을 폭로했소. 이제 그 죄상에 관해 이야기해야 할 차례요. 그에 앞서 한 가지 흥미로운 문제가 있소. 그 목소리는 윌리엄 헨리 블로어라는 이름을 언급했소. 하지만 우리가 아는 한 우리 중에는 블로어라는 이름을 가진 이가 없소. 한편 데이비스라는 이름은 나오지 않았소. 그것에 대해 어떻게 생각하시오, 데이비스 씨?"

블로어가 마뜩찮은 어조로 말했다.

"들통났군. 데이비스가 내 진짜 이름이 아니라는 걸 인정하오."

"당신이 윌리엄 헨리 블로어요?"

"그렇소."

롬바드가 끼어들었다.

"한마디 덧붙이겠습니다. 당신은 이름만 속인 게 아닙니다. 아까

전 당신이 거짓말을 하고 있다는 걸 알았습니다. 당신은 자신의 고향이 남아프리카의 네이틀이라고 했지요. 전 남아프리카와 네이틀을 잘 알고 있는데, 맹세코 당신은 그곳에 발도 들여놓은 적이 없을 겁니다."

모두의 눈길이 블로어에게 쏠렸다. 분노와 의혹에 찬 눈길이었다. 앤터니 매스턴이 그에게 한 걸음 다가섰다. 그의 두 주먹이 불끈 쥐어져 있었다.

"이 나쁜 자식, 뭐라고 말 좀 해 보시지?"

블로어는 고개를 뒤로 젖혔다. 그의 각진 턱이 드러났다.

"이건 오해요. 난 면허증을 갖고 있고 그걸 보여 줄 수도 있소. 난 런던 경찰국 수사과에 근무했었소. 지금은 플리머스에서 탐정 사무소를 운영하고 있소. 그 일로 여기에 온 거라오."

워그레이브 판사가 물었다.

"누가 당신을 고용했소?"

"이 오웬이라는 자요. 비용으로 상당한 금액이 동봉되어 있었고, 편지에 내가 할 일이 설명되어 있었소. 손님으로 가장하고 하우스 파티에 참석하라는 것이었소. 당신들의 이름이 적힌 명단도 받았소. 난 당신들을 모두 감시해야 했소."

"이유가 있을 거 아니오?"

블로어는 침통하게 대답했다.

"오웬 부인의 보석 때문이랬소. 오웬 부인이라니, 어처구니 없군! 그런 사람은 있지도 않은데."

판사는 다시 한 번 입술을 매만졌다. 이번에는 흡족한 듯이.

"당신 말이 맞을 거요. 얼릭 노먼 오웬이라! 브렌트 양이 받은 편지의 서명은 성을 알아볼 수 없었지만 베라 양이 받은 편지에서 낸시라는 세례명은 그런 대로 알아볼 수 있었소. 양쪽 다 약자가 같소. 얼릭 노먼 오웬이나 유너 낸시 오웬이나 말이오. 다시 말하자면 양쪽 다 U. N. 오웬(Owen)이오. 약간의 상상력을 발휘한다면 언노운(UNKNOWN), 곧 '미지의 인물'을 뜻하는 거요!"

베라가 소리쳤다.

"하지만 그건 있을 수 없는 일이에요. 미친 짓이라고요."

판사가 천천히 고개를 끄덕였다.

"바로 그렇소. 우리를 이곳에 초대한 사람은 미치광이인 게 분명하오. 어쩌면 위험하기 짝이 없는 살인광일지도 모르지."

제4장

I

잠시 침묵이 흘렀다. 두려움과 당혹감이 어우러진 침묵이었다. 이윽고 작지만 또렷한 판사의 목소리가 다시 이어졌다.

"이제 다음 조사로 넘어갑시다. 그 전에 내 경우를 덧붙이겠소."

그는 주머니에서 편지를 꺼내 탁자 위에 던졌다.

"이 편지는 내 오랜 친구인 레이디 콘스탄스 컬밍턴이 보낸 것으로 되어 있소. 나는 여러 해 동안 그녀를 보지 못했소. 그녀가 동양으로 떠났기 때문이오. 이 편지는 그녀가 쓴 듯 애매하고 조리 없는 내용을 담고 있소. 모호하기 짝이 없는 표현으로 주인 부부에 대해 언급하면서 자신을 만나러 이곳으로 오라고 했소. 앞서와 똑같은 수법이라는 것을 알 수 있을 거요. 내가 이런 말을 하는 건 다른 증거와 부합하기 때문이오. 모든 것이 한 가지 흥미로운 사항으로 귀착되고 있소. 우리를 이곳으로 끌어들인 자가 누구든 간에 그 사람은 우리 각각에 대해 많은 것을 알고 있다는 거요. 아니면 그런 사실을 알아내기 위해 어려움을 무릅썼을지도 모르지. 누군지는 모르지만 그는 나와 레이디 콘스탄스가 친구 사이라는 것은 물론, 그녀가 어떤 식으로 편지를 쓰는지도 알고 있소. 그는 암스트롱 박사의 동료들과 그들의 현재 소재에 관해서도 알고 있소. 또한 매스턴 씨 친구의 별명과 그가 어떤 식으로 전보를 보내는지, 브렌트 양이 2년 전 어디서 여름 휴가를 보냈는지, 그곳에서 어떤 사람들을 만났는지도 정확히 알고 있소. 아울러 맥아더 장군의 옛 친구들에 대한 것도 말이오."

그는 잠시 말을 끊었다가 다시 이었다.

"이처럼 그는 많은 것을 알고 있소. 그리고 우리에 관한 지식을 토대로 우리의 죄상을 폭로했소."

즉각 왁자지껄한 반박이 터져나왔다.

맥아더 장군이 외쳤다.

"말도 안 되는 거짓말이오! 중상 모략이란 말이오!"

베라가 소리쳤다.

"정말 지독하군요! 악질이라고요!"

그녀의 숨결이 거칠어졌다.

로저스가 탁한 목소리로 말했다.

"모두 다 거짓말입니다. 악의에 찬 거짓말. 저희는 결코……, 저희는 둘 다……."

앤터니 매스턴이 투덜거렸다.

"도대체 무슨 일이 벌어지고 있는 건지 모르겠군!"

워그레이브 판사는 한쪽 손을 들어올려 그 소동을 진정시켰다.

그는 주의 깊게 단어를 골라가며 말했다.

"난 이렇게 말하고 싶소. 이 미지의 사내는 내가 에드워드 시튼 이라는 사람을 죽였다고 했소. 난 시튼을 분명하게 기억하고 있소. 1930년 6월 내 법정에 선 피고였지. 그는 어떤 노파를 살해한 죄목 으로 기소되었소. 그의 변호사는 훌륭했고, 증인석에 선 그 자신도 배심원들에게 좋은 인상을 주었소. 하지만 증거로 미루어보건대 그 는 유죄임이 분명했소. 나는 사건의 요점을 배심원들에게 설명했고, 배심원들은 유죄 판결을 내렸소. 판사가 부당한 개입을 했다는 이 유로 항소가 있었소. 그 항소는 기각되었고, 그는 당연히 처형되었 소. 여러분 앞에서 말하지만 그 문제에 있어서 나는 양심에 거리낄 것이 전혀 없소. 의무를 다했을 뿐이오. 유죄가 입증된 살인범에게 적절한 선고를 내린 것뿐이오."

암스트롱의 머릿속에 그 사건이 떠올랐다. 시튼 사건! 재판 결과 는 예상 밖이었다. 공판이 열리고 있던 어느 날 어떤 식당에서 시튼 의 관선 변호사인 매튜스를 만난 적이 있었다. 당시 변호사는 자신 만만했다.

"판결은 이미 나온 거나 다름없어요. 무죄가 분명합니다."

하지만 나중에 암스트롱은 이런 이야기를 들었다.

"판사가 피고에 대해 지독하게 적대적이었죠. 판사는 배심원의 마음을 돌려서 시튼에게 유죄 판결을 내리게 했답니다. 물론 합법적인 일이었죠. 노장 워그레이브 판사는 법을 잘 알고 있었으니까. 그는 피고에 대해 개인적인 원한을 갖고 있었던 모양입니다."

그 모든 기억들이 박사의 머릿속에 물밀듯이 밀려왔다. 그는 그런 질문을 하는 것이 지혜로운 일인지 생각해 볼 겨를도 없이 충동적으로 물었다.

"판사님은 시튼을 알고 계셨던 것이 아닌가요? 제 말은 그 사건이 있기 전에 말입니다."

개구리를 연상시키는, 뚜껑이 덮인 것 같은 판사의 두 눈과 그의 눈이 마주쳤다. 또렷하고 차가운 목소리로 판사가 말했다.

"그 사건 전에 나는 시튼을 본 적도 없소."

암스트롱은 마음속으로 생각했다.

'워그레이브는 거짓말을 하고 있어. 그가 거짓말하고 있다는 걸 난 알아.'

II

베라 클레이슨이 떨리는 목소리로 말을 시작했다.

"제 경우를 말씀드리겠어요. 그 애, 시릴 해밀턴에 대해서 말이에요. 전 그 애의 가정교사였어요. 전 멀리 헤엄을 치러 나가는 걸 엄격히 금지했어요. 어느 날, 제가 한눈을 파는 사이에, 그 애가 그만

멀리까지 헤엄쳐 나간 거예요. 전 그 애를 따라 헤엄쳐 갔지만……, 제가 구하기 전에 그만……. 끔찍한 일이었어요……. 하지만 제 잘못이 아니었어요. 심문한 검시관도 제게 잘못이 없다고 했어요. 그리고 그 애의 어머니, 그분은 정말 마음씨가 고운 분이셨어요. 그분도 저를 비난하지 않으셨는데, 도대체 왜 이런…… 왜 이런 끔찍한 말을 들어야 하는 거죠? 이건 부당해요, 부당하다고요…….”

그녀는 격한 울음을 터뜨렸다.

맥아더 장군이 그녀의 어깨를 토닥이며 말했다.

“자, 그만해요, 아가씨. 물론 그건 거짓말이오. 이자는 미치광이요. 미치광이! 머리가 돌았단 말이오! 엉뚱한 망상을 하고 있소.”

그는 자세를 바로하고 몸을 일으켜 세우며 외치듯 말했다.

“해답이 나오지 않는 이런 이야기는 집어치우는 게 좋겠소. 하지만 아서 리치먼드라는 젊은이에 대한 이야기를 해 둬야 할 것 같소. 그 이야기는 사실무근이지만 말이오. 리치먼드는 내 부하 장교 중의 하나였소. 나는 그에게 정찰 임무를 맡겼소. 그곳에서 그는 전사했소. 전시에는 흔한 일이오. 정말이지 어이가 없소. 내 아내에 대한 중상 모략 말이오. 내 아내는 더할 나위 없는 여자였소. 완벽했지. 카이사르 같은 군인의 아내로서 말이오!”

맥아더 장군은 자리에 앉았다. 그는 떨리는 손으로 콧수염을 쓰다듬었다. 그 말을 하는 게 매우 힘이 들었던 것이다.

롬바드가 입을 열었다. 그의 눈에 재미있어하는 표정이 떠올랐다.

“그 원주민들은…….”

매스턴이 물었다.

"그들은 어떻게 된 건데요?"

필립 롬바드는 씩 웃었다.

"그 이야기는 사실입니다! 전 그들을 유기했답니다. 제 한 목숨 살리고자 말입니다. 우리는 덤불 속에서 길을 잃었지요. 저와 다른 두 사람이 남은 식량을 가지고 도망쳤답니다."

맥아더 장군이 엄한 어조로 다그쳤다.

"그 사람들을 굶어 죽게 내버려 두었다는 거요?"

롬바드가 대답했다.

"'퍼커 사이브'*다운 행동이라고는 할 수 없겠죠. 하지만 자기 자신의 목숨을 구하는 것이야말로 인간의 제일가는 의무 아닙니까. 게다가 원주민들은 죽는 걸 대단찮게 여긴답니다. 죽음에 대한 개념이 유럽인들과는 다르다니까요."

베라가 고개를 들었다. 그녀는 롬바드를 쏘아보며 말했다.

"그들을 내버려 두었다고요? 굶어 죽도록?"

롬바드가 대답했다.

"그렇답니다."

그는 재미있다는 눈길로 겁에 질린 베라의 눈을 마주보았다.

앤터니 매스턴이 당황한 듯 느릿하게 말했다.

"그러고 보니 나도 이제 생각이 나는군요. 존 콤스와 루시 콤스

---

* '훌륭한 신사'를 뜻하는 인도식 영어.

말입니다. 케임브리지 근처에서 내 차에 치인 아이들 같네요. 재수도 더럽게 없었지."

워그레이브 판사가 신랄한 어조로 물었다.

"그 아이들이 말이오, 당신이 말이오?"

앤터니가 대답했다.

"그거야 내가 말입니다. 물론 판사님 말도 맞아요, 그 아이들 역시 운이 더럽게 없었지요. 물론 전적으로 사고였다고요. 오두막 같은 데서 아이들이 갑자기 뛰어나왔거든요. 난 1년 동안 면허 정지 처분을 받았죠. 불편해서 혼났어요."

암스트롱 박사가 흥분해서 말했다.

"그렇게 속도 위반을 하는 건 잘못입니다, 정말 문제란 말이에요! 당신 같은 젊은이들은 우리 사회에 위험한 존재들입니다."

앤터니는 무슨 소리냐는 듯이 어깨를 으쓱해 보이며 말했다.

"속도의 시대 아니냐고요. 당연한 말이지만 영국의 도로 사정은 형편없어요. 도대체 속도를 낼 수가 없다니까요."

그는 멍한 눈길로 자기 잔을 바라보더니 탁자에서 그것을 집어들고 사이드 테이블로 갔다. 자기 잔에 직접 위스키와 소다수를 따르며 그는 어깨 너머로 말했다.

"어쨌든 그건 내 잘못이 아니었어요. 사고였을 뿐인걸요!"

III

집사 로저스는 그동안 줄곧 침으로 입술을 적시고 두 손을 비틀어 대고 있었다. 이윽고 그는 나지막하고 공손한 어조로 입을 열었다.

"제가 한마디 해도 되겠습니까, 선생님?"

롬바드가 대답했다.

"얘기해 봐요, 로저스."

로저스는 헛기침을 한 다음 다시 한 번 마른 입술을 침으로 적셨다.

"저와 제 아내에 대한 언급도 있었지요. 그리고 브래디 양에 대해서도요. 그 얘기는 완전히 거짓말입니다, 선생님. 제 아내와 저는 브래디 양의 임종을 지켜보았습니다. 그분은 줄곧 건강이 나빴답니다. 저희가 그날 브래디 양의 집에 도착했을 때도 말입니다. 그분의 병세가 위독해진 날 밤에는 폭풍우가 몰아쳤습니다. 전화가 고장나서 병원에 전화를 걸 수가 없었어요. 그래서 제가 직접 의사를 부르러 갔습니다, 선생님. 하지만 의사가 도착했을 때 그분은 이미 숨을 거두신 후였습니다. 저희는 그분에게 최선을 다했습니다, 선생님. 그분께 헌신했지요. 모두 그렇게 말할 겁니다. 저희를 비난하는 말은 한 마디도 나오지 않았습니다. 단 한 마디도요."

롬바드는 생각에 잠겨 로저스의 경련하는 안면 근육과 마른 입술, 놀란 눈빛을 응시했다. 그리고 커피 쟁반이 와장창 소리를 내며 떨어졌던 일을 상기했다. 그는 생각했다.

'그렇단 말이지?'

하지만 입밖에 내어 말하지는 않았다.

블로어가 입을 열었다. 특유의 기운차고 빈틈없는 태도였다.

"하지만 그 여자의 죽음으로 얼마 안 되긴 하지만 유산을 물려받았을 거요, 안 그렇소?"

로저스는 자세를 바로했다. 그는 딱딱한 어조로 대답했다.

"브래디 양은 저희가 헌신적인 시중을 들어준 대가로 유산를 남겼습니다."

롬바드가 말했다.

"당신의 경우는 어떻습니까, 블로어 씨?"

"내 경우라니?"

"당신의 이름도 목록에 들어 있었잖아요?"

블로어의 얼굴이 새빨개졌다.

"란더 말이오? 그는 은행 강도였소. 런던 상업 은행이었지."

워그레이브 판사가 움찔 놀라며 말했다.

"나도 기억나오. 내가 맡은 사건은 아니었지만 기억하고 있소. 란더는 당신이 제시한 증거 때문에 유죄를 선고받았지. 당신은 당시 그 사건을 맡은 경찰관이 아니었소?"

블로어가 대답했다.

"맞소."

"란더는 종신형을 선고받고 1년 후 다트무어 교도소에서 죽었지. 그는 예민한 사내였소."

블로어가 말했다.

"그자는 악한이었소. 야간 경비원을 때려눕힌 건 바로 그자였소. 범인이 그자라는 것은 너무나도 명백했소."

워그레이브가 천천히 말했다.

"당신은 그 사건을 해결한 공로로 표창을 받았던 것 같은데."

블로어가 샐쭉한 어조로 대답했다.

"덕분에 승진을 했소."

그는 탁한 목소리로 덧붙였다.

"난 내 의무를 다했을 뿐이오."

롬바드가 웃음을 터뜨렸다. 쩌렁쩌렁 울리는 갑작스러운 웃음이었다. 그가 말했다.

"여기 모인 사람들은 정말이지 의무에 충실하고 준법 정신이 투철한 사람들 같군요! 저만 빼고 말입니다. 당신은 어떻습니까, 의사 선생님? 대수롭지 않은 직업상의 실수였습니까? 아니면 불법적인 수술이었나요?"

에밀리 브렌트가 혐오감에 찬 날선 눈길로 그를 쏘아보고는 몸을 약간 뒤로 뺐다.

암스트롱 의사는 탁월한 자기 통제력으로 기분 나쁜 내색 없이 고개를 내저었다.

"나는 그 얘기를 도통 이해할 수가 없습니다. 그 이름을 들었을 때 아무것도 떠오르는 것이 없었어요. 뭐라고 했더라, 클리스? 클로스? 나는 그런 이름의 환자를 진료한 적도, 어떤 식으로든 환자가 죽은 기억도 없어요. 정말 영문 모를 이야기군요. 게다가 1925년은 오래전 아닙니까. 병원에 근무할 때 그런 수술을 했을 수도 있고. 너무 늦게야 병원에 온 이들 말입니다. 그런 경우는 너무나도 많아요. 그리고 그런 환자가 죽으면, 사람들은 언제나 그게 외과 의사의 실수라고 생각한답니다."

그는 고개를 내저으며 한숨을 내쉬었다. 그리고 생각했다.

'취해 있었어, 바로 그 일이야. 잔뜩 취해 있었는데…… 수술을 했지! 도무지 집중이 안 되고, 두 손이 떨렸지. 내가 그녀를 죽인 게 분명해. 가엾은 노부인. 맨정신이었다면 간단한 수술이었는데. 내가 직업상 신임을 받고 있었던 게 다행이었어. 물론 담당 간호사는 알고 있었지만, 입을 다물었지. 맙소사, 그 수술 후에 얼마나 충격을 받았던가! 가까스로 나를 추스렸지. 하지만 숱한 세월이 흐른 지금, 도대체 누가 그 일을 알아낸 것일까?'

IV

방 안에는 침묵이 감돌았다. 은밀하게든 노골적으로든 모두 에밀리 브렌트를 쳐다보고 있었다. 잠시 후 그녀는 사람들의 시선이 자신에게 입을 열 것을 요구하고 있음을 의식했다. 그녀의 두 눈썹이 좁은 이마 위로 치켜 올라갔다. 그녀가 말했다.

"내가 뭔가 말하기를 기다리고 있는 건가요? 난 할 말이 전혀 없어요."

판사가 말했다.

"전혀 없단 말이오, 브렌트 양?"

"그래요."

그녀는 입술을 꼭 다물었다.

판사는 자기 얼굴을 쓸었다. 그가 부드럽게 물었다.

"자기 변호를 미루신단 말이오?"

브렌트 양이 냉랭하게 대답했다.

"변호 같은 건 할 필요가 없어요. 난 언제나 양심의 명령에 따라 행동해 왔어요. 스스로를 비난할 만한 일을 저지른 적이 없다고요."

방 안에는 불만스러운 분위기가 감돌았다. 하지만 에밀리 브렌트는 여론에 밀려 자기 뜻을 굽히는 사람이 아니었다. 그녀는 고집스러운 태도로 앉아 있었다.

판사가 한두 번 헛기침을 했다. 이윽고 그가 입을 열었다.

"우리의 조사는 이쯤 해 둡시다. 자, 로저스. 우리들과 당신네 부부 외에 이 섬에 또 누가 있소?"

"아무도 없습니다, 선생님. 우리들뿐입니다."

"틀림없소?"

"물론입니다, 선생님."

워그레이브가 말했다.

"정체 모를 이 집주인이 우리를 이곳에 모이게 한 목적은 아직 모르겠소. 하지만 내 견해를 말하자면, 그는 말 그대로 제정신이 아니라는 거요. 그는 위험한 인물일 수도 있소. 가능한 한 빨리 이곳을 뜨는 것이 좋을 것 같소. 오늘 밤 떠나는 것이 어떻겠소?"

로저스가 말했다.

"죄송합니다만, 선생님. 하지만 이 섬에는 배가 없는걸요."

"배가 한 척도 없다고?"

"그렇습니다, 선생님."

"그렇다면 어떻게 육지와 연락을 취한단 말이오?"

"프레드 내러코트가 아침마다 이곳에 옵니다, 선생님. 그는 빵과 우유와 우편물을 가져온 다음 저희 주문을 받아갑니다."

워그레이브 판사가 말했다.

"그렇다면 내일 아침 내러코트의 배가 도착하는 대로 모두 떠나는 편이 좋을 것 같소."

한 사람만이 이의를 제기했을 뿐 모두 입을 모아 찬성했다. 대다수의 의견에 동의하지 않은 사람은 앤터니 매스턴이었다.

"좀 비겁한 것 같지 않아요? 비밀을 밝혀내고 떠나야죠. 모든 것이 탐정 소설 같은데. 정말이지 스릴 만점이에요."

판사가 신랄한 어조로 말했다.

"이 나이가 되고 나니 자네가 말하는 '스릴' 같은 건 맛보고 싶지 않다네."

앤터니가 씩 웃으며 말했다.

"법에 얽매여 사는 삶은 갑갑하기 짝이 없다고요! 난 범죄를 지지한단 말입니다! 범죄를 위해 건배."

그는 자기 술잔을 들어올려 한 모금 길게 마셨다.

너무 서둘러 마신 모양이었다. 앤터니 매스턴은 사레가 들린 것 같았다. 아주 지독하게. 그의 얼굴이 일그러지더니 시뻘게졌다. 그는 숨을 헐떡이더니 의자에서 굴러 떨어졌다. 그의 손에서 술잔이 떨어졌다.

제5장

I

너무나도 갑작스럽고 예상치 못한 일이었는지라 모두 한동안 숨을 죽였다. 그들은 바닥에 쓰러진 사람을 멍하니 응시했다.

이윽고 암스트롱 박사가 달려가 매스턴의 곁에 주저앉아 그를 들여다보았다. 고개를 들었을 때 박사의 두 눈에는 당혹스러운 표정이 떠올라 있었다.

그는 무엇엔가 압도당한 듯 나지막한 목소리로 속삭이듯 말했다.

"맙소사! 이 사람은 죽었어요."

그들은 그의 말을 단번에 알아들을 수가 없었다.

죽었다? 죽다니? 건강과 힘에 넘치던, 북유럽 신화 속의 신 같던 그 젊은이가 한순간에 죽다니. 건강한 젊은이가 그렇게, 소다수를 탄 위스키에 사레들려 죽을 수는 없었다.

그랬다, 그들은 그 사실을 받아들일 수가 없었다.

암스트롱 박사는 죽은 사내의 얼굴을 들여다보았다. 그는 파랗게 변한 일그러진 입술에 코를 대고 냄새를 맡았다. 그런 다음 앤터니 매스턴이 마시고 있던 술잔을 집어들었다.

맥아더 장군이 물었다.

"죽다니? 선생 말은 이 친구가 사레들려서 죽었단 말이오?"

의사가 대답했다.

"숨이 막혔다고 할 수도 있습니다. 이 사람은 질식사한 겁니다."

암스트롱 박사는 술잔에 코를 대고 냄새를 맡았다. 그리고 남아 있는 술을 손가락으로 찍어서는 아주 조심스럽게 그 손가락을 혀 끝에 갖다 댔다.

의사의 표정이 달라졌다.

맥아더 장군이 말했다.

"사람이 이렇게 죽을 수 있다는 얘기는 들어 본 적이 없소. 그저 사레들린 것뿐이잖소!"

에밀리 브렌트가 또렷한 목소리로 말했다.

"죽음은 우리의 삶 한가운데 있어요."

암스트롱 박사가 일어섰다. 그가 불쑥 말했다.

"그렇습니다, 사레들린 것만으로 사람이 죽을 순 없어요. 매스턴 의 죽음은 이른바 자연사가 아닙니다."

베라가 속삭임에 가까울 정도로 조그맣게 말했다.

"위스키 속에…… 뭔가가…… 있었나요?"

암스트롱이 고개를 끄덕였다.

"그래요. 뭔지 정확히 말할 수는 없지만 말입니다. 청산 화합물의 일종인 것 같습니다. 청산 특유의 냄새가 강하지 않은 것으로 보아 청산가리인 듯합니다. 이건 즉각 효과를 발휘하지요."

판사가 재빨리 물었다.

"그게 그의 잔에 들어 있었단 말이오?"

"그렇습니다."

의사는 술이 놓여 있는 탁자로 다가갔다. 그리고 위스키의 마개를 열고 코로 냄새를 맡은 다음 혀로 맛을 보았다. 그런 다음 소다수도 맛을 보았다. 그는 고개를 내저었다.

"둘 다 괜찮은데."

롬바드가 말했다.

"당신 말은, 그가 직접 그 약을 자기 잔에 탔단 말입니까?"

암스트롱은 묘하고 석연치 않은 표정으로 고개를 끄덕였다. 그가 말했다.

"그런 것 같습니다."

블로어가 물었다.

"자살이란 말이오? 정말 이상한 일인데."

베라가 천천히 말했다.

"그 사람이 자살했다니 믿을 수가 없어요. 그렇게 활력에 넘치던 사람이었는데. 그는, 아, 삶을 즐기고 있었어요! 오늘 저녁 차를 몰며 언덕을 내려오던 그의 모습은 정말이지, 정말이지, 오, 무슨 말을 해야 할지 모르겠어요."

그들은 그녀가 무슨 말을 하려는 것인지 알고 있었다. 더할 수 없이 젊고 남자다운 앤터니 매스턴의 모습은 인간 이상의 어떤 존재처럼 여겨졌던 것이다. 그렇지만 이제 그는 축 늘어진 채 바닥에 널브러져 있었다.

암스트롱 박사가 물었다.

"자살 말고 다른 가능성이 있습니까?"

모두 천천히 고개를 내저었다. 다른 설명이 있을 수 없었다. 위스키와 소다수는 아무 이상이 없었다. 그들은 모두 앤터니 매스턴이 사이드 테이블로 걸어가 자기 잔에 직접 술을 따르는 것을 보지 않았던가. 그러므로 그의 술잔 안에 청산가리가 들었다면 그것을 거기 넣은 것은 앤터니 매스턴 본인일 터였다.

하지만, 도대체 왜 그가 자살을 해야 했단 말인가?

블로어가 생각에 잠긴 어조로 말했다.

"이것 보시오, 의사 선생. 이건 조리에 맞지 않는 것 같소. 내가 보기에 매스턴은 결코 자살할 사람이 아니오."

암스트롱이 말했다.

"나도 그렇게 생각합니다."

II

그들은 그런 결론에서 벗어날 수 없었다. 그 밖에 무슨 말로 사태를 설명한단 말인가?

암스트롱과 롬바드는 축 늘어진 앤터니 매스턴의 시신을 그의 침실로 데려가 눕히고 시트를 덮어 놓았다.

다시 그들이 아래층으로 내려왔을 때 나머지 사람들은 밤 기운이 차지 않았음에도 모두 으스스 몸을 떨며 모여 서 있었다.

에밀리 브렌트가 말했다.

"가서 자는 게 좋겠어요. 밤이 늦었어요."

밤 12시가 지난 시각이었다. 그 제안은 현명한 것이었지만 여전히 모두 머뭇거리고 있었다. 서로 모여 있어야 안심이 되는 것처럼.

판사가 말했다.

"그렇소, 좀 자 둬야 하오."

로저스가 말했다.

"저는 아직 응접실을 치우지 못했습니다."

롬바드가 퉁명스럽게 말했다.

"아침에 하면 되잖아요."

암스트롱이 로저스에게 말했다.

"당신 아내는 괜찮습니까?"

"가 보고 오겠습니다, 선생님."

그는 잠시 후 돌아왔다.

"평화롭게 자고 있더군요."

"다행이군. 깨우지 말아요."

"알겠습니다, 선생님. 저는 응접실을 치우고 문단속을 한 다음 잠자리에 들겠습니다."

그는 홀을 가로질러 응접실로 들어갔다.

다른 사람들은 내키지 않는 걸음으로 천천히 줄지어 2층으로 올라갔다.

만약 저택이 나무판이 삐걱거리고 어두컴컴하며 벽에는 두꺼운 판자가 덧대어진 낡은 집이었다면, 어쩌면 으스스한 기분이 들었으리라. 하지만 그 저택은 너무나도 현대적이었다. 어둑한 구석이라고는 찾아볼 수 없었고, 건들거리는 판자 같은 것도 있을 턱이 없었다. 집 안에는 밝은 전등빛이 넘쳤다. 모든 것이 산뜻하고 밝게 빛나고 있었다. 이 집 안에 감춰져 있는 것, 숨겨져 있는 것이 존재할 리가 없었다.

어쩌면 그것이야말로 가장 두려운 일인지도…….

층계를 다 올라간 그들은 잘자라는 인사를 나누었다. 각자 방으로 들어간 그들은 거의 의식하지 못한 채 반사적인 동작으로 안에서 문을 잠갔다.

III

편안하게 느껴지는 파스텔조의 방 안에서 워그레이브 판사는 옷

옷 벗고 잠자리에 들 준비를 했다.

그는 에드워드 시튼을 생각하고 있었다.

판사는 시튼을 분명하게 기억하고 있었다. 그의 머리카락, 푸른 눈빛, 솔직하고 편안하게 상대방의 눈길을 똑바로 주시하는 버릇 같은 것들을. 그 눈길 때문에 배심원들에게 그렇게 좋은 인상을 줄 수 있었던 것이다.

검사석에 선 르웰린은 좀 서툴렀다. 그는 지나치게 흥분해서 피고의 범죄를 증명하는 데에만 지나치게 신경을 썼다.

반면 변호인석에 선 매튜스는 훌륭했다. 그는 요점을 짚어냈다. 그의 반대 심문은 더할 나위 없이 훌륭했다. 증인을 다루는 그의 솜씨는 정말 대가다웠다.

그리고 시튼은 힘겨운 반대 심문을 잘 견뎌냈다. 그는 흥분하거나 감정에 휘둘리지 않았다. 배심원은 그런 그의 태도에 감명을 받은 것 같았다. 매튜스에게는 아마도 대세가 이미 결정된 것처럼 보였으리라.

판사는 조심스럽게 손목 시계의 태엽을 감아 침대 옆에 놓았다.

그는 그 법정에서의 느낌을 생생하게 기억하고 있었다. 사람들의 이야기를 듣고 기록하고 평가하고, 피고에게 불리한 증거 하나하나를 목록화하면서 느꼈던 감정을.

그는 그 사건을 즐기고 있었다! 변호사의 마지막 변론은 최고였다. 뒤이은 검사의 논고는 변론이 준 좋은 인상을 지우지 못했다.

그런 다음 자신이 사건의 요점을 설명하기 시작했다.

"이 사건은……."

워그레이브 판사는 조심스럽게 틀니를 빼서 물이 든 잔 속에 담았다. 입술선이 쭈글쭈글하게 허물어졌다. 그러자 그의 입은 야수의 입처럼 잔인해 보였다.

눈을 감으며 판사는 혼자 빙긋 웃었다.

자신은 시튼이라는 거위를 멋지게 요리하지 않았던가!

관절염 때문에 끙 소리를 내며 침대로 올라간 다음 그는 전등을 껐다.

IV

아래층 응접실로 들어간 로저스는 어리둥절한 채 서 있었다.

그는 탁자 한가운데 놓인 도기 인형들을 물끄러미 바라보았다.

그는 혼자 중얼거렸다.

"정말 이상한 일이야! 틀림없이 열 개가 있었는데."

V

맥아더 장군은 엎치락뒤치락 몸을 뒤척댔다.

잠이 오지 않았다.

어둠 속에서 아서 리치먼드의 얼굴이 줄곧 떠오르고 있었다.

그는 아서를 좋아했다. 너무나도 사랑했다. 아내 레슬리 역시 그를 좋아한다는 사실에 그는 흡족했었다.

아내는 감정의 기복이 심했다. 좋은 친구들을 보고도 경멸을 보내거나 무관심한 어조로 "멍청해요!" 하고 쏘아붙이기 일쑤였다. 언제나 그런 식이었다.

하지만 아서 리치먼드에게는 달랐다. 그들은 처음부터 잘 어울렸다. 두 사람은 연극과 음악과 그림에 관한 대화를 나누곤 했다. 그녀는 리치먼드에게 집적거리기도 하고 놀려 대기도 하고 장난을 치기도 했다. 그리고 맥아더 자신은 레슬리가 그 청년에게 어머니처럼 관심을 보인다고 생각하고 흡족해했다.

어머니처럼이라니! 리치먼드가 스물여덟 살, 레슬리는 스물아홉 살이라는 사실을 잊고 있었다니 자신은 얼마나 바보였던가.

그는 레슬리를 사랑했다. 지금도 눈앞에 그녀의 모습을 그릴 수 있었다. 갸름한 얼굴, 춤추는 듯한 짙은 잿빛 눈, 풍성하게 물결치는 갈색 머리카락을. 그는 레슬리를 사랑했고 추호도 그녀를 의심치 않았다.

전투가 한창인 프랑스 땅에서도 웃옷 안주머니에서 그녀의 사진을 꺼내 보며 그녀를 그리지 않았던가.

그러던 어느 날 올 것이 오고야 말았다!

바로 소설에 나오는 그대로였다. 편지가 뒤바뀌었다. 두 사람에게 각각 편지를 쓴 레슬리가 남편의 주소를 쓴 봉투에 리치먼드에게 보내는 편지를 넣었던 것이다. 오랜 세월이 흐른 지금까지도 그는 그 충격을 고스란히 기억하고 있었다. 그 고통까지도……

맙소사, 얼마나 고통스러웠던가!

게다가 그 일은 시작된 지 상당히 오래된 것 같았다. 그 편지가 그 사실을 확인시켜 주었다. 두 사람은 여러 차례 주말을 같이 보냈던 것이다! 리치먼드의 지난번 휴가에도……

레슬리, 레슬리와 아서라니!

빌어먹을 자식! 놈의 웃는 얼굴, "예, 장군님!" 하고 소리치는 놈의 활기찬 음성. 거짓말쟁이, 위선자! 남의 아내를 훔치다니!

그런 차가운 분노가 천천히 쌓여 갔다.

그는 애써 아무 내색도 하지 않고 아무것도 모르는 양 행동했다. 리치먼드에게도 전과 똑같이 대하려고 애썼다.

그런 노력이 성공했던가? 그런 것 같았다. 리치먼드는 그가 사실을 알고 있을지도 모른다는 생각은 하지 않는 듯했다. 긴장 때문에 신경이 줄곧 곤두서 있는 전쟁터에서 감정의 기복은 쉽사리 합리화될 수 있었다.

다만 신병 아미티지만은 한두 번 이상하다는 듯한 눈길로 그를 바라본 적이 있었다. 어리긴 했지만 그 청년에게는 직관력이 있었다.

그 일이 일어났을 때, 아미티지는 사태를 눈치 챈 것 같았다.

그는 일부러 리치먼드를 사지로 보냈다. 기적이 일어나지 않고서는 그곳에서 무사히 돌아올 수 없을 터였다. 그리고 기적은 일어나지 않았다. 그랬다, 그는 리치먼드를 죽음으로 내몰았고, 그 사실에 아무런 죄책감도 느끼지 않았다. 그것은 어렵지 않은 일이었다. 실수는 흔한 일이었고, 장교들은 특별한 이유 없이도 사지로 파견되곤 했다. 모든 것이 혼논이고 공포였다. 나중에 이런 뒷소리 정도는 나올 터였다. '맥아더 노장군이 침착을 잃고 큰 실수를 저질렀어. 훌륭한 부하 몇 명이 희생되었지.' 더 이상의 이야기는 나오지 않을 터였다.

하지만 신병 아미티지만은 달랐다. 아미티지가 그를 바라보는 눈길에는 의혹이 서려 있었다. 아미티지는 그가 리치먼드를 고의적으로 사지로 파견했다는 사실을 눈치 챈 듯했다.

(전쟁이 끝난 후 아미티지가 그 이야기를 떠벌린 것일까?)

레슬리는 그 사실을 모르고 있었다. (짐작건대) 그녀는 연인의 죽음에 눈물을 흘렸겠지만 그가 영국으로 돌아왔을 때에는 그녀의 눈물도 말라 있었다. 그는 자신이 사실을 알아냈다는 말을 그녀에게 하지 않았다. 그들은 함께 살았다. 하지만 그녀는 왠지 전과 달라진 것 같았다. 삼사 년 후 그녀는 양측 폐렴에 걸려 세상을 떠났다.

오래전의 일이었다. 15년, 아니, 16년 전이었던가?

그 후 그는 제대를 하고 데번으로 이사를 왔다. 언제나 갖고 싶었던 자그마한 집을 샀다. 좋은 이웃에 너무나도 살기 좋은 곳이었다. 간간이 사냥과 낚시도 즐길 수 있었다. 일요일이면 교회에 가곤 했다. (하지만 다윗이 밧세바를 차지하기 위해 우리야를 사지로 보내는 성경 구절이 낭독되는 날은 집에 있었다. 왠지 마음이 불편해서 그 구절을 듣고 있을 수가 없었다.)

모두 그에게 친절했다. 처음에는, 그랬다. 시간이 흐르자 그는 사람들이 뒤에서 자신의 험담을 하고 있는 것 같아서 마음이 편치 않왔다. 자신을 바라보는 눈빛도 왠지 처음과는 다른 것 같았다. 무슨 말, 무슨 소문이라도 들은 것처럼…….

(아미티지? 아미티지가 입을 연 것일까?)

그 후 그는 사람을 만나는 것이 싫어, 집에 틀어박혀 지냈다. 사람들이 자신에 대해 이러쿵저러쿵하고 있다고 느끼자 불쾌하기 짝이 없었다.

하지만 이 모든 것이 아주 오래전의 일이었다. 이제는 아무, 아무 의미도 없었다. 레슬리도 아서 리치먼드도 아득한 세월 저편으로 사라지고 말았다. 그동안의 모든 일이 이제는 하찮게 느껴질 뿐이었다.

하지만 그 일 때문에 인생이 쓸쓸해지고 말았다. 옛 전우들을 멀리하게 된 것이다.

(아미티지가 입을 열었다면, 그들 역시 그 일을 알고 있을 터였다.)

그런데 이제 와서, 오늘 밤, 미지의 목소리가 그 오래된 비밀을 폭로한 것이다.

자신이 아까 적절히 대처했던가? 당황하지는 않았던가? 죄책감이나 당혹감이 아니라, 그런 경우에 어울리는 분개나 혐오를 드러내보였던가? 확신할 수가 없었다.

아무도 그 죄상을 심각하게 받아들이지 않는 듯했다. 그 목소리가 언급한 것 중에는 말도 안 되는, 정말이지 얼토당토않은 내용이 한둘이 아니었다. 그 매력적인 아가씨가 어린아이를 물에 빠뜨려 죽였다니! 말도 안 되는 소리! 미치광이가 어이없는 비난을 쏟아 놓고 있는 깃이었다!

같은 연대에 있던 톰 브렌트의 조카인 에밀리 브렌트의 경우도 그랬다. 그 목소리는 그녀를 살인범이라고 비난하고 있었다! 하지만 그 여자가 목사에 견줄 정도로 독실한 교인이라는 사실은 누구라도 쉽게 알 수 있었다.

이 모든 일이 이상하기 짝이 없었다! 미친 짓일 뿐이었다.

이곳에 도착한 이래로, 그런데 그게 언제였더라? 이런, 빌어먹을, 바로 오늘 오후였다! 훨씬 오래된 것 같았다.

그는 생각했다.

'언제 이곳에서 풀려날 수 있을까?'

두말할 것 없이 내일이면 이곳을 벗어나리라. 육지에서 모터보트가 도착하는 대로.

우습게도 이 순간 그는 이 섬을 벗어나고 싶은 생각이 별로 없었다……. 육지로, 자그마한 자기 집으로, 그 모든 어려움과 걱정 한가운데로 돌아가고 싶은 생각이 들지 않았다. 열어 놓은 창문을 통해 파도가 바위에 부서지는 소리가 들려왔다. 그 소리는 저녁 무렵보다 좀더 커진 것 같았다. 바람 역시 거세지고 있었다.

그는 생각했다.

'평화로운 소리. 평화로운 곳…….'

또 그는 생각했다.

'섬이 가진 가장 큰 장점은 이곳에 오면, 더 이상 나아갈 수 없다는 데 있지……. 끝에 이른 셈이니까…….'

문득 그는 자신이 이 섬을 떠나고 싶어 하지 않는다는 사실을 깨달았다.

VI

베라 클레이슨은 말짱한 정신으로 침대에 누워 천장을 응시하고 있었다.

침대 옆의 스탠드가 켜져 있었다. 어둠이 두려웠다.

그녀는 생각했다.

'휴고…… 휴고…… 어째서 오늘 밤 당신이 이다지도 가깝게 있는 것처럼 느껴지는 걸까? 아주 가까운 곳에 있는 것처럼…….

그는 지금 어디 있을까? 모르겠어. 결코 알 수 없겠지. 그는 즉시, 나에게서, 그저 떠나 버렸어.'

휴고를 생각하지 않으려 했지만 소용없었다. 그는 그녀 곁에 있었다. 그를 생각하지 않을 수 없었다. 기억을 떠올리지 않을 수 없었다.

콘월…….

검은 바위, 매끄러운 노란 모래. 풍채 좋고 사람 좋은 해밀턴 부인. 언제나 징징거리며 손을 잡아끌던 시릴.

"저 바위까지 헤엄쳐서 가고 싶어요, 클레이슨 선생님. 왜 저 바위까지 헤엄쳐서 가면 안 되나요?"

고개를 들면 자신을 바라보고 있는 휴고의 눈길과 마주쳤다.

그날 저녁 시릴이 잠자리에 들고 나자…….

"산책을 나갑시다, 클레이슨 양."

"좋아요."

해변가까지의 점잖은 산책. 달빛, 대서양의 부드러운 대기.

그러고는, 휴고가 그녀를 끌어안았다.

"사랑해요. 당신을 사랑합니다. 내가 당신을 사랑한다는 거 알죠, 베라?"

그랬다, 그녀는 알고 있었다.

(아니, 알고 있다고 생각했던 것일까.)

"난 당신에게 결혼해 달라고 할 수가 없어요. 난 무일푼입니다. 나 혼자 먹고사는 게 고작이죠. 이상하게 들리겠지만 석 달 동안 부자가 되리라는 기대에 차서 산 적이 있었어요. 시릴이 태어난 건 모리스 형이 죽은 후 3개월 후였으니까요. 만약 그 애가 여자 아이였다면⋯⋯."

만약 그 아이가 여자 아이였다면, 휴고는 형의 재산을 고스란히 물려받았으리라. 그 사실에 절망했었노라고 그는 고백했다.

"물론 그것에 온 희망을 걸고 있었던 건 아니에요. 하지만 타격을 입은 건 사실이죠. 아, 뭐, 요행은 요행에 지나지 않아요! 시릴은 좋은 아이입니다. 난 정말이지 그 애를 사랑해요."

그는 실제로 시릴을 귀여워했다. 언제라도 어린 조카와 놀아 주고 그 애의 놀이 상대가 되어 주곤 했다. 휴고는 천성적으로 악의 같은 것을 품지 못하는 사람이었다.

시릴은 몸이 약했다. 활기 없는 허약한 아이였다. 장성하기 전에 죽을 수도 있었다…….

그렇게 되면……?

"클레이슨 선생님, 왜 저 바위까지 헤엄쳐서 가면 안 되나요?"

떼쓰는 소리가 짜증스럽게 되풀이되고 있었다.

"너무 멀잖아, 시릴."

"하지만 클레이슨 선생니임…….'

베라는 자리에서 일어섰다. 그녀는 화장대로 가서 아스피린 세 알을 먹었다.

그녀는 생각했다.

'잘 듣는 수면제를 갖고 올걸. 나라면 베로날 같은 수면제를 잔뜩 먹고 자살하는 쪽을 택했을 거야. 청산가리 같은 건 싫어!'

그녀는 시뻘겋게 변한 앤터니 매스턴의 얼굴을 떠올리며 부르르 몸을 떨었다.

벽난로 선반을 지나면서 그녀는 액자 속의 동시를 올려다보았다.

열 꼬마 병정이 밥을 먹으러 나갔네.

하나가 사레들었네. 그리고 아홉이 남았네.

그녀는 생각했다.

'소름 끼쳐. 오늘 밤 벌어진 일과 똑같잖아…….'

앤터니 매스턴은 어째서 자살한 것일까?

그녀는 죽고 싶지 않았다.

자살 같은 것은 상상도 할 수 없었다…….

죽음은, 다른 이들에게나 해당되는 것일 뿐…….

제6장

I

암스트롱 박사는 꿈을 꾸고 있었다…….

수술실 안은 몹시 더웠다…….

실내 온도가 너무 높은 것이 아닐까? 그의 얼굴에서 땀방울이 흘러내렸다. 두 손에는 진땀이 나 있었다. 메스를 힘주어 잡기가 어려웠다…….

얼마나 날카로운 칼날인가…….

이런 칼로 살인을 하는 것은 쉬운 일이었다. 그리고 그는 바로 살인을 저지르는 중이었다…….

그 여자의 몸은 전혀 달라 보였다. 크고 뚱뚱했다고 기억하는데, 수술대 위의 여자는 여위고 빈약했다. 얼굴은 가려져 있었다.

자신이 죽여야 하는 이 여자는 누구일까?

기억해 낼 수가 없었다. 하지만 알아야 했다! 간호사에게 물어봐야 하는 걸까?

간호사는 그를 지켜보고 있었다. 아니, 그럴 수는 없었다. 그녀는 그를 의심하고 있었다. 그는 그 사실을 알 수 있었다.

하지만 수술대 위에 누워 있는 건 도대체 누구란 말인가?

이런 식으로 얼굴을 덮어 놓지 말았어야 했는데…….

얼굴을 볼 수만 있다면…….

아! 다행이군. 어린 견습 간호사가 환자의 얼굴을 가리고 있는 천을 벗겨내고 있었다.

에밀리 브렌트였다. 죽여야 할 사람은 다름아닌 에밀리 브렌트였던 것이다. 그녀의 두 눈은 얼마나 심술궂은가! 그녀의 입술이 움직이고 있었다. 그녀는 무슨 말을 하고 있는 것일까?

"죽음은 우리의 삶 한가운데 있어요……."

이제 그녀는 소리내어 웃고 있었다. 안 돼, 간호사, 천을 도로 덮지 마. 난 봐야겠어. 마취제를 가져왔는데. 에테르가 어디 갔지? 분명히 에테르를 갖고 왔는데. 간호사, 에테르를 어떻게 한 거야? 대신 샤토네프 뒤 파프 포도주가 있다고? 좋아, 그것도 훌륭한 효과를 발휘할 거야.

그 천을 걷어 버려, 간호사.

과연! 난 처음부터 알고 있었어. 이건 앤터니 매스턴이잖아. 그의 얼굴이 새빨개지고 뒤틀려 있군. 하지만 살아 있는걸, 이렇게 소리

내어 웃고 있잖아. 그가 소리 내어 웃고 있다니까! 수술대를 흔들어 대고 있어.

조심하게, 이 친구야, 조심해. 간호사, 이 사람을 진정시켜, 진정시키라고.

암스트롱 박사는 소스라치게 놀라 잠에서 깼다. 아침이었다. 햇빛이 방 안으로 쏟아져 들어오고 있었다.

누군가 그를 내려다보며 흔들어 깨우고 있었다. 로저스였다. 하얗게 질린 얼굴로 로저스가 그를 불렀다.

"선생님, 의사 선생님!"

잠이 완전히 달아났다.

그는 침대에서 일어나 앉아 날카롭게 물었다.

"무슨 일입니까?"

"제 아내요, 선생님. 깨워도 일어나질 않아요. 맙소사, 깨워도 일어나지를 않습니다. 그리고 눈빛에도 초점이 없습니다."

암스트롱 박사는 신속하게 움직였다. 그는 잠옷 위에 가운을 걸치고 로저스의 뒤를 따랐다.

그는 침대에 조용히 모로 누워 있는 여자를 들여다 보았다. 차가워진 손을 들어올린 다음 눈꺼풀을 열었다. 잠시 후 그는 몸을 일으켜 세우고는 침대에 등을 돌렸다.

로저스가 조그만 소리로 물었다.

"혹시……, 혹시……?"

그는 마른 입술에 침을 적셨다.

암스트롱이 고개를 끄덕였다.

"그래요, 당신 아내는 죽었습니다."

그는 생각에 잠긴 눈길로 눈앞의 사내를 바라보았다. 이윽고 그 시선은 침대 옆에 놓인 탁자와 세면대에 머물렀다가 침대 위의 여자에게로 돌아왔다.

로저스가 물었다.

"심, 심장 마비였나요, 선생님?"

암스트롱 박사는 잠시 뜸을 들였다가 물었다.

"평소 당신 아내의 건강은 어땠습니까?"

로저스가 대답했다.

"류머티즘 증세가 조금 있었습니다."

"최근 의사의 진료를 받은 적이 있나요?"

로저스는 눈을 크게 떴다.

"의사요? 저희 둘 다 최근 몇 년 간 의사에게 간 적이 없습니다."

"아내 분이 심장병으로 고생하진 않았단 말입니까?"

"그렇습니다, 선생님. 그런 말은 들어 본 적이 없습니다."

"잠은 잘 자는 편이었나요?"

그러자 로저스는 의사의 눈길을 피했다. 그는 두 손을 한데 모으더니 불안한 듯 비틀어 댔다. 그가 입을 열었다.

"아내는 거의 잠을 이루지 못했습니다."

의사가 날카롭게 물었다.

"잠을 자기 위해 약 같은 것을 복용했나요?"

로저스는 놀라서 물끄러미 그를 응시했다.

"약을 먹었냐고요? 잠을 자기 위해서요? 제가 아는 한 그런 일은 없습니다. 그랬을 리가 없습니다."

암스트롱은 세면대로 갔다.

세면대 위에는 여러 개의 병들이 놓여 있었다. 헤어 로션, 라벤더 워터, 캐스캐어러 허브 티, 오이 추출물이 든 핸드 크림, 양치액, 치약, 그리고 엘리맨스 근육통 치료제 등이었다.

로저스가 그를 도와 화장대의 서랍을 열었다. 그들은 정리장도 열어 보았다. 하지만 물약이든 알약이든 간에 수면제는 보이지 않았다.

로저스가 말했다.

"제 아내는 어제 저녁 아무것도 먹지 않았습니다, 선생님. 선생님께서 주신 것 말고는……."

II

9시 정각 아침 식사를 알리는 종이 울렸을 때, 사람들은 모두 일어나 있었다.

맥아더 장군과 판사는 바깥 테라스를 걸으며 정치적 상황에 대해 이런저런 의견을 나누고 있었다.

베라 클레이슨과 필립 롬바드는 저택 뒤의 언덕 꼭대기에 올랐다. 그곳에는 윌리엄 헨리 블로어가 먼저 와서 육지를 응시하고 있었다.

그가 말했다.

"모터보트가 오는 기미는 아직 없소. 줄곧 지켜보고 있었는데 말이오."

베라가 웃으며 말했다.

"데번은 한산한 곳이에요. 늦는 게 보통이지요."

필립 롬바드는 반대쪽 바다를 바라보고 있었다.

그가 불쑥 입을 열었다.

"날씨가 어떨까요?"

하늘을 바라보며 블로어가 말했다.

"내가 보기엔 괜찮을 것 같은데."

롬바드가 입술을 오므리고 휘파람을 불고는 말했다.

"오늘이 가기 전에 바람이 높아질 겁니다."

블로어가 물었다.

"폭풍우가 올 거란 말이오?"

아래쪽에서 종소리가 들려왔다.

필립 롬바드가 말했다.

"아침 식사를 하라는 건가? 그래, 좀 먹어야겠어."

가파른 언덕을 내려오면서 블로어는 진지한 어조로 롬바드에게 말했다.

"저기, 난 그게 영 신경에 쓰인단 말이오. 그 젊은 친구가 왜 그런 짓을 저질렀을까! 밤새 그 생각을 했다오."

베라는 조금 앞서 걷고 있었다. 롬바드는 약간 주춤하고는 입을 열었다.

"다른 추측이라도?"

"증거가 있었으면 좋겠소. 우선 동기라도 말이오. 말해 둬야 할 건 그 친구가 부자였다는 거요."

에밀리 브렌트가 그들이 오는 것을 보고 응접실 창문 밖으로 얼굴을 내밀고는 날카로운 어조로 물었다.

"보트가 오고 있나요?"

"아직 안 오는데요."

베라가 대답했다.

그들은 아침 식사를 하기 위해 안으로 들어갔다. 식기대 위에는 달걀과 베이컨이 담긴 커다란 접시와 차와 커피가 준비되어 있었다.

로저스는 그들이 들어올 수 있도록 문을 열어 놓고 있다가 밖으로 나가 문을 닫았다.

에밀리 브렌트가 말했다.

"저 사람, 오늘 아침은 어디가 아픈 것 같군요."

창가에 서 있던 암스트롱 박사가 헛기침을 하고 나서 말했다.

"오늘 아침 식사가 부실하더라도, 에에, 양해해 주셔야 합니다. 로저스 혼자 최선을 다해 준비한 거니까요. 로저스 부인은, 에, 오늘 아침 식사 준비를 할 수 없었습니다."

에밀리 브렌트가 날카롭게 물었다.

"그 여자한테 무슨 일이 생겼나요?"

암스트롱이 다독이는 어조로 대답했다.

"먼저 아침 식사부터 합시다. 달걀이 식을 테니까요. 그런 다음 여러분과 할 말이 있습니다."

그들은 의사의 암시를 알아들었다. 접시에 음식을 덜고, 커피와 차를 따랐다. 식사가 시작되었다.

암묵적인 동의에 의해 그 섬에 관한 화제는 금기였다. 대신 그들은 시사 문제에 대해 잡다하게 이야기를 나누었다. 해외 소식, 스포츠계의 여러 가지 사건, 최근 다시 나타난 네스 호의 괴물 등에 관해.

이윽고 접시가 치워지자, 암스트롱 박사가 의자에서 약간 몸을 뒤로 젖히고 뭔가 중요한 말을 하려는 듯 헛기침을 한 다음 입을 열었다.

"식사 후에 슬픈 소식을 알리는 편이 나을 것 같았습니다. 로저스 부인이 자다가 숨을 거두었습니다."

놀라움과 충격에 찬 외마디 소리가 터져나왔다.

베라가 소리쳤다.

"정말 끔찍해요! 우리가 도착한 후 이 섬에서 두 사람이 죽다니 말이에요!"

워그레이브 판사가 미간을 찌푸리며 예의 작고 명료한 음성으로 물었다.

"흠, 뜻밖의 일이군. 사인이 뭐요?"

암스트롱은 모르겠다는 듯이 어깨를 으쓱해 보였다.

"조사 없이는 말하기가 불가능합니다."

"검시를 해 봐야 한단 말이오?"

"저로서는 진단을 내릴 수가 없습니다. 그 여자의 건강 상태에 대해 아는 것이 전혀 없으니까요."

베라가 말했다.

"그 여자는 신경이 곤두서 있는 것 같았어요. 게다가 어젯밤 충격을 받았죠. 심장 이상이 아닐까요?"

암스트롱 박사가 건조한 어조로 말했다.

"그녀의 심장이 멈춘 건 분명합니다. 다만 무엇 때문에 멈췄느냐가 문제지요."

"양심의 가책 때문이에요!"

에밀리 브렌트가 한마디 했다. 그 말은 모여 있던 사람들에게 강한 충격을 주었다.

암스트롱이 그녀에게 몸을 돌렸다.

"정확하게 무슨 뜻입니까, 브렌트 양?"

빈틈없고 엄격한 입매의 에밀리 브렌트가 대답했다.

"모두 들었잖아요. 그녀는 자기 남편과 함께 전 고용주인 노부인을 의도적으로 살해했다는 비난을 받았어요."

"그래서 어쨌다는 겁니까?"

"그게 사실이었던 모양이지요. 모두 어젯밤 그녀의 모습을 보셨죠. 그녀는 그 자리에 쓰러져 정신을 잃었어요. 죄책감이 가슴에 사무쳐 충격을 견딜 수 없었던 거예요. 말 그대로 공포 때문에 죽은 거지요."

암스트롱 박사가 믿을 수 없다는 듯 고개를 내저었다.

"그건 그저 추리일 뿐입니다. 그녀의 건강 상태에 대해 보다 정확한 정보 없이는 그 추리를 인정할 수 없습니다. 만약 그녀의 심장에 문제가 있었다면……."

에밀리 브렌트가 차분히 말했다.

"그런 걸 하느님의 섭리라고 불러도 좋을 거예요."

모두 깜짝 놀란 것 같았다. 블로어가 불편한 기색으로 말했다.

"그건 좀 지나친 얘기 같소만, 브렌트 양."

그녀는 눈빛을 빛내며 좌중을 둘러보았다. 그녀의 턱이 치켜 올라갔다. 그녀가 입을 열었다.

"하느님의 분노가 죄인을 쓰러뜨릴 수 없단 말인가요! 난 그럴 수 있다고 믿어요!"

판사가 자신의 턱을 쓸었다. 그는 약간 비꼬는 듯한 어조로 나직히 말했다.

"친애하는 부인, 악을 다루어온 내 경험에 따르면 하느님의 섭리는 그 판결과 처벌을 우리 인간에게 맡겨두고 있소. 그래서 그 과정에 종종 어려움이 생기는 거라오. 지름길은 없소."

에밀리 브렌트는 그 말을 무시하듯 어깨를 으쓱해 보였다.

블로어가 날카롭게 물었다.

"로저스 부인이 어젯밤 잠자리에 든 다음에 뭘 먹거나 마시지 않았소?"

암스트롱이 대답했다.

"아무것도 먹지 않았답니다."

"아무것도 먹지 않았다? 차 한 잔? 물 한 잔도? 차 한 잔 정도는 마셨을 거요. 그런 사람들은 늘 그렇잖소."

"로저스 말이 그녀는 아무것도 마시지 않았답니다."

"호오. 그라면 그렇게 말하겠지."

블로어의 어조가 너무나도 의미심장했기 때문에 의사는 날카로운 눈길로 그를 바라보았다.

필립 롬바드가 말했다.

"그러니까 그게 당신 생각입니까?"

블로어가 흥분해서 말했다.

"그렇소, 안 될 것도 없잖소? 어젯밤 우리는 모두 그들의 죄상을 들었소. 그게 순전히 허튼 소리, 미친 짓에 불과할 수도 있소! 하지만 그렇지 않을 수도 있잖소. 그게 사실이라고 가정해 봅시다. 로저스와 그의 아내는 그 노부인을 제거했소. 그렇다면 어떤 결론이 나올 것 같소? 그들은 그 문제에 대해 완전히 마음을 놓고 행복하게 지내고 있었는데……."

베라가 그의 말허리를 잘랐다. 나지막한 어조로 그녀가 말했다.

"아니, 로저스 부인은 줄곧 불안해하고 있었던 것 같아요."

블로어는 그렇게 끼어든 그녀에게 약간 짜증이 난 모양이었다.

'여자들이란.'

그의 눈길이 그렇게 말하고 있었다.

그는 자신의 생각을 정리했다.

"그럴 수도 있소. 어쨌든 적어도 시시각각 닥쳐오는 위험 같은 건 없었소. 그런데 어젯밤, 어떤 정체 모를 미치광이가 비밀을 폭로한 거요. 그 결과 무슨 일이 벌어졌소? 그 여자는 정신적인 통제력과 자제력을 잃어버렸소. 그녀가 깨어났을 때 로저스가 어떤 태도로 그녀를 들여다보았는지 잊지 마시오. 남편으로서 아내가 걱정되어서만은 아니었을 거요! 아니고말고! 그의 모습은 뜨거운 벽돌 위의 고양이 같았소. 그녀가 입을 열까 봐 겁에 질려 있었던 거요.

여러분도 그런 입장이 되어 보시오! 그들은 살인을 저질렀지만 아무런 추궁도 당하지 않았소. 그런데 그 모든 것이 폭로될 참이라면, 어떤 일이 벌어지겠소? 십중팔구 그 여자는 모조리 불었을 거요. 그녀에겐 그 사태를 뻔뻔스럽게 헤쳐나갈 배짱이 없었소. 남편의 입장에서 보자면 그 여자는 살아 있는 위협이었소. 그는 끄떡없었소. 죽을 때까지 얼굴을 꼿꼿이 쳐들고 거짓말을 할 수 있었지. 하지만 아내를 믿을 수가 없었소! 그녀가 자제력을 잃으면, 그의 목이 날아갈 테니까! 그래서 그는 차에 뭔가를 넣어 그녀가 영원히 입을 다물게 한 거요."

암스트롱이 천천히 말했다.

"그녀의 침대 옆에는 빈 잔이 없었습니다. 아무것도 없었지요. 내가 확인했습니다."

블로어가 코웃음을 쳤다.

"물론 없었을 거요! 그녀가 차를 마시자마자 그가 얼른 그 잔을 가지고 나가서는 조심스럽게 씻어놓았을 테니까."

잠시 침묵이 찾아왔다. 이윽고 맥아더 장군이 믿어지지 않는다는 듯이 말했다.

"그럴 수도 있소. 하지만 나는 남편이란 사람이, 자기 아내에게 그런 짓을 저지를 수 있으리라고는 생각지 않소."

블로어가 짤막하게 소리내어 웃은 다음 말했다.

"자기 목이 날아갈 지경에 처했다면, 감정적인 것은 문제가 되지 않는 법이오."

모두 잠시 말이 없었다. 누군가 입을 열기 전에 문이 열리고 로저스가 들어왔다.

그는 한 사람 한 사람을 바라보며 물었다.

"더 필요한 건 없으십니까?"

워그레이브 판사가 자리에 앉은 채 몸을 움찔하고는 물었다.

"모터보트는 보통 몇 시에 도착하오?"

"아침 7시에서 8시 사이에 옵니다, 선생님. 때로는 8시 조금 넘어서 오기도 하지요. 오늘 아침 프레드 내러코트가 뭘 하고 있는 건지 모르겠습니다. 자기가 몸이 아플 때면 동생이라도 보내는데."

필립 롬바드가 물었다.

"지금 몇 시죠?"

"9시 50분입니다, 선생님."

롬바드의 눈썹이 치켜 올라갔다. 그는 천천히 고개를 끄덕였다.

로저스는 그 자리에서 잠시 기다렸다.

맥아더 장군이 참았던 말을 터뜨리듯 입을 열었다.

"당신 아내 일은 정말 안됐소, 로저스. 의사 선생께 방금 이야기를 들었다오."

로저스는 고개를 숙였다.

"예, 선생님. 고맙습니다, 선생님."

그는 빈 베이컨 접시를 집어들고 방을 나갔다.

또다시 침묵이 찾아왔다.

III

바깥 테라스에서 필립 롬바드가 말했다.

"모터보트 말인데요……."

블로어가 그를 바라보았다.

그는 고개를 끄덕이며 말했다.

"당신이 무슨 생각을 하고 있는지 알고 있소, 롬바드 씨. 나도 스스로에게 같은 질문을 했소. 모터보트는 두 시간 전에 이곳에 오게 되어 있었소. 하지만 오지 않았소. 도대체 왜?"

"답을 찾아냈습니까?"

"이건 우연한 사고가 아니라는 게 내 대답이오. 이건 이 일의 일부요. 모든 게 서로 긴밀히 연결되어 있소."

롬바드가 다시 물었다.

"그럼 보트가 안 올 거란 말입니까?"

그의 뒤에서 어떤 목소리가 들려왔다. 성마르고 초조한 목소리였다.

"모터보트는 오지 않을 거요."

블로어는 떡벌어진 어깨를 조금 돌려 생각에 잠긴 눈빛으로 목소리의 주인공을 바라보았다.

"장군님 생각도 그렇습니까?"

맥아더 장군이 날카롭게 말했다.

"보트는 절대로 오지 않을 거요. 우리는 그 모터보트가 우리를 이섬에서 나가게 해 줄 것이라고 기대하고 있소. 하지만 이 사건의 핵심은 우리가 이 섬을 떠날 수 없다는 거요. 우리 중 아무도 이 섬을 떠날 수 없을 거요……. 이건 끝이오……. 종말이란 말이오……."

그는 잠시 주저하다 낯설고 나지막한 목소리로 덧붙였다.

"종말은 곧 평화요. 진짜 평화 말이오. 계속 가는 대신 종말에 이르는 것……. 그렇소, 그건 곧 평화라오……."

그는 갑자기 몸을 돌리더니 걸음을 옮겼다. 테라스를 따라 걷던 그는 바다 쪽으로 난 언덕을 비스듬히 내려가기 시작했다. 바위들이 물 속에 잠겨 있는 섬의 끝을 향해서.

그의 걸음걸이는 잠이 덜 깬 사람처럼 약간 불안정했다.

블로어가 말했다.

"저기 정신이 이상한 사람이 또 하나 있군그래! 결국 모두 저런 꼴이 되고 말 것 같아."

필립 롬바드가 말했다.

"당신은 그럴 것 같지 않은데요, 블로어 씨."

전직 경감이 웃음을 터뜨렸다.

"나를 미치게 하기는 무척 힘들 거요."

그는 건조한 어조로 덧붙였다.

"당신 역시 그럴 것 같소, 롬바드 씨."

"고맙군요. 전 지극히 정상이에요."

IV

암스트롱 박사가 테라스로 나왔다. 그는 그곳에 서서 잠시 망설였다. 왼쪽에는 블로어와 롬바드가 있었다. 오른쪽에는 워그레이브가 고개를 숙인 채 천천히 왔다 갔다 하고 있었다.

잠시 주저한 끝에 암스트롱은 판사 쪽으로 몸을 돌렸다.

그 순간 로저스가 재빨리 밖으로 나왔다.

"잠깐 저 좀 보시겠습니까, 선생님?"

암스트롱은 몸을 돌렸다.

그는 눈앞의 장면에 소스라쳤다.

로저스의 안면 근육이 실룩거리고 있었다. 그의 안색은 창백하게 질려 있고 두 손은 떨렸다.

조금 전 자제력을 발휘하던 모습과는 너무도 대조적이어서 암스트롱은 깜짝 놀랐다.

"저, 선생님, 의논하고 싶은 게 있습니다. 안에서 말입니다."

의사는 발길을 돌려, 열에 들뜬 집사와 함께 다시 집 안으로 들어왔다. 그가 물었다.

"무슨 일입니까, 로저스. 정신 차려요."

"여깁니다, 선생님. 이리로 오십시오."

그는 응접실의 문을 열었다. 의사가 안으로 들어섰다. 로저스는 그를 따라 들어와 문을 닫았다.

"그래, 무슨 일입니까?"

로저스의 목 근육이 불끈거리고 있었다. 그는 꿀꺽 침을 삼켰다. 그가 더듬거리며 말했다.

"이해할 수 없는 일이 벌어지고 있습니다, 선생님."

"일이라니? 무슨 일 말입니까?"

"제가 미쳤다고 여기실 겁니다, 선생님. 별일 아니라고 말씀하실 겁니다. 하지만 설명이 필요합니다, 선생님. 설명이 필요하다고요. 정말이지 이상하기 짝이 없어요."

"알았어요, 로저스. 무슨 일입니까? 수수께끼 같은 얘기 그만하고 요점을 말해요."

로저스는 다시 한 번 침을 꿀꺽 삼키고는 말했다.

"그 꼬마 인형들 얘깁니다. 탁자 한가운데 놓여 있는 도기로 된 꼬마 인형들 말이에요. 열 개가 있었습니다. 맹세코 열 개가 있었습니다."

암스트롱이 말했다.

"그래요, 열 개였죠. 어제 저녁 식사를 하면서 헤아려 봤어요."

로저스가 가까이 다가섰다.

"바로 그렇습니다, 선생님. 그런데 어젯밤 응접실을 정리할 때 보니까 아홉 개밖에 없었습니다, 선생님. 이상한 일이라고 생각했지요. 하지만 그뿐이었습니다. 그런데 조금 아까, 선생님, 오늘 아침에 말입니다. 아침 식사를 가져다 놓을 때에는 몰랐습니다. 신경이 곤두서 있었으니까요. 그런데 조금 아까 청소를 하기 위해 들어와 보니, 제 말을 못 믿으시겠거든 직접 보십시오. 여덟 개뿐이잖습니까, 선생님! 여덟 개뿐이란 말입니다! 정말 이상한 일 아닙니까? 여덟 개뿐이라니……."

제7장

I

아침 식사 후 에밀리 브렌트는 베라 클레이슨에게 언덕 위로 올라가서 보트가 오는지 지켜보는 것이 어떻겠느냐고 제안했다. 베라는 마지못해 동의했다.

바람이 거세지고 있었다. 수면 위로 자그마한 하얀 물마루들이 나타났다. 나와 있는 고기잡이 배도 보이지 않았고, 모터보트가 오는 기적도 없었다.

스티컬헤이번 마을은 보이지 않고 다만 그 위로 솟은 언덕만이 눈에 들어왔다. 튀어나온 붉은 바위 하나가 작은 만을 가리고 있었다.

에밀리 브렌트가 말했다.

"어제 우리를 데려다 준 남자는 믿을 만한 사람인 것 같던데. 오늘 아침 이렇게 늦다니 정말 이상한 일이군요."

베라는 대답하지 않았다. 그녀는 점점 더 커져 가는 공포와 싸우고 있었다.

그녀는 화가 나서 속으로 중얼거렸다.

'냉정해야 해. 이러는 건 너답지 않아. 넌 언제나 놀랍도록 침착했잖아.'

잠시 후 그녀는 소리내어 말했다.

"그 사람이 와 주면 좋으련만. 전, 전 정말 이 섬에서 나가고 싶어요."

에밀리 브렌트가 건조한 어조로 말했다.

"여기서 나가고 싶지 않은 사람이 어디 있겠어요."

베라가 말했다.

"모든 게 정말 이상해요……. 아무 뜻도 없는, 없는 것 같기도 하고……."

에밀리 브렌트가 옆에서 불쑥 말했다.

"그렇게 쉽사리 속아 넘어간 나 자신에게 화가 나 죽겠어요. 찬찬히 살펴보았더라면 그 편지가 이상하다는 것을 금방 알 수 있었을 텐데. 하지만 그때는 추호도 의심하지 않았답니다."

베라가 기계적으로 중얼거렸다.

"저라도 그랬을 거예요."

"사람은 뭐든지 당연한 일로 여기기 쉽다니까요."

베라가 몸서리를 치면서 숨을 깊게 들이마시고는 말했다.

"정말 그렇게 생각하세요? 아침 식사 때 말씀하신 것 말이에요."

"좀 더 분명하게 말해 줄래요, 아가씨. 무슨 말 말이죠?"

베라는 나지막하게 물었다.

"정말로 로저스와 그의 아내가 그 노부인을 죽게 했다고 생각하시느냐고요."

에밀리 브렌트는 생각에 잠긴 눈길로 바다를 응시했다. 이윽고 그녀가 입을 열었다.

"개인적으로 그렇다고 확신해요. 당신 생각은 어때요?"

"전 잘 모르겠어요."

"모든 게 그 추리를 뒷받침해 주고 있잖아요. 그 여자가 기절한 것, 그리고 그 남자가 커피 쟁반을 떨어뜨린 걸 생각해 봐요. 그리고 그의 해명도, 그것 역시 설득력이 없었어요. 오, 그래요, 유감스럽지만 난 그들이 그런 짓을 저질렀을 거라고 생각해요."

베라가 말했다.

"그 여자는 정말이지, 겁에 질려 있었어요! 전 평생 그렇게 겁에 질린 얼굴은 본 적이 없어요……. 그녀는 줄곧 그 생각에 시달려 왔을 거예요……."

브렌트가 중얼거렸다.

"어린 시절 내 방에 걸려 있던 성경 구절이 생각나는군요. '네 죄가 너를 찾아내리라는 것을 명심하라.'는 것이었죠. 그건 진리예요. '네 죄가 너를 찾아내리라는 것을 명심하라.'"

베라가 몸을 세운 채로 언덕을 오르며 말했다.

"하지만 브렌트 양, 브렌트 양, 그렇다면……."

"그렇다면 뭐죠, 아가씨?"

"다른 사람들은요? 다른 사람들의 경우는 어떻게 되는 거죠?"

"무슨 말인지 모르겠군요."

"다른 사람들의 죄상 말이에요. 그게, 그게 사실일까요? 로저스에 관한 이야기가 사실이라면……."

그녀는 혼란한 생각을 정리하지 못한 채 말을 끊었다.

무슨 소리를 하는지 모르겠다는 듯 찌푸려져 있던 에밀리 브렌트의 미간이 펴졌다. 그녀가 말했다.

"이제야 무슨 말인지 알겠군요. 그래요, 롬바드 씨의 경우가 그렇죠. 그는 자신이 스무 명의 사람들을 죽도록 내버려 두었노라고 인정했잖아요."

베라가 말했다.

"그들은 그저 원주민일 뿐이지만……."

에밀리 브렌트는 예민하게 대꾸했다.

"흑인이든 백인이든 우리는 모두 한 형제예요."

'우리 흑인 형제들? 우리 흑인 형제들이라. 이런, 웃음이 나오려고 하잖아. 난 지금 히스테리 상태야. 자제력을 잃었나 봐…….'

에밀리 브렌트가 생각에 잠겨 말을 이었다.

"물론 몇몇 비난들은 전혀 근거 없고 우스꽝스러운 것이라고 할수 있죠. 예를 들어 판사님에 대한 비난 말이에요. 그분은 공적인 입장에서 자신의 의무를 다한 것뿐이에요. 그리고 전직 런던 경찰국 경감의 경우와 내 경우도 그렇고요."

그녀는 잠시 말을 끊었다가 다시 이었다.

"물론 상황이 상황인지라 어젯밤에는 아무 말도 하지 않았죠. 남자들 앞에서 할 얘기가 아니라서 말예요."

"그랬나요?"

베라는 관심을 갖고 귀를 기울였다. 에밀리 브렌트는 평온한 어조로 말을 계속했다.

"베아트리스 테일러는 내가 데리고 있던 하녀였어요. 품행이 방정한 처녀라곤 할 수 없었죠. 내가 그 사실을 알았을 때는 이미 엎질러진 물이었죠. 나는 그 애에게 커다란 배신감을 느꼈어요. 내가 알던 그 애는 반듯한 태도를 갖고 있었고 깨끗하고 적극적이었죠. 그런 그 애에게 무척 만족했답니다. 물론 그 모든 것이 깡그리 위선이었죠! 그 애는 도덕 관념이 없는, 헤픈 계집애였어요. 역겹기 짝이 없지 뭐예요! 그 애가 이른바 '곤란한 상태'에 처했다는 것을 알아차리기까지는 상당한 시간이 걸렸어요."

에밀리 브렌트는 혐오스럽다는 듯 우아한 코를 찡그리며 잠시 말을 끊었다가 다시 이었다.

"그건 정말이지 큰 충격이었어요. 그 애의 부모 역시 점잖은 사람들이라 그 애를 아주 엄격하게 길렀답니다. 다행히 그들 역시 그 애의 행동을 용서하지 않았지요."

베라가 브렌트 양을 뚫어져라 바라보며 물었다.

"그래서 어떻게 됐죠?"

"그 사실을 안 이상 그 애를 내 집에 한 시간도 더 데리고 있을 수 없었죠. 누구도 내가 부도덕을 용납했다고는 할 수 없을 거예요."

베라가 더욱 낮은 어조로 물었다.

"그래서 그녀가, 어떻게 됐는데요?"

브렌트 양이 대답했다.

"버림받은 그 애는 양심의 죄를 저지른 것으로 부족해 더 막중한 죄를 저질렀답니다. 자신의 목숨을 버린 거지요."

베라는 공포에 질려 기어 들어가는 목소리로 말했다.

"자살을 했다고요?"

"그래요, 그 애는 강물에 몸을 던졌답니다."

베라는 부르르 몸을 떨었다.

그녀는 에밀리 브렌트의 차분하고 우아한 옆얼굴을 응시하며 말했다.

"그녀가 자살했다는 말을 들었을 때 어떤 기분이셨나요? 가슴이 아프지 않으셨나요? 자책감이 들지 않으셨어요?"

에밀리 브렌트는 자세를 바로했다.

"내가요? 난 스스로를 비난할 만한 일을 한 게 없어요."

베라가 말했다.

"하지만 브렌트 양의 가혹함이 그 아가씨를 자살로 몰고 간 거라면……."

에밀리 브렌트가 날카롭게 말했다.

"그 애를 물에 빠져 죽게 만든 건 그 애 자신의 행동, 그 애 자신

의 죄였어요. 만약 그 애가 점잖고 정숙한 여자답게 행동했다면 그
런 일은 일어나지 않았을 거예요."

그녀가 베라 쪽으로 고개를 돌렸다. 그 눈길에서 자책감이나 안
타까움 같은 것은 찾아볼 수 없었다. 그 눈빛은 엄격함과 독선으로
가득 차 있었다. 에밀리 브렌트는 미덕의 갑옷으로 무장하고 병정
섬의 정상에 앉아 있었다.

베라는 그 자그마한 노처녀가 더 이상 우스꽝스러워 보이지 않
았다.

갑자기 그녀는 두려움을 느꼈다.

II

암스트롱 의사는 응접실에서 다시 테라스로 나왔다.

이제 판사는 의자에 앉아 조용히 바다를 바라보고 있었다.

롬바드와 블로어는 왼편에서 말없이 담배를 피우는 중이었다.

조금 전처럼 의사는 잠시 망설였다. 살피는 듯한 그의 눈길이 워
그레이브 판사에게 머물렀다. 그는 누군가와 의논을 하고 싶었다.
그는 판사가 예리하고 논리적인 두뇌의 소유자라는 사실을 잘 알
고 있었다. 하지만 그럼에도 주저하지 않을 수 없었다. 워그레이브
판사는 명석한 두뇌를 갖고 있었지만 노인이었다. 지금처럼 중요한
시점에서 필요한 건 행동할 수 있는 사람이었다.

그는 마음을 정했다.

"롬바드 씨, 잠시 얘기 좀 할 수 있겠습니까?"

필립은 움찔 놀랐다.

"물론이죠."

두 사람은 테라스를 나섰다. 그들은 언덕을 내려가 물가를 향해 걸었다. 다른 사람들이 그들의 말을 들을 수 없을 만한 곳에 이르자 암스트롱이 말했다.

"충고가 필요해서요."

롬바드의 눈썹이 치켜 올라갔다. 그가 말했다.

"친애하는 의사 선생님, 전 의학 같은 건 모르는데요."

"아니아니, 내 말은 전반적인 상황에 대해서 말입니다."

"아, 그렇다면 다르죠."

암스트롱이 말했다.

"솔직히 말해서 당신은 이 상황을 어떻게 생각하십니까?"

롬바드는 잠시 생각에 잠겼다. 이윽고 그가 말했다.

"상당히 암시적이지 않습니까?"

"로저스 부인 사건에 대해 당신은 어떻게 생각하십니까? 블로어의 추리에 동의합니까?"

필립이 허공에 담배 연기를 내뿜었다. 그가 말했다.

"충분히 있을 법한 일이라고 생각합니다. 그 사건만 놓고 보자면 말입니다."

"내 말이 그 말입니다."

암스트롱의 어조는 한시름 놓은 것처럼 들렸다. 필립 롬바드는 바보가 아니었다.

롬바드가 말을 계속했다.

"다시 말해서 로저스 부부가 과거에 남들 모르게 살인을 저질렀다는 전제하에서는 그렇단 말입니다. 그리고 나로서는 그들이 그런 짓을 저지르지 않았다고 볼 이유가 없습니다. 도대체 어떻게 죽였을까요? 그 브래디란 노부인에게 독약을 먹였을까요?"

암스트롱이 천천히 말했다.

"독약보다 훨씬 간단한 방법을 썼을 수도 있지요. 오늘 아침 난 로저스에게 브래디 양이 어떤 병으로 고생하고 있었느냐고 물어보았습니다. 로저스의 대답으로 나는 사태를 짐작할 수 있었지요. 의학적인 이야기를 자세히 할 필요는 없겠지만, 특정한 심장병에는 아질산염 아밀이 잘 듣습니다. 심장 발작이 일어났을 때 아질산염 아밀이 든 앰플을 깨서 마시는 겁니다. 그때 만약 아질산염 아밀을 주지 않으면, 그래요, 그렇게 되면 그 결과는 대개 치명적이지요."

필립 롬바드가 생각에 잠긴 어조로 대답했다.

"그렇게 간단할 수가. 분명 유혹적이었겠군요."

의사가 고개를 끄덕였다.

"그렇지요, 적극적인 행동을 할 필요가 없었습니다. 비소를 구해 먹일 필요가 없었단 말입니다. 특별한 행동을 하는 대신 행동을 하지 않는 것으로 충분했지요! 그런 다음 로저스는 밤중에 서둘러 의사를 부르러 갔습니다. 두 사람 모두 아무도 사실을 알아채지 못하리라는 것을 잘 알고 있었습니다."

"설사 누군가 알게 된다 하더라도, 그들의 죄를 입증할 증거가 없었을 테죠."

필립 롬바드가 덧붙였다.

그가 갑자기 미간을 찌푸렸다.

"과연, 그 사실이 많은 것을 설명해 주는군요."

암스트롱이 무슨 영문인지 모르겠다는 듯 물었다.

"무슨 말입니까?"

롬바드가 말했다.

"제 말은 그 사실이 이 병정 섬에서 일어나고 있는 사건을 설명해 준다는 겁니다. 여기 모인 사람들의 범죄는 법으로 처벌할 수 없는 겁니다. 예컨대 로저스 부부의 범죄가 그렇습니다. 또 다른 예로는 법의 테두리 안에서 살인을 저지른 워그레이브의 경우가 있지요."

암스트롱이 날카롭게 물었다.

"당신은 그 말을 믿습니까?"

필립 롬바드가 미소를 지었다.

"오, 그럼요. 믿고말고요. 워그레이브가 에드워드 시튼을 죽인 게 분명합니다. 양날 단도로 찌르는 것만큼이나 확실하게 그를 살해했습니다! 하지만 그는 영리했으므로 법복을 입고 판사석에 앉아 그 살인을 저질렀죠. 따라서 일반적인 방식으로는 그의 죄를 처벌할 수 없는 겁니다."

문득 섬광 같은 것이 암스트롱의 머릿속을 스쳐갔다.

'병원에서의 살인, 수술대 위에서의 살인, 안전하지, 그래, 안전하

고말고.'

필립 롬바드의 말이 이어졌다.

"바로 그래서, 오웬이란 자가 필요하고, 그래서, 병정 섬이 필요한 거죠!"

암스트롱이 깊이 숨을 들이쉬었다.

"이제 그 얘기를 해 봅시다. 우리를 모두 이곳에 오게 한 진짜 목적이 뭘 것 같습니까?"

필립 롬바드가 대답했다.

"의사 선생님 생각은 어떻습니까?"

암스트롱이 불쑥 말했다.

"잠깐 죽은 여자 얘기로 돌아갑시다. 어떤 추리가 가능할까요? 비밀이 탄로날 것이 두려워 로저스가 그녀를 죽였을 수도 있지요. 두번째 가능성도 있어요. 그녀가 버틸 힘을 잃고 스스로 가장 간단한 해결책을 선택했는지도 모른다는 겁니다."

필립 롬바드가 물었다.

"자살이라는 겁니까?"

"당신 생각은 어떻습니까?"

롬바드가 말했다.

"그렇게 생각할 수도 있었겠죠, 그래요, 매스턴의 죽음이 없었다면 말이죠. 하지만 열두 시간 동안 한 사람도 아닌 두 사람이 자살한다는 건 납득하기 어려운데요. 그리고 앤터니 매스턴 같은, 쇠심줄 같은 신경에 지성이라고는 찾아볼 수 없는 젊은 남자가 아이들

둘을 치어 죽였다는 고발에 충격을 받아 자살했다는 건, 정말이지, 웃기는 얘기 아닙니까! 또 그렇다고 해도 그가 어떻게 그런 약을 손에 넣었겠습니까? 내가 알기론 청산가리는 조끼 주머니에 넣고 다닐 물건이 아닌 것 같던데. 하지만 그거야 의사 선생님 전공일 테죠."

암스트롱이 말했다.

"제정신인 사람이라면 청산가리 같은 걸 가지고 다니진 않지요. 말벌의 집을 채집하려는 사람이라면 모르지만."

"자기 일에 열심인 정원사나 농부나 가지고 있을 약품 아닙니까? 거듭 말하지만 앤터니 매스턴은 그런 유형이 아닙니다. 그래서 그 청산가리 문제에 대해서는 설명이 좀 필요하다는 생각이 든 겁니다. 앤터니 매스턴이 이곳에 오기 전에 자살할 생각으로 그것을 준비해 왔든가, 그게 아니면……."

암스트롱이 그를 재촉했다.

"아니면 뭡니까?"

필립 롬바드가 씩 웃었다.

"왜 저보고 그 말을 하라는 거죠? 선생님 입속에서도 그 말이 맴돌고 있으면서. 앤터니 매스턴은 살해된 겁니다."

III

암스트롱 박사가 긴 한숨을 내쉬었다.

"그렇다면 로저스 부인은?"

롬바드가 천천히 대답했다.

"로저스 부인의 일이 없었다면, 저는 (납득이 안 가더라도) 앤터니가 자살했다고 생각했을 겁니다. 앤터니 매스턴이 자살한 것처럼 보이지 않았다면 (의심없이) 로저스 부인은 자살했다고 여겼을 겁니다. 또 앤터니 매스턴이 그렇게 예기치 않게 죽지 않았다면, 전 로저스가 자기 아내를 죽였다는 추리를 받아들일 수 있었겠지요. 하지만 길지 않은 시간 동안 어째서 두 사람이 죽었는가 하는 데 대해서는 타당한 설명이 필요합니다."

암스트롱이 말했다.

"그것을 설명하는 데 도움을 줄 수 있을 것 같군요."

그런 다음 그는 로저스가 알려준, 도기로 된 꼬마 인형 열 개 중 두 개가 사라졌다는 사실을 들려주었다.

롬바드가 말했다.

"그래, 도기로 된 꼬마 병정 인형이……. 어제 저녁 식사를 할 때에는 분명히 열 개였죠. 그런데 지금은 여덟 개란 말입니까?"

암스트롱 박사가 고개를 끄덕이며 인용했다.

"'열 꼬마 병정이 밥을 먹으러 나갔네,

하나가 사례들었네. 그리고 아홉이 남았네.

아홉 꼬마 병정이 밤이 늦도록 안 잤네,

하나가 늦잠을 잤네. 그리고 여덟이 남았네.'"

두 사람은 서로 얼굴을 마주보았다. 필립 롬바드는 씩 웃으며 쥐고 있던 담배를 내던졌다.

"우연의 일치라기에는 너무나도 딱 들어맞는군요! 앤터니 매스턴은 어제 저녁 식사 후에 사레들렸는지 질식했는지 해서 죽었고, 로저스 부인은 잠에서 영영 깨어나지 못했으니 말입니다."

"그러니까?"

암스트롱이 물었다.

롬바드가 그의 말을 받았다.

"그러니까 누군가 있는 겁니다. 미지의 인물 X! 오웬이란 잡니다! U. N. 오웬! 다시 말해서 미지의 미치광이가 돌아다니고 있는 겁니다!"

"하아!"

암스트롱이 안도의 한숨을 내쉬었다.

"내 생각도 바로 그렇습니다. 하지만 그게 무슨 뜻이겠습니까? 로저스 말이 이 섬에는 우리와 자기들 부부밖에는 없다는 겁니다."

"로저스가 잘못 알았겠죠! 아니면 거짓말을 하고 있거나."

암스트롱이 고개를 내저었다.

"거짓말하는 것 같진 않아요. 그는 겁에 질려 있습니다. 정신을 못 차릴 정도로 두려움에 떨고 있어요."

필립 롬바드가 고개를 끄덕이며 말했다.

"오늘 아침 와야 할 모터보트가 오지 않았습니다. 그 사실 역시 우리의 추리에 들어맞습니다. 오웬이란 자가 그렇게 해 놓은 겁니다. 병정 섬은 오웬이 자기 일을 끝낼 때까지 육지와 고립될 겁니다."

암스트롱의 안색이 창백해졌다. 그가 말했다.

"그자가 정말 미치광이라는 거군!"

필립 롬바드가 다시 입을 열었다. 그의 목소리에는 새로운 울림이 담겨 있었다.

"다만 오웬이란 자가 미처 생각지 못한 게 한 가지 있습니다."

"그게 뭡니까?"

"이 섬은 거의 벌거벗은 바위로 이루어져 있습니다. 간단히 수색할 수 있을 겁니다. 조만간 우리는 U. N. 오웬을 찾아낼 수 있을 겁니다."

암스트롱이 흥분해서 말했다.

"그는 위험 인물이에요."

필립 롬바드가 웃음을 터뜨렸다.

"위험? 누가 그런 게 무섭답니까? 그를 잡으면, 위험 인물은 바로 제가 될걸요!"

그는 잠시 말을 끊었다가 다시 이었다.

"블로어 씨를 끌어들여 우리를 돕게 하는 게 좋겠습니다. 그는 위급할 때 도움이 될 겁니다. 여자들에게는 말하지 않는 편이 좋겠습니다. 장군은 맛이 간 것 같으니 제외하고, 늙은 워그레이브의 특기는 고작 꼼짝 않고 자리를 지키는 게 전부죠. 우리 셋이 이 일을 해낼 수 있을 겁니다."

제8장

I

블로어는 쉽게 한편이 되었다. 그는 두 사람의 의견에 즉각 동의했다.

"그 도기 인형에 대해 두 분이 하신 얘기는 정말 중요하오. 그건 정말이지 미친놈의 장난이오! 생각할 수 있는 건 한 가지뿐이군. 그래, 두 분 생각에는 이 오웬이라는 자가 사람들을 조종해 자기 목적을 달성하는 것 같지 않소?"

"왜 그렇게 생각하는지 설명해 보시죠."

"그러니까 내 말뜻은 이렇소. 어젯밤 매스턴이라는 젊은이가 충격을 받은 나머지 독약을 마시고 자살했소. 그리고 로저스 역시 겁이 난 나머지 자기 아내를 죽였단 말이오! 이 모든 게 U. N. O.가 의

도한 대로 이루어진 거지 뭐요."

암스트롱이 고개를 내저었다. 그는 청산가리 문제를 환기시켰다. 블로어가 그 말에 동의했다.

"그렇군. 난 그 사실을 잊고 있었소. 갖고 다니기에 적당한 물건은 아니지. 하지만 그렇다면 그것이 어떻게 그의 술잔에 들어갔을 거라고 생각하시오?"

롬바드가 대답했다.

"전 줄곧 그 문제를 생각해 보았습니다. 매스턴은 어젯밤 여러 잔의 술을 마셨지요. 그가 마지막 잔에 술을 따른 시각과 그것을 다 마신 시각 사이에는 상당한 간격이 있었습니다. 그동안 그의 술잔은 탁자 위 같은 데 놓여 있었죠. 확신할 순 없지만, 창가의 작은 탁자 위에 놓여 있었던 것 같습니다. 창문은 열려 있었습니다. 누군가 그 속에 청산가리를 슬쩍 집어넣을 수도 있었을 겁니다."

블로어가 믿어지지 않는다는 듯이 말했다.

"우리 눈에 띄지 않게 말이오?"

롬바드가 건조하게 대답했다.

"우리는 모두 다른 데 정신을 팔고 있었잖아요."

암스트롱이 천천히 말했다.

"그 말이 맞아요. 우리는 모두 충격을 받았었죠. 그래서 그 문제에 대해 얘기를 나누면서 방 안을 왔다갔다하고 있었고요. 토론하고 분개하느라 다른 데 신경을 쓸 여유가 없었습니다. 그럴 수도 있었을 거예요……."

블로어가 마뜩찮다는 듯이 어깨를 으쓱해 보였다.

"그럴 수도 있는 게 아니라 틀림없이 그런 거요! 자, 여러분, 수색을 시작합시다. 혹시 권총을 가진 사람 없소? 좀 지나친 주문 같지만 말이오."

롬바드가 대답했다.

"제게 한 자루 있습니다."

그는 주머니를 툭툭 두드려 보였다.

블로어의 두 눈이 휘둥그레졌다. 그는 과장되게 무심한 어조로 말했다.

"언제나 권총을 갖고 다니시는가, 선생은?"

롬바드가 말했다.

"대개는요. 알다시피 전 곤경에 처한 경험이 있잖습니까."

"호오." 하고 블로어는 말을 이었다.

"그렇다면 오늘만큼 지독한 곤경도 아마 없을 거요! 이 섬에 미치광이가 숨어 있다면, 그자 역시 만만찮은 무기를 갖고 있을 테니까. 단검 한두 자루가 아니라 말이오."

암스트롱이 기침을 했다.

"잘못 생각한 건지도 모르죠, 블로어 씨. 살인광들은 아주 온순한 사람인 경우가 많답니다. 유쾌한 친구들이란 말입니다."

"이자는 그런 종류가 아닌 것 같소, 암스트롱 선생."

II

세 사람은 섬을 수색하기 시작했다.

그것은 뜻밖에도 간단한 일이었다. 섬의 북서쪽 해안에는 가파른 절벽이 바다까지 줄곧 이어지고 있었다.

나머지 부분에는 나무 한 그루도 없었고, 그 밖에 은신처가 될 만한 것도 눈에 띄지 않았다. 세 사람은 주의 깊게 체계적으로 수색을 시작했다. 정상에서부터 바다에 이르기까지 오르내리면서 수풀을 헤집었고, 동굴이 있음직한, 조금이라도 이상하게 생긴 바위는 샅샅이 살펴보았다. 하지만 동굴은 없었다.

그들은 이윽고 바닷가에 이르렀다. 그곳에는 맥아더 장군이 바다를 바라보며 앉아 있었다. 파도가 바위에 솟구치듯 부서지는 그지없이 평화로운 곳이었다. 노인은 꼿꼿한 자세로 앉아 수평선에 시선을 고정시키고 있었다.

그는 다가오는 세 사람에게 관심조차 보이지 않았다. 그런 그의 무관심에 적어도 한 사람은 불편해진 모양이었다.

블로어는 생각했다.

'좀 이상한데. 넋이라도 나간 것 같구먼.'

그는 헛기침을 하고는 사교적인 어조로 입을 열었다.

"혼자 즐기기 좋은 평화로운 장소를 발견하신 모양입니다."

장군이 눈살을 찌푸렸다. 그는 어깨 너머로 그를 흘끗 바라보고는 말했다.

"시간이 얼마 남지 않았소, 정말 얼마 남지 않았다오. 아무에게도 방해받고 싶지 않소."

블로어가 싹싹하게 말했다.

"우리는 장군님을 방해하려는 게 아니외다. 그저 이 섬을 한 바퀴 돌며 살펴보고 있는 중이오. 누가 숨어 있지 않나 해서 말입니다."

장군은 미간을 찌푸리며 말했다.

"당신은 내 말을 이해하지 못하고 있소, 전혀 이해하지 못하고 있소. 제발 가 주시오."

블로어는 뒷걸음질을 쳤다. 그는 두 사람에게 돌아와 말했다.

"저 사람은 미쳤소……. 말을 걸어 봤자 소용없소."

롬바드가 호기심을 보이며 물었다.

"뭐라고 하던가요?"

블로어가 어깨를 으쓱하며 말했다.

"시간이 없다면서 방해받고 싶지 않다나 뭐라나."

암스트롱이 미간을 찌푸리며 중얼거렸다.

"혹시 그가……."

III

섬 수색은 사실상 끝난 셈이었다. 세 사람은 섬 정상에 서서 육지를 바라보았다. 바다에 나와 있는 배는 없었다. 바람이 거세지고 있었다.

롬바드가 입을 열었다.

"고기잡이배 한 척 나와 있지 않군요. 폭풍우가 오고 있어요. 빌어먹을, 여기서 마을이 보이지 않다니. 신호 같은 것을 보내 볼 수도 있을 텐데."

블로어가 말했다.

"오늘 밤 횃불을 피워 볼 수도 있소."

롬바드가 미간을 찌푸리며 말을 받았다.

"무시무시한 추측이지만 그 모든 것에 대비가 되어 있을 겁니다."

"어떻게 말이오?"

"내가 어떻게 압니까? 대담한 장난을 하는 중이라고 했을지도 모르죠. 이 섬에 고립된 사람들이 보내는 신호 같은 것에 응답해서는 안 된다고 말입니다. 마을 사람들에게는 내기를 걸었다고 말해 두었을 수도 있습니다. 그런 식의 빌어먹을 거짓말을 늘어놓았을 겁니다."

블로어가 불안한 듯이 물었다.

"사람들이 속아 넘어갔을 것 같소?"

롬바드가 건조한 어조로 대답했다.

"그게 사실보다 더 신빙성이 있지 않습니까! 정체를 알 수 없는 오웬이라는 인물이 자기가 초대한 손님들을 모두 살해할 때까지 이 섬을 고립시켜 두겠다고 마을 사람들에게 말했다고 쳐요, 사람들이 그 말을 믿을 것 같습니까?"

암스트롱이 입을 열었다.

"때로는 나 자신도 그 사실이 믿기지 않아요. 하지만……."

필립 롬바드가 입을 비죽 내밀며 말했다.

"하지만 그게 사실이란 말이죠! 선생님도 그렇게 말했잖습니까."

블로어는 물 속을 물끄러미 응시하고 있었다. 그가 입을 열었다.

"아무도 여기를 기어 내려갈 순 없을 것 같은데?"

암스트롱이 고개를 끄덕였다.

"그렇군요. 상당히 가파른데요. 그렇다면 놈이 도대체 어디 숨어 있는 걸까요?"

블로어가 말했다.

"절벽에 동굴이 있을지도 모르오. 배가 있으면 섬을 한 바퀴 둘러 볼 텐데."

롬바드가 그 말을 받았다.

"배가 있으면 우리는 지금 육지로 가고 있을 겁니다!"

"정말 그렇군."

롬바드가 불쑥 말했다.

"이 절벽을 확인해 볼 순 있습니다. 후미진 장소가 있을 만한 곳은 저기뿐이에요. 여기에서 얼마 떨어지지 않은 오른쪽 절벽 말입니다. 두 분이 밧줄을 붙잡고 계시면, 내가 내려가서 확인해 보지요."

블로어가 말했다.

"확인하는 게 좋겠지. 저 절벽에 그런 게 있을 것 같지는 않지만 말이오! 밧줄로 쓸 만한 게 있는지 찾아보겠소."

그는 날렵한 동작으로 저택 쪽으로 걸음을 옮겼다.

롬바드는 물끄러미 하늘을 바라보았다. 구름이 몰려들기 시작했다. 바람도 거세지고 있었다.

그는 곁눈질로 암스트롱을 바라본 다음 말했다.

"통 말씀이 없으시군요, 의사 선생님. 무슨 생각을 하십니까?"

암스트롱이 천천히 말했다.

"노장군 맥아더가 도대체 어떻게 된 걸까 하고……."

IV

베라는 오전 내내 갈피를 잡을 수가 없었다. 그녀는 혐오감으로 몸을 떨며 에밀리 브렌트를 피했다.

에밀리 브렌트는 바람을 피해 저택 한구석에 놓인 의자에 앉아 뜨개질을 하고 있었다.

그녀를 생각할 때마다 베라의 눈앞에는 머리카락에 물풀이 엉켜 있는…… 물에 빠져 죽은 창백한 얼굴이 떠올랐다. 조금 건방지게 보이지만 한때는 귀여웠을 그 얼굴은 이제 연민이나 두려움이 소용없는 곳에 가 있었다.

그리고 에밀리 브렌트는 평온하고 당당한 얼굴로 뜨개질을 하고 있었다.

중앙 테라스에서는 워그레이브 판사가 등받이 의자에 앉아 있었다. 그의 고개가 목 안으로 움츠러들어 있었다.

그를 바라보면서 베라는 피고석에 서 있는 한 사내를 떠올릴 수 있었다. 금발에 푸른 눈, 어쩔 줄 모르는 듯한 겁에 질린 얼굴, 에드워드 시튼이었다. 또한 판사가 주름진 두 손으로 검은 모자를 머리에 쓰고 선고를 내리는 장면도 떠올랐다…….

잠시 후 베라는 바다를 향해 천천히 걷기 시작했다. 그녀는 섬의 끝을 향해 다가갔다. 그곳에는 한 노인이 수평선을 응시하며 앉아 있었다.

맥아더 장군은 사람이 다가오는 기척에 움찔 놀랐다. 그가 뒤를 돌아보았다. 그의 시선 속에는 의문과 납득이 어우러진 기묘한 표정이 떠올라 있었다. 그 표정에 베라는 흠칫 놀라지 않을 수 없었다. 그는 한동안 그녀를 지그시 응시했다.

그녀는 생각했다.

'정말 이상하네! 마치 뭔가 알고 있기라도 한 것처럼…….'

그가 입을 열었다.

"아, 아가씨로군! 아가씨가 왔어……."

베라는 그의 곁에 앉으며 말했다.

"여기 앉아서 바다를 바라보는 게 좋으세요?"

그가 부드럽게 고개를 끄덕였다.

"그렇소. 좋소. 여긴 좋은 곳인 것 같소. 기다리기에 말이오."

베라가 날카로운 어조로 물었다.

"기다리다뇨? 뭘 기다리시는 거죠?"

그가 부드럽게 대답했다.

"종말이오. 아가씨도 알잖소? 그렇지 않소? 우리는 모두 끝을 기다리고 있다오."

그녀가 불안한 어조로 물었다.

"그게 무슨 말씀이시죠?"

맥아더 장군이 침통하게 대답했다.

"우리들 중 아무도 이 섬을 떠나지 못할 거요. 그렇게 정해져 있소. 물론 아가씨도 그 사실을 잘 알고 있겠지. 아가씨가 이해할 수 없는 것은 나의 이 안도감일 테지!"

베라가 어리둥절해서 물었다.

"안도감이라고요?"

"그렇소. 당연한 일이야, 아가씨는 아주 젊으니까……. 아직 이런 감정을 이해할 수 없을 거요. 하지만 그런 때가 올 거요! 할 일을 다 했다는 것을 깨달았을 때, 더 이상 져야 할 짐이 없다는 것을 깨달았을 때 느껴지는 행복한 안도감 말이오. 아가씨 역시 느낄 수 있을 거요, 언젠가는……."

베라가 쉰 목소리로 말했다.

"무슨 말씀이신지 모르겠군요."

그녀의 손가락들이 경련을 일으키고 있었다. 그녀는 갑자기 이 조용한 늙은 군인이 무서워졌다.

그가 생각에 잠긴 채 말했다.

"난 레슬리를 사랑했소. 그녀를 너무나도 사랑했지……."

베라가 물었다.

"레슬리란 부인의 이름인가요?"

"그렇소, 내 아내요……. 난 그녀를 사랑했소. 또 그녀가 자랑스러 웠소. 그녀는 너무나도 예뻤고, 너무나도 밝았소."

그는 잠시 쉬었다가 다시 말을 이었다.

"그렇소, 난 레슬리를 사랑했소. 그래서 그런 짓을 저지른 거요."

"그러니까……."

그녀는 말을 하려다 멈췄다.

맥아더 장군은 부드럽게 고개를 끄덕였다.

"이제 와서 그 사실을 부인한들 무슨 소용이 있겠소. 우리 모두 죽게 될 이제 와서 말이오. 난 리치먼드를 사지로 보냈소. 어떤 의 미에서 그건 살인이었을 거요. 이상한 일이군. 살인이라니, 나는 언 제나 준법 정신이 투철한 사람이었는데! 하지만 그때는 그게 잘못 으로 느껴지지 않았소. 난 조금도 후회하지 않았소. '놈은 그런 일을 당해 마땅해!'라는 게 당시 내 생각이었소. 하지만 그 후……."

베라가 긴장해서 물었다.

"그 후 어떻게 됐나요?"

그는 애매하게 고개를 내저었다. 혼란스럽고 고통스러운 모습이 었다.

"모르겠소. 난, 모르겠소. 완전히 달라졌다오. 잘 모르겠소, 레슬 리가 그 일을 알고 있었는지……. 몰랐던 것 같긴 해. 하지만 그녀는 더 이상 내게 마음을 열지 않았소. 그녀는 내가 닿을 수 없는 먼 곳 으로 가버렸소. 그런 다음 그녀는 죽고, 난 혼자가 되었소……."

베라가 그의 말을 되풀이했다.

"혼자…… 혼자……."

그녀의 목소리가 바위에 부딪쳐 메아리쳤다.

맥아더 장군이 말했다.

"종말이 다가오면, 아가씨 역시 기쁨을 느낄 거요."

베라는 자리에서 일어서며 날카롭게 말했다.

"무슨 말을 하시는 건지 모르겠어요!"

"난 알고 있소, 아가씨, 난 알고 있다오……."

"아니에요. 장군님은 전혀 이해하지 못하고 계세요……."

맥아더 장군은 다시 바다로 눈길을 돌렸다. 그는 자기 뒤에 있는 그녀를 의식하지 못하는 것 같았다.

그는 천천히 부드러운 어조로 다시 입을 열었다.

"레슬리……?"

V

밧줄을 어깨에 걸치고 저택에서 돌아온 블로어는 조금 전 그 자리에 서서 바닷속을 응시하고 있는 암스트롱을 발견했다.

그가 숨을 헐떡이며 물었다.

"롬바드 씨는 어디 있소?"

암스트롱이 무심히 대답했다.

"무슨 이론인가를 시험해 본다고 하더군요. 곧 돌아올 겁니다. 이것 봐요, 블로어 씨. 난 걱정스럽습니다."

"우리 모두 걱정하고 있잖소."

의사는 초조한 듯 손사래를 쳤다.

"물론, 물론 그렇지요. 내 말은 그런 뜻이 아닙니다. 난 맥아더 노인을 생각하고 있답니다."

"그 사람 어떤 점이 걱정이란 말이오?"

암스트롱 박사가 무거운 어조로 말했다.

"우리가 찾고 있는 건 미치광이입니다. 맥아더는 어떻습니까?"

블로어가 믿어지지 않는다는 듯 물었다.

"당신 말은 그 사람이 살인범이라는 거요?"

암스트롱이 자신 없는 어조로 대답했다.

"그렇게 말할 순 없지요. 한순간이라도 그렇게 말할 수는 없습니다. 나는 물론 정신과 전문의가 아닙니다. 실제로 그 사람과 얘기도 나눠 본 적이 없습니다. 그런 관점에서 그를 관찰한 적도 없었지요."

블로어가 미심쩍은 어조로 말했다.

"노망난 건 맞소. 하지만 그렇다고……."

암스트롱이 정신을 차린 듯 애써 그의 말허리를 잘랐다.

"당신 말이 맞아요! 빌어먹을, 이 섬 어디엔가 누군가 숨어 있을 겁니다! 아, 롬바드 씨가 오는군요."

그들은 조심스럽게 밧줄을 당겼다.

롬바드가 말했다.

"가능한 한 내 힘으로 내려가겠습니다. 갑자기 밧줄이 당겨지는지 지켜봐 주세요."

블로어는 롬바드가 내려가는 양을 지켜보다가 잠시 후 말했다.

"고양이처럼 능숙하게 내려가는군, 그렇지 않소?"

그의 어조에는 뭔가 석연찮은 기미가 담겨 있었다.

암스트롱 박사가 말했다.

"산을 타 본 경험이 있나 보지요."

"그럴지도."

잠시 침묵이 흘렀다. 이윽고 전직 경감이 다시 입을 열었다.

"어디로 보나 흥미로운 친구요. 내 말뜻을 아시겠소?"

"무슨 얘깁니까?"

"저 친구는 질이 좋지 않단 말이오!"

암스트롱이 믿어지지 않는다는 듯 물었다.

"어떤 점에서?"

블로어는 무어라 투덜거린 다음 말했다.

"꼭 짚어 말할 수는 없소. 하지만 난 저 친구를 믿을 수가 없소."

암스트롱 박사가 말했다.

"저 친구는 거친 일을 하며 살아온 것 같습니다."

"그 거친 일 중에는 뒤가 켕기는 일이 있었을 거요."

그는 말을 끊었다가 다시 이었다.

"권총을 갖고 다닌 적이 있소, 의사 선생?"

암스트롱이 깜짝 놀랐다.

"나 말입니까? 맙소사, 없습니다. 내가 왜 권총을 갖고 다닌단 말입니까?"

"롬바드는 왜 갖고 다닐 것 같소?"

암스트롱이 자신 없는 어조로 대답했다.

"버릇이겠죠."

블로어가 코웃음을 쳤다.

갑자기 밧줄이 팽팽하게 당겨졌다. 그들은 잠시 밧줄을 잡는 데 몰두했다.

이윽고 당겨졌던 밧줄이 다시 느슨해지자 블로어가 말했다.

"버릇도 여러 가지지! 롬바드는 이 시골 구석까지 권총을 갖고 왔을 뿐 아니라, 거기다 프라이머스 휴대용 석유 난로와 슬리핑백과 구충용 파우더까지 잊지 않고 챙겨왔다오! 그가 그것들을 이곳까지 가져온 것이 단순히 버릇 때문이었다고는 보기 어렵소. 아무 때나 권총을 갖고 다니는 건 소설 속에서나 있는 일이오."

암스트롱 박사는 뭐가 뭔지 모르겠다는 듯 고개를 내저었다.

그들은 몸을 기울여 롬바드가 어디까지 내려갔는지 살펴보았다. 그는 수색을 마친 것 같았다. 아무것도 발견하지 못했다는 것을 한 눈에 알 수 있었다. 이윽고 그가 벼랑 위로 올라왔다. 그는 이마에 맺힌 땀을 닦으며 말했다.

"자, 이젠 별 수 없어요. 집 안에 없으면 없는 겁니다."

VI

저택을 수색하는 것은 어렵지 않았다. 그들은 한두 개의 부속 건

물들을 먼저 살펴본 다음 저택 안으로 들어갔다. 찬장에서 찾아낸 로저스 부인의 미터 자가 도움이 되었다. 하지만 숨을 만한 곳은 없었다. 모든 것이 분명했다. 현대적 건축물에 은신처 같은 것이 있을 턱이 없었다. 그들은 우선 아래층의 수색을 마쳤다. 2층으로 올라가면서 그들은 층계참의 창문을 통해 로저스가 칵테일 쟁반을 들고 테라스로 나가는 것을 보았다.

필립 롬바드가 쾌활하게 말했다.

"충직한 명견 같군요. 좋은 하인입니다. 침착한 태도로 일을 계속하고 있으니 말입니다."

암스트롱이 동감이라는 듯 대답했다.

"로저스는 최고의 집사지요. 그를 위해 추천장이라도 써 주고 싶답니다!"

블로어가 말했다.

"그의 아내 역시 대단한 요리사였는데 말이오. 어제 저녁 식사는 정말이지……."

그들은 첫 번째 방으로 들어갔다.

5분 후 그들은 층계참에 다시 모였다. 은신처 같은 것은 없었다. 그럴 만한 곳이 전혀 없었다.

블로어가 말했다.

"여기 작은 층계가 있소."

암스트롱 박사가 말을 받았다.

"하인 방으로 통하는 계단입니다."

블로어가 말했다.

"지붕 밑에 방이 하나 있을 거요. 물탱크 같은 것을 넣어 두는 곳 말이오. 그곳이 가장 가능성이 높소. 누군가 숨어 있을 곳은 그곳뿐이오!"

그때 위에서 인기척이 느껴졌다. 머리 위에서 조심스러운 발소리가 들려왔다.

모두 그 소리를 들었다. 암스트롱은 블로어의 팔을 잡았다. 롬바드가 경고의 뜻으로 손가락 하나를 들어올렸다.

"쉿, 조용히 해 봐요."

그 소리가 다시 들려왔다. 머리 위에서 누군가가 은밀하고 조용하게 움직이고 있었다.

암스트롱이 속삭였다.

"놈은 지금 방 안에 있습니다! 로저스 부인의 시신이 있는 방 말입니다."

블로어 역시 자그마한 소리로 답했다.

"그렇소! 가장 눈에 띄지 않을 은신처를 고른 셈이군! 아무도 그곳에 가고 싶어하지 않을 테니. 자, 가능한 한 조용히 움직입시다."

그들은 소리 없이 2층으로 올라갔다.

문 앞의 자그마한 층계참에서 그들은 다시 걸음을 멈추었다. 틀림없었다, 누군가 방 안에 있었다. 안에서 희미하게 삐걱거리는 소리가 들려왔다.

블로어가 속삭이듯 말했다.

"들어갑시다."

그는 문을 열어젖히고 안으로 뛰어들었다. 두 사람도 그의 뒤를 따랐다.

다음 순간 세 사람은 모두 그 자리에 얼어붙고 말았다.

방 안에는 로저스가 두 팔 가득 옷가지를 안고 서 있었다.

VII

블로어가 먼저 정신을 차리고 입을 열었다.

"미안하오, 저기, 로저스. 여기서 누군가 왔다갔다하는 소리를 듣고는, 혹시 하고……."

"죄송합니다. 전 제 물건들을 옮기고 있었을 뿐입니다. 아래층에 있는 빈 손님방 중의 하나를 써도 괜찮을 것 같아서요. 제일 작은 방 말입니다."

암스트롱이 그의 말에 대답했다.

"물론입니다. 괜찮고말고요. 짐을 옮기세요."

그는 시트로 가려진 침대 위의 시신의 얼굴에 눈길을 보내지 않으려 애썼다.

로저스가 말했다.

"고맙습니다, 선생님."

그는 두 팔 가득 자기 물건을 안고 방을 나가서는 아래층으로 통하는 계단을 내려갔다.

암스트롱은 침대로 다가가 시트를 들추고 죽은 여인의 평화로운 얼굴을 내려다보았다. 이제 그 얼굴에는 공포 같은 것은 서려 있지 않았다. 그저 공허뿐이었다.

암스트롱이 말했다.

"진료 도구를 가져왔더라면 좋았을걸. 그랬다면 어떤 약물 때문이었는지 알아낼 수 있었을 텐데."

그런 다음 그는 다른 두 사람에게 몸을 돌렸다.

"이제 그만합시다. 아무것도 찾아낼 수 없을 것 같습니다."

블로어는 낑낑대며 낮은 맨홀의 나사를 풀면서 말했다.

"저 친구는 지독하게 조용히 움직이는군. 조금 전까지만 해도 정원에 있었는데. 우리들 중 아무도 그가 위층으로 올라오는 소리를 듣지 못했잖소."

롬바드가 말했다.

"그래서 우린 이곳에서 왔다갔다하는 사람이 낯선 자일 거라고 생각했던 거지요."

블로어는 캄캄한 맨홀 속으로 모습을 감추었다. 롬바드가 주머니에서 회중 전등을 꺼내들고 그 뒤를 따랐다.

5분 후 세 사람은 위쪽 층계참에 서서 서로의 얼굴을 마주보고 있었다. 그들의 몸은 먼지와 거미줄로 덮여 있었고, 얼굴에는 두려움이 서려 있었다.

그 섬에는 그들 여덟 사람을 제외하고는 아무도 없었다.

제9장

I

롬바드가 뜸을 들이며 말했다.

"그러니까 우리가 잘못 생각했군요. 완전히 헛짚은 겁니다! 우연히 두 사람의 죽음이 겹치자 허무맹랑한 생각을 한 겁니다!"

암스트롱이 심각하게 말했다.

"하지만 아직 문제가 남아 있답니다. 제기랄, 난 의사입니다. 자살에 대해 좀 알지요. 앤터니 매스턴은 자살할 사람이 아닙니다."

롬바드가 의심스럽다는 듯이 물었다.

"혹시 사고가 아니었을까요?"

블로어는 믿어지지 않는다는 듯 코웃음을 치며 퉁명스럽게 내뱉었다.

"사고치곤 정말 이상하지 않소."

잠시 침묵이 찾아왔다. 이윽고 블로어가 다시 입을 열었다.

"그 여자의 경우는……."

그는 말을 끊었다.

"로저스 부인 말인가요?"

"그렇소. 그 경우는 사고일 수도 있지 않겠소?"

필립 롬바드가 물었다.

"사고라고요? 어떤 점에서 말인가요?"

블로어는 약간 당황한 것 같았다. 붉은 벽돌 같은 그의 안색이 더욱 붉어졌다. 무심결에 그의 입에서 이런 말이 쏟아져 나왔다.

"이것 보시오, 의사 선생. 당신은 그 여자에게 약을 주었잖소."

암스트롱은 그를 물끄러미 응시했다.

"약이라니? 무슨 말을 하는 겁니까?"

"어젯밤에 말이오. 선생은 그 여자가 잠들 수 있도록 약을 먹였다고 했잖소."

"오, 그거. 그렇지요. 부작용 없는 진정제를 주었습니다."

"정확히 어떤 약이오?"

"소량의 트리오날을 주었지요. 전혀 문제될 것이 없습니다."

블로어는 더욱 얼굴을 붉히며 말했다.

"음, 그냥 단도직입적으로 말하겠소. 혹시 약의 양이 지나쳤던 것 아니오?"

암스트롱 박사가 화를 내며 말했다.

"당신이 무슨 말을 하는 건지 도통 모르겠군요."

블로어가 말했다.

"실수할 수도 있잖소? 그런 일은 종종 일어나니까."

암스트롱이 날카롭게 대꾸했다.

"난 그런 실수를 하지 않았습니다. 그런 추리를 하다니 어이가 없군요."

그는 말을 멈췄다가 차갑고 신랄한 어조로 덧붙였다.

"아니면 당신은 내가 고의로 그 여자에게 다량의 진정제를 줬다는 겁니까?"

필립 롬바드가 재빨리 끼어들었다.

"자자, 두 분, 침착하십시오. 그런 쓸데없는 공격은 하지 맙시다."

블로어가 불쑥 말했다.

"난 다만 의사 선생이 실수했을지도 모른다고 했을 뿐이오."

암스트롱 박사는 애써 미소를 지어 보였다. 그는 전혀 즐겁지 않은 미소를 지으며 말했다.

"의사라면 그런 실수를 할 수가 없습니다."

블로어가 느긋하게 대답했다.

"하지만 당신은 이미 실수한 적이 있잖소. 그 목소리가 한 얘기에 따르면 말이오!"

암스트롱의 얼굴이 하얗게 질렸다. 필립 롬바드가 조용하지만 화가 난 어조로 블로어에게 말했다.

"그렇게 공격적으로 말해서 무슨 이익이 있습니까? 우리는 모두

한 배에 탄 사람들입니다. 서로 힘을 합해야 합니다. 당신이 저지른 위증죄는 생각 안 합니까?"

블로어가 두 주먹을 불끈 쥐고 한 걸음 앞으로 나서며 쉰 목소리로 말했다.

"위증이라니, 빌어먹을! 그건 순 거짓말이오! 내 입을 다물게 하고 싶은 모양인데, 롬바드 씨, 하지만 여전히 내 눈엔 미심쩍어 보이는 것들이 있단 말요. 그리고 그중에는 당신에 관한 것도 있소!"

롬바드의 눈썹이 치켜 올라갔다.

"저에 관한 거라뇨?"

"그렇소, 유쾌한 사교상의 방문으로 이곳에 오면서 권총은 왜 갖고 온 건지 알고 싶소."

"정말 알고 싶습니까?"

"그렇소, 알아야겠소, 롬바드 씨."

롬바드는 뜻밖에도 이렇게 말했다.

"블로어 씨, 당신은 보기보다 똑똑하군요."

"그럴지도 모르지. 권총은 어떻게 된 거요?"

롬바드가 미소를 지었다.

"귀찮은 일이 생길 것 같아서 가져온 겁니다."

블로어가 의심스럽다는 듯이 말했다.

"어젯밤에는 그런 얘긴 하지 않았잖소."

롬바드가 고개를 끄덕였다.

"그때는 사실대로 말하지 않은 거요?"

블로어는 집요하게 물었다.

"어떤 점에서는 그렇지요."

"자, 말해 보시오. 털어놓으란 말이오."

롬바드가 천천히 말을 시작했다.

"전 제가 여기 오게 된 것이 다른 사람들과 마찬가지인 척했지요. 사실은 꼭 그런 건 아니었습니다. 전 모리스라는 이름의 자그마한 유태인에게서 한 가지 제안을 받았습니다. 그는 제게 이 섬으로 가서 경계를 늦추지 않는 대가로 100기니를 주겠다고 하더군요. 난관 돌파에 탁월하다는 제 명성을 들었노라면서 말입니다."

"그래서?"

블로어가 초조하게 말을 재촉했다.

롬바드가 씩 웃으며 말했다.

"그게 답니다."

암스트롱 박사가 물었다.

"하지만 그 사람이 당신에게 그 이상의 이야기를 해 주었을 것 아닙니까?"

"아니, 그렇지 않습니다. 그는 더 이상의 이야기는 하지 않았습니다. 입을 다물어 버렸죠. 그러면서 하든지 말든지 마음대로 하라는 겁니다. 제 사정이 좀 어려웠거든요. 그래서 그 일을 받아들였답니다."

블로어는 그의 말을 믿지 못하겠다는 기색으로 물었다.

"그런데 어째서 어젯밤에는 그런 이야기를 하지 않은 거요?"

롬바드는 과장된 몸짓으로 어깨를 으쓱해 보였다.

"보세요, 어젯밤 일이 제가 이곳에서 처리해야 할 일이었는지도 모르잖아요? 그래서 조심하느라고 애매하게 말을 꾸며 댔던 겁니다."

암스트롱 박사가 빈틈없는 어조로 물었다.

"하지만 지금은……, 생각이 달라졌단 말입니까?"

롬바드의 표정이 바뀌었다. 어둡고 딱딱해진 얼굴로 그가 말했다.

"그래요. 저도 여러분과 똑같은 입장인 것 같습니다. 그 100기니는 저를 여러분처럼 사로잡기 위해 오웬이란 자가 사용한 미끼였을 뿐이지요."

그는 천천히 말을 이었다.

"우리는 모두 덫에 걸렸습니다. 이건 분명히 함정입니다! 로저스 부인과 토니 매스턴이 죽었습니다. 식탁 위에 놓여 있던 꼬마 병정 인형 두 개가 사라졌습니다! 그래요, 오웬이란 자의 손길이 노골적으로 드러난 겁니다. 그런데 도대체 그자는 어디 있을까요?"

아래층에서 점심 식사를 알리는 종이 장엄하게 울렸다.

II

로저스가 식당 문 옆에 서 있었다. 세 사람이 층계를 내려오자 그는 한두 걸음 앞으로 나서더니 나지막하고 걱정스러운 어조로 말했다.

"점심 식사가 마음에 드셔야 할 텐데요. 차가운 햄과 차가운 소 혓바닥 요리가 있고, 감자를 좀 삶았습니다. 또 치즈와 비스킷, 그리고 통조림 과일이 있습니다."

롬바드가 물었다.

"맛있을 것 같군요. 식품은 남아 있나요?"

"식품은 잔뜩 있습니다, 선생님. 여러 가지 통조림들로 말입니다. 식료품실이 가득 차 있습니다. 상당 기간 동안 육지와 격리될 경우에 대비해 마련된 섬의 비상 식량이지요."

롬바드가 고개를 끄덕였다.

로저스는 세 사람을 따라 식당으로 들어오며 중얼거렸다.

"오늘 프레드 내러코트가 오지 않은 게 걱정스럽습니다. 왠지 불길한데요."

롬바드가 말을 받았다.

"그래요. 왠지 불길하다는 표현이 아주 적절하군요."

에밀리 브렌트가 방 안으로 들어왔다. 그녀는 털실 덩어리를 떨어뜨린 듯 끝을 조심스럽게 감고 있었다.

식탁 앞에 앉으며 그녀가 말했다.

"날씨가 달라지고 있어요. 바람이 꽤 강하게 불고 바다에는 하얀 파도가 높아지고 있어요."

워그레이브 판사가 들어왔다. 그의 걸음걸이는 느릿하고 절도가 있었다. 그는 숱 많은 눈썹 너머로 식당에 모인 다른 사람들에게 재빨리 눈길을 보내며 말했다.

"오전 중에 모두 열심히 움직인 모양이군요."

그의 어조에는 심술궂은 기색이 서려 있었다.

베라 클레이슨이 서둘러 들어왔다. 그녀는 숨을 헐떡이고 있었다. 그녀가 재빨리 말했다.

"여러분을 기다리시게 했으면 어떡하죠. 제가 늦었나요?"

에밀리 브렌트가 대답했다.

"당신이 꼴찌는 아녜요. 장군님이 아직 안 오셨으니까요."

그들은 둥근 식탁에 둘러앉았다.

로저스가 에밀리 브렌트에게 물었다.

"식사를 시작하시겠습니까, 부인. 아니면 기다리시겠습니까?"

베라가 말했다.

"맥아더 장군님은 해변에 앉아 계세요. 거기까지 종소리가 들릴지 모르겠군요."

그녀는 머뭇거리다가 말했다.

"오늘 좀 이상하신 것 같아요."

로저스가 재빨리 말했다.

"제가 내려가서 점심 식사가 준비되었다고 알려드리지요."

암스트롱 박사가 자리에서 일어서며 말했다.

"내가 다녀올게요. 먼저 식사하세요."

그는 방을 나갔다. 뒤에서 로저스의 음성이 들려왔다.

"차가운 소 혓바닥 요리로 하시겠습니까, 아니면 차가운 햄으로 하시겠습니까, 부인?"

III

식탁에 둘러앉은 다섯 사람은 적당한 화제를 찾기가 어려웠다. 밖에서 돌풍이 몰아쳤다가 이윽고 잦아들었다.

베라가 약간 몸을 떨면서 말했다.

"폭풍우가 오고 있어요."

블로어가 애써 이야기를 시작했다. 그는 스스럼없는 어조로 말했다.

"어제 플리머스발 기차 안에서 어떤 노인을 만났소. 그 노인이 폭풍우가 올 거라고 연거푸 말하더군요. 나이 든 뱃사람들은 귀신같이 날씨를 알아맞힌다니까."

로저스가 탁자를 돌면서 고기 접시를 치웠다.

그는 갑자기 동작을 멈추었다.

그가 왠지 겁에 질린 목소리로 말했다.

"누군가 달려오고 있는데요."

그들은 모두 그 소리를 들을 수 있었다. 테라스를 따라 누군가 달려오고 있었다.

잠시 후 그들은 진상을 알 수 있었다. 달려온 사람이 채 입을 열기도 전에.

그들은 박자를 맞추듯 일제히 자리에서 일어서서 문 쪽을 향했다.

암스트롱 박사가 숨을 헐떡이면서 모습을 나타냈다.

그가 말했다.

"맥아더 장군이……."

"죽었단 말이군요!"

베라가 폭발하듯 외쳤다.

암스트롱이 대답했다.

"그래요, 그가 죽었어요."

모두들 말이 없었다. 긴 침묵이었다.

일곱 사람은 서로 얼굴을 마주보며 할 말을 찾지 못했다.

IV

노인의 시신이 현관 문으로 들어오는 순간 폭풍우가 시작되었다.

다른 사람들은 홀에 서 있었다.

갑자기 두둑 소리와 함께 억수같이 비가 퍼붓기 시작했다.

블로어와 암스트롱이 시신을 들고 층계를 올라가자, 베라 클레이

슨은 갑자기 몸을 돌려 아무도 없는 식당 안으로 들어갔다.

식당은 조금 전의 모습 그대로였다. 식기장 위에는 디저트 음식

이 손도 안 댄 채 놓여 있었다.

베라는 식탁으로 갔다. 잠시 후 로저스가 조용히 식당 안으로 들

어왔다.

그는 그녀를 발견하고 깜짝 놀랐다. 이윽고 그의 두 눈에 묻는 듯

한 표정이 어렸다.

그가 말했다.

"오, 아가씨, 전……, 전 그저 혹시 인형이……."

자신도 놀랄 만큼 크고 탁한 목소리로 베라가 말했다.

"당신 말이 맞아요, 로저스. 직접 보세요. 일곱 개뿐이에요……."

V

맥아더 장군의 시신이 그의 침대에 눕혀졌다.

마지막으로 시신을 살펴본 후 암스트롱은 방을 나와서 아래층으로 내려왔다. 다른 사람들은 응접실에 모여 있었다.

에밀리 브렌트는 뜨개질을 하고 있었다. 베라 클레이슨은 창가에 서서 좌좌 쏟아지는 빗줄기를 응시했다. 블로어는 의자에 똑바로 앉아서 두 손을 무릎에 올려놓고 있었다. 롬바드는 안절부절못하고 방 안을 왔다 갔다 했다. 방 한쪽 끝에는 워그레이브 판사가 안락의자에 앉아 있었다. 그의 두 눈은 반쯤 감겨 있었다.

의사가 방 안으로 들어오자 판사는 눈을 떴다. 그는 가슴을 파고드는 명료한 목소리로 말했다.

"그래 어떻소, 의사 선생?"

암스트롱의 안색은 백지장 같았다. 그가 대답했다.

"심장 마비 같은 것이 아닙니다. 맥아더는 호신용 단장 같은 것으로 뒷머리를 맞았습니다."

좌중에 자그마한 웅성거림이 일었다. 판사의 명료한 목소리가 다시 한 번 높아졌다.

"사용된 흉기를 발견했소?"

"아니요."

"그런데도 그 사실을 확신한단 말이오?"

"그렇습니다."

워그레이브 판사가 조용히 말했다.

"이제 우리가 어떤 상황에 처해 있는지 확실히 알 것 같군."

누가 상황을 이끌어나가고 있는가는 명확했다. 그날 아침 워그레이브는 공공연한 행동을 삼간 채 테라스의 의자에 앉아 있었다. 이제 그는 오랫동안 몸에 밴 자연스러운 권위를 지니고 지시를 내리고 있었다. 마치 재판을 주재하고 있는 것 같았다.

헛기침을 하면서 그는 다시 입을 열었다.

"여러분, 오늘 아침 테라스에 앉아 나는 여러분의 행동을 관찰했소. 여러분의 목적은 명백했소. 여러분은 미지의 살인자를 찾아내기 위해 섬을 수색하고 있었소."

"그렇습니다, 판사님."

롬바드가 대답했다.

판사가 말을 계속했다.

"여러분은 분명 내가 내린 것과 똑같은 결론에 이르렀을 거요. 다시 말해서 앤터니 매스턴과 로저스 부인의 죽음은 사고사도 자살도 아니라는 거요. 또한 여러분은 오웬이라는 자가 우리를 이 섬으로 끌어들인 목적에 대해서도 분명한 결론을 내릴 수 있었을 거요."

블로어가 탁한 목소리로 말했다.

"놈은 미치광이가 분명하오! 돌았단 말이오."

판사가 기침을 했다.

"그런 것 같소. 하지만 그 사실에 흥분한다고 해서 사태가 해결되지는 않소. 우리의 주된 관심은 바로 우리의 생명을 지키는 거요."

암스트롱이 떨리는 목소리로 말했다.

"섬에는 아무도 없습니다. 개미 새끼 한 마리 없단 말입니다!"

판사가 턱을 쓰다듬으며 낮은 목소리로 말했다.

"당신이 말하고자 하는 관점에서는 그렇소. 난 오늘 아침 일찍 그런 결론에 이르렀소. 내게 물었더라면, 섬을 수색해 봤자 소용없는 일이라고 말해 주었을 거요. 그럼에도 나는 오웬이라는 자가 틀림없이 이 섬에 있다고 생각하오. 그렇소. 법이 처벌할 수 없는 범죄를 저지른 사람들을 공명정대한 정의의 이름으로 심판한다는 이 계획으로 미루어 보건대, 이 계획을 성공적으로 달성하는 길은 한 가지밖에 없소. 오웬이라는 자가 직접 이 섬으로 올 수밖에 없는 거요. 결론은 명백하오. 오웬이라는 자는 우리 중의 하나요……."

VI

"오, 아냐, 아냐, 아냐……."

비명을 터뜨린 것은 베라였다. 거의 신음에 가까운 소리였다. 판사가 날카로운 눈길을 그녀에게 돌리며 말했다.

"아가씨, 지금은 사태를 회피할 때가 아니오. 우리는 모두 심각한 위험에 처해 있소. 우리 중의 하나가 U. N. 오웬이란 말이오. 그런데 우리는 누가 그자인지 모르고 있소. 이 섬에 온 열 사람 중에서 세 사람은 제외해도 좋소. 앤터니 매스턴, 로저스 부인, 맥아더 장군은 혐의를 벗었소. 우리 일곱 사람이 남소. 이 일곱 사람 중의 한 사람이, 이렇게 말해도 좋을지 모르지만, 가짜 꼬마란 말이오."

그는 잠시 말을 끊었다가 주위를 둘러보았다.

"이 말에 여러분 모두 동의했다고 보아도 되겠소?"

암스트롱이 말했다.

"이건 터무니없는 일입니다……. 하지만 판사님 말이 맞는 것 같습니다."

블로어가 말했다.

"그 주제라면 논란의 여지가 없소. 나한테 생각이 있는데……."

워그레이브 판사의 한쪽 손이 재빨리 올라가 그의 말을 제지했다. 판사가 차분한 어조로 말했다.

"그 문제는 조금 후에 이야기합시다. 지금은 우리 모두가 이 사실에 동의하고 있는가 하는 것을 분명히 했으면 하오."

에밀리 브렌트가 뜨개질하는 손을 멈추지 않은 채 말했다.

"판사님 추리가 타당한 것 같군요. 우리 중의 한 사람이 악마에게 홀린 것 같아요."

베라가 우물거리며 말했다.

"전 믿을 수가 없어요……. 믿을 수가……."

워그레이브가 물었다.

"롬바드?"

"동의합니다, 판사님. 전적으로 말입니다."

판사는 만족한 듯 고개를 끄덕이며 말했다.

"이제 증거를 찾아봅시다. 먼저 어떤 사람을 의심할 이유가 있소? 블로어 씨, 뭔가 할 말이 있는 모양인데?"

블로어는 씨근거리며 입을 열었다.

"롬바드 씨는 권총을 갖고 있소. 어젯밤 그는 우리에게 사실을 털어놓지 않았소. 롬바드 씨 자신도 그 사실을 시인했소."

필립 롬바드가 한심하다는 듯 미소를 지으며 말했다.

"다시 설명하는 게 낫겠군요."

그는 자신의 이야기를 간단하고 명료하게 들려주었다.

블로어가 날카로운 어조로 물었다.

"그걸 어떻게 증명하오? 당신 말을 뒷받침할 증거는 전혀 없소."

판사가 기침을 하고 입을 열었다.

"불행히도 우리 모두 그런 상황이라오. 우리 자신의 말밖에는 아무런 증거도 없다오."

그는 몸을 앞으로 기울였다.

"당신은 이 상황의 특이성을 전혀 이해하지 못하고 있는 것 같소. 내 생각에 우리가 사용할 방식은 단 하나뿐이오. 우리 중에 혐의를 완전히 벗을 수 있는 증거를 가진 사람이 있소?"

암스트롱 박사가 재빨리 대답했다.

"난 유명한 의사입니다. 내가 그런 의심을 받는다는 것만으로도……."

판사의 한쪽 손이 다시 올라가 박사의 말을 가로막았다. 워그레이브 판사는 예의 작고 명료한 목소리로 말했다.

"나 역시 유명한 사람이오! 하지만 친애하는 의사 선생, 그 사실로는 아무것도 증명되지 않는다오! 의사가 정신 이상이 될 수도 있으니까. 판사도 마찬가지요. 그리고……."

그는 블로어를 바라보며 덧붙였다.

"경찰도 그렇다오!"

롬바드가 말했다.

"어쨌든 여자들은 제외해야 할 것 같은데요."

판사의 눈썹이 치켜 올라갔다. 그는 변호인이라면 익히 알고 있는 예의 '신랄한' 어조로 지적했다.

"여자들은 살인광이 되지 말란 법이 있소?"

롬바드가 짜증스럽게 대답했다.

"물론 그렇진 않죠. 하지만 가능성이 극히 희박한……."

그는 말을 멈추었다. 워그레이브 판사는 줄곧 가늘고 신랄한 어조로 암스트롱에게 물었다.

"암스트롱 박사, 가엾은 맥아더 씨를 후려친 범인이 여자일 수도 있소?"

의사가 차분한 어조로 대답했다.

"물론 가능합니다. 몽둥이라든가 곤봉 같은 적당한 도구만 있다면 말입니다."

"특별한 힘을 요구하지는 않는단 말이군요?"

"그렇습니다."

워그레이브 판사는 자라 같은 목을 이리저리 움찔거렸다.

"다른 두 건의 죽음은 약물에 의한 것이었소. 최소한의 신체적인 힘만 갖고 있어도 쉽사리 해낼 수 있는 일이란 말이오."

베라가 화가 나서 소리쳤다.

"당신은 제정신이 아닌 것 같아요!"

그의 두 눈이 천천히 움직여 이윽고 그녀에게서 멎었다. 사람의 속성을 저울질하는 데 익숙한, 냉정한 시선이었다.

그녀는 생각했다.

'이상한 여자 쳐다보듯 나를 바라보고 있잖아. 그러니까……'

그녀는 순간적으로 떠오른 생각에 깜짝 놀랐다.

'저 사람은 나를 싫어하고 있어!'

절도 있는 어조로 판사는 말을 이어나갔다.

"아가씨, 감정을 절제해 주시오. 난 당신을 비난하고 있는 게 아니오."

그는 에밀리 브렌트에게 목례를 보냈다.

"브렌트 양, 우리 모두에게 똑같이 혐의가 있다는 내 주장에 동의하시오?"

에밀리 브렌트는 뜨개질을 계속했다. 그녀는 시선을 들지 않고 냉정한 어조로 말했다.

"세 사람은 고사하고, 단 한 사람의 생명이라도 빼앗았다는 혐의를 내가 받고 있다는 말을 들으면, 내 성격을 조금이라도 알고 있는 사람은 어이없어하겠죠. 하지만 우리는 서로 모르는 사람들이니, 이런 상황에서 확실한 증거 없이는 아무도 혐의를 벗을 수 없다는 말에 동의해요. 아까 말했듯이 우리 중의 한 사람이 바로 악마예요."

판사가 말했다.

"그렇다면 모두 동의한 거요. 성격이나 지위만으로 혐의를 벗을 수는 없소."

롬바드가 물었다.

"로저스는 어떻습니까?"

판사가 눈도 깜박이지 않고 그를 바라보았다.

"로저스가 어떻냐니?"

롬바드가 대답했다.

"그러니까 로저스는 제외해도 될 것 같아서 말입니다."

워그레이브 판사가 대답했다.

"그럴 수도 있겠지. 하지만 어떤 근거에서?"

"그는 이런 일을 할 만한 두뇌의 소유자가 아닙니다. 그리고 또 하나, 희생자 중에는 그의 아내가 포함되어 있습니다."

판사의 눈썹이 다시 한 번 치켜 올라갔다. 그가 말했다.

"롬바드 씨, 판사로 재직하는 동안 나는 아내를 살해했다는 죄목으로 내 앞에 불려나온 사람들을 여럿 보았소. 그리고 그들의 죄는 사실로 밝혀졌소."

"오! 물론 그렇습니다. 아내를 살해하는 건 충분히 있을 수 있는 일입니다. 말하자면 평범하다고까지 할 수 있는 범죄지요! 하지만 이 경우는 특별합니다! 자기 아내가 비밀을 폭로할까 봐 두려워서, 아내가 싫어져서, 혹은 젊고 예쁜 여자와 살고 싶어서 아내를 죽였다면, 그것은 수긍할 수 있습니다. 하지만 로저스가 오웬이라는 미치광이고 어이없는 정의를 실현한다는 명목으로 자신에게도 책임이 있는 범죄를 응징하기 위해서 자기 아내부터 죽였다는 건 납득할 수 없는 일입니다."

워그레이브 판사가 말했다.

"당신은 들은 얘기를 증거로 혼동하고 있소. 로저스와 그의 아내가 공모하여 자기네 고용주를 죽였다는 것이 사실인지 아닌지 우리는 알 수 없소. 그것은 로저스가 자신을 우리와 똑같은 입장에 있는 것처럼 보이게 하기 위해 동원한 거짓말일 수도 있소. 어젯밤 로저스 부인이 그렇게 겁에 질렸던 것은 자기 남편이 제정신이 아니라는 것을 깨달았기 때문인지도 모른다오."

롬바드가 말했다.

"좋습니다, 계속하십시오. U. N. 오웬은 우리 중의 하나입니다. 예외는 없습니다. 우리 모두 그 사람일 수 있습니다."

워그레이브 판사가 말했다.

"내가 말하고자 하는 요점은 성격이나 지위나 개연성으로 예외가 될 수는 없다는 거요. 이제 우리가 검토해야 할 것은 '사실'에 의거해서 한두 사람을 제외할 수 있는가 하는 거요. 간단히 말해서 우리 중에서 앤터니 매스턴의 잔에 청산가리를 넣거나 로저스 부인에게 치사량의 수면제를 주거나, 맥아더 장군의 뒤통수를 후려칠 기회가 없었던 사람이 있소?"

블로어의 살집 좋은 얼굴이 밝아졌다. 그는 앞으로 몸을 굽혔다.

"제대로 짚으셨소! 바로 그거요! 조사를 시작합시다. 매스턴 청년의 경우에는, 별다른 게 나올 것 같지 않소. 그가 마지막으로 자기 잔에 술을 따르기 전에 누군가 밖에서 그의 잔에 뭔가를 넣었을 수도 있다는 추리가 이미 나왔소. 실제로 방 안에 있는 사람은 그런 일을 하기가 더욱 쉬웠을 거요. 로저스가 그때 방 안에 있었는지 없었는지는 기억나지 않지만, 우리 모두 혐의를 벗을 수 없소."

그는 잠시 말을 끊었다가 계속했다.

"이제 로저스 부인의 경우를 봅시다. 두드러지는 사람은 그녀의 남편과 의사입니다. 두 사람은 그 일을 아주 쉽게……."

암스트롱이 튕겨지듯 자리에서 일어섰다. 그는 부들부들 떨고 있었다.

"이의 있습니다. 이건 정말이지 어이가 없군요! 맹세코 나는 그 여자에게 적정량의 수면제를……."

"암스트롱 박사."

작고 신랄한 목소리가 울려나왔다. 의사는 말을 하다 말고 갑자기 입을 다물었다. 작고 냉정한 목소리가 이어졌다.

"당신이 분개하는 것은 너무나도 당연하오. 그렇지만 사실을 직시해야 하오. 실제로 당신도 로저스도 쉽사리 치사량의 수면제를 그 여자에게 먹일 수 있었소. 이제 다른 사람들의 경우를 살펴봅시다. 나, 블로어 경감, 브렌트 양, 클레이슨 양, 롬바드 씨가 그녀에게 독약을 먹일 기회는 없었을까? 우리 중에서 완전히 혐의를 벗을 수 있는 사람이 있는가?"

그는 잠시 말을 끊었다.

"내 생각엔 없는 것 같소."

베라가 화가 난 어조로 응수했다.

"전 그 여자 옆에 가까이 간 적도 없어요! 모두 잘 아시잖아요."

워그레이브 판사가 잠시 기다렸다가 다시 입을 열었다.

"내 기억에 의하면 그때의 상황은 이렇소. 내 말에 잘못이 있으면 부디 지적해 주기 바라오. 앤터니 매스턴과 롬바드 씨가 로저스 부인을 소파에 눕히자, 암스트롱 박사가 그녀 곁으로 갔소. 그는 로저스에게 브랜디를 가져오라고 했소. 그때 우리에게 들려온 그 목소리가 어디에서 나온 것인지에 대한 의문이 제기되었소. 우리는 모두 옆방으로 달려갔소. 다만 브렌트 양만은 이 방에 남아 있었소. 의식이 없는 그 여자 곁에 혼자 말이오."

에밀리 브렌트의 두 뺨이 약간 붉어졌다. 그녀는 뜨개질하던 손길을 멈추고는 말했다.

"이건 너무 심하군요!"

가차없는 작은 목소리가 이어졌다.

"브렌트 양, 우리가 이 방으로 돌아왔을 때 당신은 소파에 누워 있는 그 여인을 들여다보고 있었소."

에밀리 브렌트가 대꾸했다.

"동정을 보인 것뿐인데 그게 범죄가 되나요?"

워그레이브 판사가 대답했다.

"나는 다만 사실을 말하고 있는 것뿐이오. 그때 로저스가 브랜디 잔을 들고 방으로 들어왔소. 물론 응접실로 들어오기 전에 그 안에 약을 넣었을 수도 있소. 브랜디를 그 여자에게 먹인 후 얼마 안 되어 로저스와 암스트롱 박사가 그녀를 침대로 데리고 갔소. 거기서 암스트롱 박사는 그녀에게 수면제를 주었소."

블로어가 말했다.

"사실 그대로요. 틀림없소. 그러니까 판사님과 롬바드 씨와 나와 클레이슨 양은 제외합시다."

그의 목소리는 우렁차고 생기에 넘쳤다. 워그레이브 판사는 차가운 눈길로 그를 바라보며 중얼거렸다.

"호오, 과연 그럴까? 우리는 모든 가능성을 염두에 두어야 하오."

블로어가 깜짝 놀라 말했다.

"무슨 말씀을 하시는 건지 알 수가 없군요."

워그레이브 판사가 대답했다.

"로저스 부인이 2층의 자기 방에 누워 있소. 의사가 준 수면제가 효과를 발휘하기 시작해서 그녀는 비몽사몽의 상태라오. 그 순간 노크 소리가 나고 누군가 들어와서는, '의사 선생님이 이걸 드셔야 한대요.' 하고 말하며 알약이나 물약을 내민다고 합시다. 그녀는 아무 생각 없이 순순히 그 약을 삼킬 것이 아니겠소?"

침묵이 감돌았다. 블로어가 두 발의 위치를 바꾸며 미간을 찌푸렸다. 필립 롬바드가 말했다.

"그런 이야기는 도대체 있을 수가 없는 일입니다. 그 일이 있은 후 여러 시간 동안 우리 중 아무도 이 방을 떠나지 않았습니다. 매스턴이 죽고 소동이 벌어졌기 때문이지요."

판사가 응수했다.

"누군가 자기 방에서 나갔을 수도 있소. 나중에 말이오."

롬바드가 반박했다.

"하지만 그때는 로저스가 그곳에 있었을 겁니다."

암스트롱 박사가 몸을 움찔하며 말했다.

"그렇지 않아요. 로저스는 식당과 식료품실을 정리하러 아래층으로 내려갔습니다. 누구라도 눈에 띄지 않고 그 여자의 침실로 들어갈 수 있었을 겁니다."

에밀리 브렌트가 물었다.

"의사 선생님, 선생께서 처방해 준 약을 먹고 그 여자는 바로 잠에 빠져들었을까요?"

"십중팔구는 그랬을 겁니다. 하지만 완전히 그렇다고 할 수는 없습니다. 환자에게 어떤 약을 두 번 이상 투여해 보기 전에는 그 반응을 장담할 수 없으니까요. 때때로 수면제가 효과를 발휘하기까지는 상당한 시간이 걸리는 경우도 있습니다. 그건 특정 약에 대한 환자의 체질에 달린 문젭니다."

롬바드가 말을 받았다.

"물론 그렇게 말씀하시겠죠, 의사 선생님. 책에 나온 대로 말입니다, 안 그렇습니까?"

암스트롱의 얼굴이 다시 분노로 어두워졌다.

하지만 또다시 차갑고 냉정한 작은 목소리가 그의 말을 막았다.

"서로 비난해 봤자 좋을 게 없소. 우리는 사실을 다뤄야 하오. 조금 전 내가 정리한 그 상황에 대해 세 가지 가능성을 생각해 볼 수 있을 것 같소. 가능성이 낮다는 데에는 나도 동의하오. 하지만 그건 또다시 그게 누구냐에 달려 있소. 브렌트 양이나 클레이슨 양이 그런 심부름을 했다면, 환자는 전혀 놀라지 않았을 거요. 나나 블로어 씨, 혹은 롬바드 씨의 경우에는 적어도 흔한 일이라고는 할 수 없소. 하지만 그렇다 해도 의심을 사지는 않았을 거요."

블로어가 물었다.

"그러면 결론은 뭐란 말이오?"

VII

워그레이브 판사가 입술을 쓰다듬으며 냉혹하고 비인간적인 어조로 말했다.

"여태까지 우리는 두 번째 살인에 대해 이야기했고, 우리 중 혐의를 완전히 벗을 수 있는 사람은 없다는 결론에 이르렀소."

그는 잠시 말을 끊었다가 다시 이었다.

"이제 맥아더 장군이 죽은 사건을 이야기해 봅시다. 그 사건은 오늘 아침 일어났소. 누구든지 알리바이가 있는 사람은 자세하게 말해 주기 바라오. 먼저 나부터 말하자면 내 알리바이는 설득력이 없소. 나는 오늘 오전을 테라스에 앉아 우리 모두가 처한 기묘한 상황에 대해 생각하며 보냈소.

점심 식사를 알리는 종이 울릴 때까지 줄곧 나는 테라스의 의자에 앉아 있었소. 하지만 아무의 눈에도 띄지 않은 때가 여러 번 있었소. 그동안 바닷가로 가서 장군을 살해하고 돌아왔을 수도 있소. 내가 테라스를 떠나지 않았다는 것을 뒷받침하는 것은 내 말뿐이오. 이 상황에서 그것으로는 불충분하오. 증거가 있어야 하니까."

블로어가 말을 받았다.

"나는 오전 내내 롬바드 씨, 그리고 암스트롱 박사와 함께 있었소. 두 분이 내 말을 확인해 줄 거요."

암스트롱 박사가 말했다.

"당신은 밧줄을 가지러 저택으로 갔었지요."

블로어가 말했다.

"물론 그거야 그랬소만. 하지만 저택에 갔다가 바로 돌아왔소. 당신도 알잖소."

암스트롱이 응수했다.

"시간이 꽤 걸리던데……."

블로어가 얼굴빛이 시뻘게지며 물었다.

"도대체 무슨 뜻으로 그런 말을 하는 거요, 암스트롱 박사?"

암스트롱이 다시 반복했다.

"난 다만 당신이 다녀오는 데 꽤 긴 시간이 걸렸다는 말을 하는 것뿐입니다."

"밧줄을 찾아야 했잖소? 밧줄 더미 같은 걸 즉각 찾아낼 수는 없으니까."

워그레이브 판사가 말했다.

"블로어 경감이 밧줄을 찾으러 간 동안 두 분은 함께 계셨소?"

암스트롱이 열띤 어조로 말했다.

"물론입니다. 그러니까 롬바드가 잠깐 자리를 비웠을 뿐이지요. 난 그 자리에 있었습니다."

롬바드가 웃으며 말했다.

"거울을 이용해 육지로 반사 신호를 보낼 수 있는지 시험해 보고 싶었습니다. 가장 적당한 장소를 찾으려고요. 겨우 일이 분 자리를 떴을 겁니다."

암스트롱이 고개를 끄덕이며 말했다.

"맞아요. 살인을 할 만한 시간은 아니었습니다. 내가 보증하죠."

판사가 물었다.

"두 분 중에서 그때 시계를 본 사람이 있습니까?"

필립 롬바드가 말했다.

"아, 시계는 보지 않았는데요. 전 시계를 차고 있지 않았습니다."

판사가 흔들림 없는 어조로 말했다.

"일이 분이라는 건 막연한 표현이오."

그는 무릎에 뜨개질 감을 올려놓고 꼿꼿이 앉아 있는 여자에게 고개를 돌렸다.

"브렌트 양, 당신은?"

에밀리 브렌트가 입을 열었다.

"난 클레이슨 양과 섬의 정상까지 산책을 다녀왔어요. 그런 다음 햇빛 비치는 테라스에 앉아 있었죠."

판사가 말했다.

"테라스에서 당신을 보지 못한 것 같소만."

"그래요, 난 건물의 동쪽 모퉁이에 있었어요. 그곳에서는 바람을 피할 수 있었으니까요."

"점심시간이 될 때까지 거기 앉아 계셨소?"

"그래요."

"클레이슨 양, 당신은?"

베라는 책을 읽듯이 또박또박 대답했다.

"아침 일찍 브렌트 양과 함께 있었어요. 그런 다음 혼자 산책을 했죠. 해변으로 가서 맥아더 장군과 얘기를 나눴어요."

워그레이브 판사가 그녀의 말허리를 잘랐다.

"그게 몇 시였소?"

베라의 어조가 처음으로 애매해졌다.

"잘 모르겠어요. 점심시간이 되기 한 시간 전쯤, 아니면 한 시간도 채 남지 않았을 때였을 거예요."

블로어가 물었다.

"우리가 그와 이야기를 나눈 다음이었소, 아니면 그 전이었소?"

베라가 대답했다.

"모르겠어요. 장군은…… 무척 이상했어요."

그녀는 몸을 부르르 떨었다.

"어떻게 이상했다는 거요?"

판사가 궁금하다는 듯 물었다.

베라는 나지막한 어조로 대답했다.

"우리 모두가 죽을 거라고 하더군요. 자기는 종말을 기다리고 있다면서요. 저는 놀란 나머지……."

판사가 고개를 끄덕이며 물었다.

"그 다음에는 뭘 했소?"

"저택으로 돌아왔어요. 그런 다음 다시 밖으로 나가 점심 식사 시간이 될 때까지 저택 뒤편을 이리저리 쏘다녔어요. 줄곧 마음을 가라앉힐 수가 없었어요."

워그레이브 판사는 턱을 쓰다듬으며 말했다.

"로저스가 남는군. 하지만 그에게 우리가 모르는 증거가 있을 것 같지는 않은데."

법정 아닌 법정으로 불려온 로저스는 이야기할 것이 거의 없었다. 그는 오전 내내 여러 가지 집안일과 점심 식사 준비로 바빴다. 그는 점심 식사 전에 테라스로 칵테일을 내갔고, 다락방에서 다른 방으로 자기 물건을 옮겼다. 오전 내내 그는 창밖을 내다보지 않았고 맥아더 장군의 죽음과 관련된 그 어떤 장면도 보지 못했다. 점심 식사를 차릴 때 식탁에는 분명히 여덟 개의 도기 인형이 있었다고 그는 단언했다.

로저스의 증언이 끝나자 좌중에는 침묵이 감돌았다.

워그레이브 판사가 헛기침을 했다.

롬바드가 베라 클레이슨에게 속삭였다.

"이제 판사의 사건 개요가 있을 겁니다!"

판사가 입을 열었다.

"이제까지 우리는 세 사람의 죽음을 둘러싼 상황을 가능한 한 면밀하게 조사했소. 특정 사건에서 특정인이 범인일 가능성이 극히 낮을 수는 있지만 완전히 혐의를 벗을 수 있는 사람은 아무도 없소. 앞서 말했지만, 이 방 안에 모여 있는 일곱 사람 중에서 한 사람은 위험천만한 미치광이 살인범이란 말이오. 그게 누구인가에 대한 증거는 전혀 없소. 이 시점에서 우리가 해야 할 일은 육지에 도움을 청할 만한 방법이 무엇인지, 그리고 날씨로 보아 그럴 가능성이 높은데 구조가 늦어질 경우, 우리의 안전을 확실히하기 위해 어떤 조치를 취해야 하는지를 생각해 보는 것뿐이오.

여러분 모두 이 문제를 주의 깊게 생각해 보고 떠오르는 게 있으면 말해 주기 바라오. 그동안 각자 안전에 주의를 게을리해선 안 된다는 말을 하지 않을 수 없소. 앞서 희생된 사람들은 의심을 품지 않았기 때문에 범인이 쉽사리 살인을 저지를 수 있었던 거요. 지금부터 우리가 할 일은 서로를 경계하는 거요. 조심만큼 좋은 무기는 없소. 위험을 무릅쓰지 말고 항상 조심하시오, 이상이오."

필립 롬바드가 입속으로 중얼거렸다.

"이제 휴정하겠습니다."

제10장

I

"믿어지세요?"

베라가 물었다.

베라와 필립은 거실의 창턱에 걸터앉아 있었다. 밖에는 비가 퍼부어 대고 바람이 창유리를 사납게 흔들어 대며 몰아치고 있었다.

필립 롬바드는 고개를 한쪽으로 약간 기울이며 대답했다.

"우리 중에 범인이 있다는 늙은 워그레이브의 말이 믿어지느냐는 겁니까?"

"그래요."

필립 롬바드가 천천히 말했다.

"대답하기 어렵군요. 알다시피 논리적으로는 그의 말이 맞아요.

하지만……."

베라가 그의 말을 받았다.

"하지만 정말 믿기 어려운 일이잖아요!"

필립 롬바드가 얼굴을 찌푸렸다.

"이 모든 게 믿어지질 않습니다! 하지만 맥아더가 죽은 후 한 가지는 분명해졌어요. 사고사나 자살일 수는 없다는 겁니다. 그건 분명히 살인입니다. 오늘까지 세 건의 살인이 일어난 겁니다."

베라가 부르르 몸을 떨며 말했다.

"이건 악몽이에요. 이런 일이 실제로 일어날 수 있다는 게 아직도 믿어지지 않아요!"

그가 이해한다는 듯 대답했다.

"이해합니다. 금방이라도 노크 소리가 들리고 아침의 차 한 잔이 들어올 것 같죠."

"오, 그렇게만 된다면 얼마나 좋을까!"

필립 롬바드가 심각한 어조로 말했다.

"그래요, 하지만 그렇게 될 수는 없습니다! 우리는 모두 악몽 속에 있습니다! 그러니까 지금부터는 안전에 각별히 신경을 써야 합니다."

베라가 목소리를 낮추며 물었다.

"우리 중의 하나가 그자라면, 그게 누구일 거라고 생각하세요?"

필립 롬바드는 갑자기 씩 하고 웃어보이며 말했다.

"우리 두 사람은 제외하고 말인가요? 음, 좋습니다. 난 나 자신이 살인자가 아니라는 사실을 잘 알고 있고, 당신이 미쳤다고는 생각지 않습니다, 베라. 내가 보기에 당신은 내가 만난 여자 중에서 가장 건강한 정신과 분별력을 갖춘 여자 같습니다. 내 명예를 걸고 당신의 정신 상태가 건강하다는 것을 보증할 수 있습니다."

베라는 가볍게 쓴웃음을 지었다.

"고마워요."

"자, 베라 클레이슨 양, 이제 내 칭찬에 대한 답사를 해 주시지 않으시겠습니까?"

베라는 잠시 망설이다가 말했다.

"당신은 당신 입으로 사람의 생명을 그렇게 신성한 것으로 여기지 않는다고 했죠. 하지만 축음기의 목소리가 말한 그런, 그런 사람으로는 보이지는 않아요."

"맞는 말입니다. 내가 한두 건의 살인을 했다면, 그럼으로써 뭔가 이득이 있었기 때문입니다. 이런 무더기 살인은 내 방침에 어긋납니다. 좋습니다, 그러면 우리 두 사람을 제외하고 나머지 다섯 사람에게 초점을 맞춰 봅시다. 그들 중에서 누가 U. N. 오웬일까요. 음, 그저 짐작일 뿐이지만, 전혀 근거가 없지만, 나라면 워그레이브를 꼽겠습니다!"

"뭐라고요!"

베라가 놀라서 소리쳤다. 그녀는 잠시 생각에 잠긴 다음 말했다.

"이유가 뭐죠?"

"꼭 집어서 말하기는 어렵습니다. 하지만 우선 그는 나이가 많고 오랜 세월에 걸쳐 재판을 주재해 왔습니다. 다시 말해서 1년에 여러 달 동안을 전능한 신의 역할을 수행해 온 겁니다. 그런 경험은 사람의 뇌에 영향을 미치게 마련이죠. 자기 자신을 생사의 권한을 쥐고 있는 전능한 존재로 여기게 되는 겁니다. 그러니까 그의 머리가 이상해졌을 수도 있고 한걸음 더 나아가 심판자이자 집행자가 되려고 했는지도 모르죠."

베라가 천천히 말했다.

"그렇군요, 그럴 수도 있겠네요."

"당신이라면 누구를 지목하겠습니까?"

베라는 망설임 없이 대답했다.

"암스트롱 박사예요."

롬바드가 나지막하게 휘파람을 불었다.

"의사 말인가요? 나는 그 사람만은 아닐 거라고 생각하는데요."

베라가 고개를 내저었다.

"오, 그렇지 않아요! 두 건의 살인은 독살이었어요. 당연히 의사를 의심할 수밖에 없잖아요. 그리고 로저스 부인이 그 사람이 준 수면제를 먹었다는 건 분명하잖아요."

롬바드가 그녀의 말을 인정했다.

"그렇죠, 그건 사실입니다."

베라가 집요하게 말을 이었다.

"의사가 미쳤을 경우, 사람들이 눈치 채는 데는 오랜 시간이 걸릴 거예요. 게다가 의사들은 과로가 잦은 데다가 스트레스도 많이 받

않아요."

필립 롬바드가 말을 받았다.

"맞는 말입니다. 하지만 그가 맥아더를 죽일 수는 없었을 겁니다. 내가 잠깐 자리를 뜬 그 시간은 그러기에는 너무 짧습니다. 내 말은 재빨리 해변으로 달려 내려갔다가 다시 달려 올라와야 했다는 거지요. 하지만 그는 그런 짓을 저지른 다음 태연할 만큼 노련한 인물이 아닌 것 같습니다."

"그때 죽인 게 아니에요. 나중에 기회를 잡은 거죠."

"언제 말입니까?"

"점심 식사 직전 장군을 부르러 갔을 때 말이에요."

필립은 다시 한 번 아주 부드럽게 휘파람을 불고는 말했다.

"그러니까 당신 말은 그때 그런 짓을 저질렀다는 겁니까? 그러려면 상당히 냉정해야 하는데."

베라가 답답하다는 듯 말했다.

"위험할 게 뭐겠어요? 이곳에서 의학적인 지식을 가진 사람은 그 사람뿐이에요. 시신을 두고 적어도 한 시간 전에 죽었노라고 그가 단언하는데 누가 그의 말에 맞서겠어요?"

필립은 생각에 잠긴 눈빛으로 그녀를 바라보았다.

"탁월한 추리로군요. 어쩌면……."

II

"그게 누굴까요, 블로어 씨? 제가 알고 싶은 건 바로 그겁니다. 누구냐고요?"

로저스의 얼굴이 부들부들 떨리고 있었다. 두 손으로는 들고 있던 청소용 가죽을 힘주어 움켜쥐고 있었다.

전직 경감 블로어가 대답했다.

"으음, 그게 문제라오!"

"우리 중의 하나라니요. 그게 누굽니까? 제가 알고 싶은 건 바로 그겁니다. 그런 잔인한 악마가 누구란 말입니까?"

"우리 모두가 알고 싶은 게 바로 그거요."

로저스가 재빨리 물었다.

"하지만 경감님은 짐작하고 계시겠지요. 짚이는 데가 있을 거 아닙니까?"

블로어가 천천히 대답했다.

"짐작은 하고 있소. 하지만 확실하진 않소. 내 생각이 틀렸을 수도 있소. 내가 말할 수 있는 건 다만 내 생각이 맞다면 범인은 냉혹하기 짝이 없는 인물이라는 것뿐이오. 그렇고말고."

로저스는 이마에 맺힌 땀방울을 닦은 다음 탁한 목소리로 말했다.

"마치 악몽 같습니다. 정말입니다."

블로어가 유심히 그를 쳐다보며 물었다.

"짐작 가는 데라도 있소, 로저스?"

집사는 고개를 내저었다. 그는 여전히 탁한 목소리로 대답했다.

"모르겠습니다. 전혀 모르겠어요. 놀라서 기운이 다 빠져 버렸습니다. 아무 생각도 할 수가……."

III

암스트롱 박사가 격한 어조로 말했다.

"여기서 나가야 합니다, 나가야 한단 말입니다! 어떤 희생을 치르더라도!"

워그레이브 판사는 생각에 잠긴 눈길로 흡연실의 창밖을 내다보았다. 그는 안경을 만지작거리며 말했다.

"물론 내가 기상 통보관은 아니지만 24시간 내에 모터보트가 이곳에 도착할 가능성은 거의 없다는 것은 말할 수 있소. 마을에서 우리가 곤경에 처해 있다는 것을 알게 된다 해도 말이오. 그 후에도 바람만큼은 가라앉아야 할 거요."

암스트롱 박사는 머리를 두 손으로 감싸쥐며 신음했다.

"그 사이에 우리는 모두 침대에 누운 채 살해당할지도 모르잖습니까?"

"그러지 않기를 바랄 뿐이오. 그런 일이 일어나지 않도록 최선을 다해 조심할 작정이오."

판사 같은 노인은 젊은이보다 훨씬 생명에 집착하는 법이라는 생각이 암스트롱의 머릿속을 스치고 지나갔다. 그는 판사보다 20년은 젊을 테지만 자기 보호 감각은 훨씬 뒤져 있었다.

워그레이브 판사는 이런 생각을 하고 있었다.

'침대에 누운 채 살해당하다니! 의사들이란 모두 똑같아. 진부한 생각밖에 할 줄 몰라. 상상력이라고는 약에 쓸래도 찾아볼 수 없다니까.'

의사가 말했다.

"이미 세 사람이 희생되었다는 사실을 돌이켜보세요."

"물론이오. 하지만 그들은 살인자의 공격에 아무런 대비도 하지 않고 있었다는 사실을 명심하시오. 우리는 위험에 대비하고 있소."

암스트롱 박사가 비통한 어조로 말했다.

"우리는 어떻게 해야 하죠? 조만간⋯⋯."

"우리가 할 수 있는 일이 몇 가지 있을 것 같소."

"짐작조차 못하고 있지 않습니까. 그자가 누구인지⋯⋯."

판사는 턱을 쓰다듬으며 중얼거렸다.

"오, 반드시 그렇다고는 할 수 없소."

암스트롱이 그를 물끄러미 응시했다.

"그 말은 판사님은 알고 계시다는 뜻입니까?"

워그레이브 판사가 조심스럽게 대답했다.

"법정에서 필요로 하는, 구체적인 증거가 있느냐 하는 점에서 보자면, 난 아무것도 모른다는 것을 인정해야 할 거요. 하지만 이 일을 처음부터 돌이켜 생각해 보니 혐의가 짙은 사람이 떠오르는 것 같소. 그렇소, 짐작 가는 사람이 있소."

암스트롱이 물끄러미 그를 응시하며 말했다.

"무슨 말인지 알아들을 수가 없군요."

IV

에밀리 브렌트는 자기 방으로 올라갔다.

그녀는 성서를 집어들고 창가로 갔다.

그녀는 책을 펼쳤다. 그런 다음 잠시 망설이다가 성서를 밀어놓고 화장대로 갔다. 그녀는 화장대 서랍에서 검은 표지의 작은 공책을 꺼냈다.

그녀는 공책을 펼치고 일기를 쓰기 시작했다.

　　무시무시한 일이 일어났다. 맥아더 장군이 죽었다.(그는 엘시 맥퍼슨의 남편과 사촌 간이다.) 살해당한 게 틀림없다. 점심 식사 후 판사는 우리에게 흥미로운 이야기를 들려주었다. 우리 중의 하나가 악마에게 홀려 있다는 것이다. 난 이미 그 사실을 알고 있었다. 그자가 누구일까? 모두들 그 사실을 알고 싶어하지만 오직 나만이 알고 있는……

그녀는 쓰는 것을 멈추고 한동안 가만히 앉아 있었다. 그녀의 눈빛이 몽롱하게 흐려졌다. 그녀의 손가락 사이에서 연필이 취한 듯 움직거렸다. 비뚤비뚤 흐트러진 글씨로 써 내려간 글은 이랬다.

살인자의 이름은 바로 베아트리스 테일러⋯⋯

그녀의 두 눈이 감겼다.

문득 그녀는 소스라쳐 눈을 떴다. 그녀는 공책을 내려다보았다. 분노 섞인 외마디 소리를 지르며 그녀는 비뚤비뚤한 글씨로 쓰인 마지막 문장을 지워 버렸다.

그녀는 나지막한 어조로 중얼거렸다.

"이 문장을 쓴 게 정말 나란 말인가? 머리가 이상해지고 있는 것 같아⋯⋯."

V

폭풍우가 더욱 심해졌다. 바람이 윙윙 소리를 내며 저택의 한쪽 면을 후려쳤다.

모두 거실에 있었다. 그들은 맥없이 모여 앉아 서로를 은밀히 훔쳐보고 있었다.

로저스가 차 쟁반을 들여오자 모두들 깜짝 놀랐다. 로저스가 말했다.

"커튼을 칠까요? 그러면 한결 덜 을씨년스러울 겁니다."

사람들의 동의하에 커튼을 치고 전등을 켰다. 방 안이 훨씬 밝아졌다. 어두운 그림자가 조금 사라졌다. 내일은 폭풍우가 그치고 누군가 올 것이다. 보트가 도착할 것이다.

베라 클레이슨이 입을 열었다.

"차를 따라 주시겠어요, 브렌트 양?"

에밀리 브렌트가 대답했다.

"아뇨, 당신이 해 주세요, 아가씨. 저 찻주전자는 무척 무겁답니다. 게다가 내 회색 털실 두 타래가 없어졌어요. 짜증나 죽겠어요."

베라가 다탁으로 다가갔다. 딸각딸각 찻잔이 부딪히는 기분 좋은 소리가 들려왔다. 모든 것이 정상으로 돌아간 것 같았다.

차! 매일 오후 마시는 은혜로운 차 한 잔! 필립 롬바드가 유쾌하게 한마디 했다. 블로어가 그 말을 받았다. 암스트롱 박사가 농담을 했다. 평소 차를 몹시 싫어하던 워그레이브 판사도 기분 좋게 찻잔을 기울였다.

이렇게 편안해진 분위기 속으로 로저스가 들어왔다.

로저스는 흥분해 있었다. 그는 신경이 곤두선 듯 두서없이 말했다.

"실례합니다. 그런데 욕실 커튼이 어떻게 된 건지 아시는 분 계십니까?"

롬바드가 고개를 번쩍 들었다.

"욕실 커튼이라니? 도대체 무슨 말을 하는 겁니까, 로저스?"

"그게 없어졌습니다, 선생님. 쥐도새도 모르게 사라졌어요. 돌아다니면서 커튼을 전부 치고 있는 중인데, 욕실 커튼이 보이질 않습니다."

워그레이브 판사가 물었다.

"오늘 아침에는 있었소?"

"오, 그럼요, 판사님."

블로어가 물었다.

"어떤 커튼 말이오?"

"진홍빛 비단으로 된 겁니다, 선생님. 진홍빛 타일과 어울리는 커튼이죠."

롬바드가 물었다.

"그런데 그게 없어졌다는 겁니까?"

"사라졌습니다."

그들은 서로 얼굴을 마주보았다.

블로어가 침통한 어조로 말했다.

"그래서 어쨌다는 거요? 이상한 일이긴 하오. 하지만 이상한 일이 한두 개가 아니잖소. 어쨌든 그건 대수롭지 않은 문제요. 방수 커튼으로 사람을 죽일 수는 없으니까."

로저스가 대답했다.

"그렇군요. 고맙습니다."

그는 방을 나가서 문을 닫았다.

방 안에는 다시 새로운 공포가 드리워졌다.

그들은 또다시 의혹에 찬 눈길로 서로를 지켜보기 시작했다.

VI

저녁 식사가 들어오고, 식사가 끝나고, 빈 그릇이 치워졌다. 대부분 통조림으로 된 간단한 식사였다.

이윽고 거실의 긴장된 분위기는 더 이상 견디기 어려울 정도로 심해졌다.

정각 9시가 되자 에밀리 브렌트가 자리에서 일어서며 말했다.

"난 가서 자겠어요."

베라가 말했다.

"저도 가서 자야겠어요."

두 여자가 층계를 올라가자 롬바드와 블로어가 그들의 뒤를 따랐다. 두 사람은 층계 꼭대기에 서서 두 여자가 각자의 방으로 들어가는 것을 보았다. 두 방의 걸쇠가 잠기고 두 개의 열쇠가 돌아가는 소리가 들려왔다.

블로어가 씩 웃으며 말했다.

"문을 잠그라고 말할 필요도 없군!"

롬바드가 말했다.

"그렇군요, 어쨌든 두 사람에게는 오늘 밤 아무 일도 없을 테죠!"

그가 층계를 내려가자 블로어도 그의 뒤를 따랐다.

VII

네 사람은 한 시간 뒤 침실로 갔다. 그들은 함께 층계를 올랐다. 아침 식탁을 미리 준비하고 있던 로저스가 식당에서 나와 그들이 올라가는 것을 지켜보았다. 그들이 2층 층계참에서 걸음을 멈추는 소리가 들려왔다.

판사의 목소리가 들려왔다.

"여러분, 문을 잠그라는 충고는 따로 하지 않겠소."

블로어가 말했다.

"나아가 문 손잡이 아래 의자 하나를 세워 두시오. 밖에서 문을 여는 방법도 여러 가지가 있으니까."

롬바드가 나지막한 소리로 말했다.

"블로어 씨, 곤란에 처한 경험이 많은가 보군요!"

판사가 심각한 어조로 말했다.

"안녕히 주무시오, 여러분. 부디 내일 아침 건강한 모습으로 다시 만나기를!"

로저스가 식당에서 나와 층계를 반쯤 올라왔다. 그는 네 사람이 각자의 방으로 들어가는 것을 보았고, 네 개의 문이 잠기고 네 개의 걸쇠가 채워지는 소리를 들었다.

그는 고개를 끄덕였다.

"됐어."

그가 중얼거렸다.

그는 식당으로 돌아왔다. 내일 아침을 위해 모든 것이 준비되어 있었다. 그의 눈길은 거울로 된 중앙의 장식판과 그 위에 놓인 일곱 개의 꼬마 도기 인형 위에 머물렀다.

갑자기 이를 드러내고 웃자 그의 얼굴이 딴사람처럼 변했다. 그가 중얼거렸다.

"어쨌든 오늘 밤에는 아무도 장난치지 못하겠지."

그는 방을 가로질러 식료품실로 통하는 문을 잠갔다. 그러고는 홀로 통하는 다른 문으로 나와서 그 문 역시 잠근 다음 열쇠를 주머니에 넣었다.

그런 다음 불을 끄고 서둘러 층계를 올라가 새로 옮긴 침실로 들어갔다.

그 방 안에 숨을 곳이라고는 높다란 옷장뿐이었다. 그는 즉각 옷장 안을 살펴보았다. 그런 다음 문을 잠그고 걸쇠를 건 다음 잠잘 준비를 했다.

그는 중얼거렸다.

"오늘 밤엔 인형으로 장난 같은 걸 칠 순 없겠지. 단단히 대비를 해 두었으니까……."

제11장

I

필립 롬바드는 새벽에 일어나는 습관이 있었다. 그날 아침에도 그는 새벽녘 잠에서 깼다. 그는 팔꿈치로 턱을 괴고 누워서 귀를 기울였다. 좀 가라앉긴 했지만 아직도 바람이 세차게 불고 있었다. 빗소리는 들리지 않았다.

8시 정각. 바람이 좀 더 거칠어졌지만 롬바드는 그 소리를 듣지 못했다. 그는 다시 잠이 들어 있었다.

9시 30분에 그는 침대가에 앉아 손목 시계를 보았다. 그는 시계를 귀에 가져다 댔다. 그런 다음 입술을 젖히고 이를 드러내는, 늑대를 연상시키는 특유의 미소를 지었다.

그는 들릴 듯 말 듯한 목소리로 중얼거렸다.

"행동을 개시할 때가 된 것 같군."

9시 35분에 그는 블로어의 방인 옆방 문을 두드렸다.

블로어가 조심스럽게 문을 열었다. 그의 머리카락은 헝클어져 있었고, 두 눈에는 아직 잠기운이 어려 있었다.

필립 롬바드가 상냥하게 물었다.

"시계 바늘이 제자리에 올 때까지 열두 시간을 주무실 겁니까? 좋지요, 마음이 편하다는 증거니까."

블로어가 퉁명스럽게 물었다.

"무슨 일이오?"

롬바드가 대답했다.

"누가 부르러 오지도, 차를 가져오지도 않았지요? 지금 몇 시인지 아십니까?"

블로어는 어깨 너머로 자기 침대 옆에 있는 여행용 탁상 시계를 건너다보았다.

"9시 40분이군. 지금까지 잤다는 게 믿어지지 않군. 로저스는 어디 있소?"

"내가 묻고 싶은 말입니다."

"무슨 말을 하는 거요?"

블로어가 날카롭게 물었다.

"내 말은 로저스가 사라졌다는 겁니다. 자기 방에 없는 건 물론이고, 어디 있는지 모르겠습니다. 부엌 화덕에는 불도 피워져 있지 않고 주전자 하나 올려져 있지 않습니다."

블로어가 목소리를 낮추며 말했다.

"도대체 그가 어디 갔단 말이오? 집 밖으로 나간 것은 아닐까? 내가 옷을 입을 때까지 기다리시오. 내용을 알고 있는 사람이 있는지 알아봅시다."

필립 롬바드가 고개를 끄덕였다. 그는 잠긴 문들을 차례로 두드리기 시작했다.

암스트롱은 이미 일어나서 옷을 입고 있었다. 워그레이브 판사는 블로어처럼 막 잠에서 깬 듯했다. 베라 클레이슨은 옷을 다 입고 있었다. 에밀리 브렌트의 방은 비어 있었다.

그들은 집 안을 구석구석 살펴보았다. 필립 롬바드가 확인한 것처럼 로저스의 방은 비어 있었다. 침대에는 사람이 자고 난 흔적이 있었고, 면도기와 스폰지와 비누가 물에 젖어 있었다.

롬바드가 말했다.

"자고 일어난 건 분명하군요."

베라가 단호하고 자신 있는 태도를 유지하려 애쓰며 나지막한 목소리로 말했다.

"어딘가에 숨어서 우리를 기다리고 있는 건 아니겠죠?"

롬바드가 대답했다.

"아가씨, 누가 무슨 짓을 한다 해도 난 놀라지 않을 겁니다! 내가 할 수 있는 말은 그를 발견할 때까지 우리가 함께 있어야 한다는 것 뿐입니다."

암스트롱이 말했다.

"집 밖 어딘가에 있을 겁니다."

옷은 입었지만 면도는 하지 않은 채 합류한 블로어가 말했다.

"브렌트 양은 어디 갔소? 그 점도 이상하군."

하지만 그들이 홀에 이르렀을 때, 에밀리 브렌트가 현관문으로 들어왔다. 그녀는 비옷을 입고 있었다. 그녀가 말했다.

"파도가 여전히 높아요. 오늘은 배 한 척도 바다에 나오지 않을 거예요."

블로어가 물었다.

"혼자서 섬을 돌아다녔다는 거요, 브렌트 양? 그게 얼마나 어리석은 일인지 모르시오?"

에밀리 브렌트가 대답했다.

"안심하세요, 블로어 씨. 난 경계를 게을리하지 않았으니까요."

블로어가 끙 하고 신음소리를 내며 말했다.

"혹시 로저스 못 보셨소?"

브렌트 양의 눈썹이 치켜 올라갔다.

"로저스라뇨? 아뇨, 오늘 아침엔 보지 못했는데요. 왜 그러시죠?"

면도를 하고 틀니를 끼운 워그레이브 판사가 계단을 내려왔다. 그는 열린 식당 문을 향해 걸어오며 말했다.

"하아, 아침 식탁이 차려져 있는 것 같군."

롬바드가 말했다.

"어젯밤에 해 놓은 모양입니다."

그들은 모두 식당 안으로 들어갔다. 식탁에는 접시와 포크 같은 것들이 가지런하게 놓여 있었다. 식기대 위에는 컵들이 가지런히 놓여 있었다. 커피 포트를 올려놓을 모직 깔개까지 준비되어 있었다.

그것을 제일 먼저 발견한 것은 베라였다. 그녀는 판사의 팔을 잡았다. 그녀의 억센 손길에 노인은 얼굴을 찌푸렸다.

그녀가 소리쳤다.

"저 병정 인형들! 보세요!"

식탁 한가운데에 놓인 도기 인형은 여섯 개뿐이었다.

II

잠시 후 로저스의 시신이 발견되었다.

그것은 뜰 건너편에 있는 자그마한 세탁장에 있었다. 부엌에 불을 피울 장작을 패고 있었던 모양이었다. 그의 손에는 아직도 작은 도끼가 쥐어져 있었다. 육중한 큰 도끼는 문에 기대어져 있었다. 그 도끼의 금속 부분에는 짙은 갈색의 얼룩이 묻어 있었다. 그것은 로저스의 뒷머리에 나 있는 깊은 상처와 꼭 들어맞았다.

III

암스트롱이 말문을 열었다.

"명백합니다. 살인범은 그의 뒤로 살금살금 다가가서는 그가 몸을 앞으로 기울였을 때 도끼로 머리를 내리친 겁니다."

블로어는 부엌에서 밀가루 체를 가져다가 도끼 손잡이의 지문을 조사하고 있었다.

워그레이브 판사가 물었다.

"대단한 힘이 필요했을 것 같소, 의사 선생?"

암스트롱이 심각한 어조로 대답했다.

"여자도 할 수 있느냐는 뜻으로 물으신 거라면 그렇다고 대답하겠습니다."

그는 재빨리 좌중을 살펴보았다. 베라 클레이슨과 에밀리 브렌트는 부엌으로 들어가고 없었다.

"저 아가씨라면 쉽사리 해치울 수 있었을 겁니다. 그녀는 근육형이니까요. 또 브렌트 양도 겉으로는 연약해 보이지만 그런 여자들은 대개 강인한 체력의 소유자랍니다. 정신적으로 문제가 있는 사람은 뜻밖의 힘을 낼 수 있다는 것을 명심해야 합니다."

판사가 생각에 잠긴 얼굴로 고개를 끄덕였다.

그때 블로어가 한숨을 내쉬며 무릎을 폈다. 그가 말했다.

"지문은 없소. 일을 끝내고 손잡이를 닦았군."

그때 웃음소리가 들려왔다. 그들은 재빨리 뒤를 돌아보았다. 베라 클레이슨이 뜰에 서 있었다. 그녀는 온몸을 흔들며 웃으면서 카랑카랑한 목소리로 소리쳤다.

"이 섬에 벌이 있을까요? 말해 주세요. 어디가면 꿀을 구할 수 있죠? 하! 하!"

그들은 영문을 몰라 물끄러미 그녀를 응시했다. 그다지도 건강하고 침착했던 젊은 여자가 그들의 눈앞에서 미쳐 가고 있었다. 그녀는 높고 부자연스러운 목소리로 말을 이었다.

"그렇게 쳐다보지 마세요! 제가 미친 줄 아시는군요. 제 질문은 전혀 이상한 게 아니에요. 벌, 벌통, 벌 떼! 이런, 제 말을 이해하지 못하시겠어요? 그 이상한 동시도 안 읽으셨어요? 침실마다 걸려 있잖아요. 각자 들여다볼 수 있도록 말이에요! 눈치를 챘다면, 곧장 이곳으로 와야 했어요. '일곱 꼬마 병정이 도끼로 장작 팼네.' 그리고 다음 구절이에요. 제가 외우고 있으니까 말씀해 드리죠. '여섯 꼬마 병정이 벌통 갖고 놀았네.' 이 섬에 벌이 있느냐고 묻는 건 바로 그래서예요. 우습지 않아요? 정말이지 우습기 짝이 없는 일 아닌가요?"

그녀는 다시 큰소리로 웃어 대기 시작했다. 암스트롱 박사가 앞으로 달려나왔다. 그는 한쪽 손을 들어올려 그녀의 뺨을 후려쳤다.

그녀는 헉 하고 숨을 멈추고 딸꾹질을 하더니 침을 삼켰다. 그녀는 한순간 그 자리에 가만히 서 있다가 입을 열었다.

"고맙습니다……. 이제 괜찮아요."

그녀의 목소리는 다시 차분해지고 침착해졌다. 노련한 선수처럼.

그녀는 몸을 돌리고는 뜰을 가로질러 부엌 쪽으로 걸어가며 말했다.

"브렌트 양과 제가 아침 식사를 준비하고 있어요. 불을 피울 장작을 좀 가져다주시겠어요?"

그녀의 뺨에는 의사의 손자국이 나 있었다.

그녀가 부엌으로 들어가고 나자 블로어가 말했다.

"흐음, 아주 잘하셨소, 의사 선생."

암스트롱이 미안하다는 듯이 말했다.

"그러지 않을 수 없었습니다! 이런 상황에서 히스테리까지 견딜 수는 없으니까요."

필립 롬바드가 말했다.

"저 여자는 히스테리를 부릴 형이 아닌데요."

암스트롱이 그의 말에 동의했다.

"오, 그럼요. 침착하고 건강한 아가씨예요. 갑자기 충격을 받은 것뿐입니다. 누구나 그럴 수 있어요."

살해되기 전에 로저스는 상당한 양의 장작을 패 놓았다. 그들은 그것을 모아 부엌으로 가져갔다. 베라와 에밀리 브렌트가 바쁘게 움직이고 있었다. 에밀리 브렌트는 화덕의 불을 헤집고 있었고, 베라는 베이컨의 껍질을 벗기고 있었다.

에밀리 브렌트가 말했다.

"고마워요. 가능한 한 빨리 해 보지요. 30분에서 45분 정도면 될 거예요. 주전자의 물이 끓기 시작하는군요."

IV

전직 경감 블로어는 낮고 탁한 목소리로 필립 롬바드에게 말했다.

"내가 무슨 생각을 하고 있는지 알아맞혀 보겠소?"

필립 롬바드가 대답했다.

"이제 말해 줄 참인 것 같으니까 알아맞히는 수고를 할 필요가 없을 것 같은데요."

전직 경감 블로어는 꽉 막힌 사내였다. 그는 가벼운 유머 같은 것을 이해하지 못했다. 그는 무거운 어조로 말을 계속했다.

"미국에서 이런 사건이 있었소. 어떤 노인과 그의 아내가 도끼로 살해되었소. 아침 나절에 말이오. 집 안에는 딸과 하녀 외에는 아무도 없었소. 하녀에게는 알리바이가 있었소. 딸은 점잖은 중년의 독신 여성이었소. 믿을 수 없는 일이었소. 도저히 믿어지지 않아서 경찰에서는 딸을 풀어 주었소. 하지만 결국 그녀의 소행이라고밖에 볼 수 없었소."

그는 말을 멈추었다.

"그 도끼를 보았을 때, 그리고 부엌으로 가서 너무나도 말쑥하고 침착한 모습으로 일하고 있는 그 여자를 보았을 때, 내 머릿속에는 그 사건이 떠올랐소. 그 여자는 눈 하나 깜짝하지 않았소! 그 아가씨는 히스테리를 부렸는데 말이오. 그렇소, 그게 자연스럽소. 그러는 게 당연한 것 아니겠소?"

필립 롬바드가 짤막하게 대답했다.

"충분히 그럴 법하죠."

블로어가 말을 계속했다.

"하지만 그 여자를 보시오! 로저스 부인 것이 뻔한 앞치마를 두르고 너무나도 말쑥하고 새침한 모습으로 이렇게 말하는 거요. '아침 식사는 30분 정도 걸릴 겁니다.'라고 말이오. 내 생각에 그 여잔 완전히 미친 것 같소! 늙은 노처녀들에게서 쉽게 볼 수 있는 일이오. 내 말은 늙은 노처녀들이 연쇄 살인을 한다는 게 아니라, 머리가 이상해진다는 거요. 불행한 일이지만 그 여자도 그렇게 된 것 같소. 광적인 신앙에 불타 자신을 하느님의 도구 정도로 여기고 있는 거요! 그 여자는 자기 방에서 줄곧 성서를 읽고 있다오."

필립 롬바드가 한숨을 내쉬고 말했다.

"그게 정신적으로 불안정하다는 증거가 될 순 없습니다, 블로어 씨."

하지만 블로어는 포기하지 않고 끈질기게 말을 계속했다.

"또 그녀는 비옷을 입고 저택을 나갔소. 바다를 보러 갔다는 거요."

롬바드가 고개를 내저으며 말했다.

"로저스는 장작을 패다가 살해당했습니다. 장작을 패는 건 그가 일어나자마자 제일 처음에 하는 일입니다. 그를 죽인 게 브렌트 양이라면, 그런 짓을 저지르고 나서 여러 시간 동안 밖을 돌아다닐 필요는 없었을 겁니다. 로저스를 살해했다면 일부러라도 침대로 돌아와 애써 잠을 청했을 겁니다."

"당신은 중요한 것을 잊고 있소, 롬바드 씨. 그 여자가 범인이 아니라면 무서워서 혼자 돌아다니지 못했을 거요. 두려워할 것이 없다는 사실을 알고 있었기 때문에 그럴 수 있었던 거요. 그 말은 곧 그녀 자신이 범인이라는 얘기요."

"좋은 지적입니다. 그렇군요, 전 그것까지는 생각지 못했는데."

그는 희미한 미소를 띠며 이렇게 덧붙였다.

"아직 저를 의심하지 않고 있으니 다행이군요."

블로어가 거북한 어조로 말했다.

"처음엔 당신을 의심했소. 당신이 털어놓은, 아니 사실대로 털어놓지 않은 그 이상한 이야기와 권총 때문에 말이오. 하지만 이제는 당신 말에 이상할 게 없다는 사실을 알았소."

그는 잠시 말을 끊었다가 이었다.

"당신도 나에 대해 같은 느낌이기를 바라오."

필립이 생각에 잠긴 어조로 대답했다.

"물론 제가 잘못 생각하고 있는지도 모르지만, 당신은 이런 일을 할 만큼 상상력이 풍부하지 않은 것 같습니다. 제가 말할 수 있는 것은, 당신이 범인이라면 당신은 정말이지 노련한 배우라는 겁니다. 모자를 벗어서 경의를 표해야 할 정도로."

그는 목소리를 낮추었다.

"우리끼리 얘긴데요, 블로어 씨. 또 우리 둘 다 내일이 가기 전에 시체가 될 수도 있기 때문에 하는 말인데요. 당신은 정말 그런 위증죄를 저질렀습니까?"

블로어는 불편한 기색으로 두 발의 위치를 바꾸었다. 이윽고 그가 입을 열었다.

"이제 와서 부인한들 무슨 소용이 있겠소. 그렇소, 사실은 이렇소. 란더는 물론 무죄였소. 난 폭력단에게서 돈을 받았소. 폭력단과 공모해서 그를 감옥에 넣었소. 내가 그럴 수 있었던 건……."

"다른 목격자가 없었기 때문이었겠지요."

롬바드는 씩 웃고는 말을 이었다.

"그저 우리끼리 하는 이야기일 뿐입니다. 그 대가로 상당한 보상을 받았겠군요."

"당연히 그랬어야 했는데 그렇질 못했다오. 퍼슬 일당은 인색한 치들이었소. 하지만 난 승진을 했소."

"란더는 종신형을 선고받고 감옥에서 죽었는데 말입니다."

"그가 죽으리라는 것을 내가 어떻게 알았겠소?"

블로어가 반문했다.

"몰랐겠죠. 당신은 운이 나빴던 것뿐이네요."

"내가? 그가 운이 나빴다는 얘기겠지."

"당신 역시 그렇죠. 왜냐하면 그 일로 말미암아 안타깝게도 당신의 삶이 도중에 끝나게 됐으니 말입니다."

블로어가 그를 응시했다.

"내 삶이 도중하차한다고? 당신 생각엔 내가 로저스처럼 될 것 같소? 그렇지 않소! 단언하건대 난 아주 주의 깊게 스스로를 방어하고 있소."

롬바드가 말했다.

"음, 전 내기를 좋아하지 않습니다. 어쨌든 당신이 죽는다고 해서 제게 돌아오는 이익은 없으니까요."

"이것 보시오, 롬바드 씨, 그게 무슨 말이오?"

필립 롬바드는 이를 드러내고 씩 웃으며 말했다.

"제 말은, 블로어 씨. 당신에겐 승산이 없다는 겁니다!"

"뭐라고?"

"상상력이 부족하기 때문에 당신은 아주 손쉬운 표적이 될 겁니다. U. N. 오웬 같은 상상력을 가진 자는 언제라도 당신을 해치울 수 있어요. 그가 여자든 남자든 말입니다."

블로어의 얼굴이 새빨개졌다. 그는 화가 난 어조로 물었다.

"그렇다면 당신은 어떨 것 같소?"

필립 롬바드의 얼굴이 굳어지며 험상궂어졌다.

"전 독창적인 상상력의 소유자지요. 전에도 어려운 상황에 처한 적이 있지만 잘 빠져 나왔습니다! 이번에도 잘 헤쳐 나갈 수 있을 겁니다."

V

달걀이 프라이팬 안에서 익고 있었다. 베라는 빵을 구우며 생각했다.

'어째서 그렇게 히스테리를 부려서 나 자신을 바보로 만든 것일까? 그건 실수였어. 침착해, 베라, 침착하라고.'

언제나 자신의 침착함에 자부심을 느끼고 있지 않았던가!

"클레이슨 양의 행동은 훌륭했습니다. 냉정을 잃지 않고 즉각 시릴을 뒤쫓아 헤엄을 치기 시작했으니까요."

어째서 지금 그때가 생각나는 것일까? 이미 끝난 일인데……. 그녀가 바위에 닿기 전에 이미 시릴의 모습은 사라지고 없었다. 그녀는 물살이 자신을 덮쳐 바다 한가운데로 내모는 것을 느꼈다. 그녀는 천천히 헤엄을 치면서 물살의 흐름에 몸을 맡겼다. 구조 보트가 도착할 때까지…….

사람들은 그녀의 용기와 침착성을 칭찬했다.

하지만 휴고는 그렇지 않았다. 휴고는 그저, 그녀를 똑바로 응시했을 뿐…….

아아, 휴고를 생각하면 아직도 얼마나 고통스러운지…….

그는 어디 있을까? 무슨 일을 하고 있을까? 약혼했을까, 결혼은?

에밀리 브렌트가 날카로운 어조로 쏘아붙였다.

"베라 양, 토스트가 타잖아요."

"오, 죄송해요, 브렌트 양, 정말 그렇군요. 이렇게 바보 같다니!"

에밀리 브렌트는 기름이 지글거리는 팬에서 마지막 달걀을 꺼냈다.

베라는 토스터에 빵 한 쪽을 새로 넣으며 이상하다는 듯이 말했다.

"너무나도 침착하시군요, 브렌트 양."

에밀리 브렌트가 입술을 꼭 다물며 대답했다.

"언제나 정신을 바짝 차리고 당황하지 말라고 교육받았지요."

베라는 반사적으로 생각했다.

'어린 시절의 정신적 억압이라……. 그건 여러 가지 문제를 야기하는데…….'

베라가 물었다.

"두렵지 않으세요?"

그녀는 잠깐 말을 끊었다가 다시 이었다.

"아니면 죽어도 상관없다는 건가요?"

죽다니! 그 말은 작지만 날카로운 송곳처럼 에밀리 브렌트의 고집스러운 머릿속을 비집고 들어왔다. 죽다니? 자신이 왜 죽는단 말인가! 죽음은 다른 사람들 몫이었다. 그랬다. 자신은, 에밀리 브렌트는 죽지 않으리라. 이 아가씨는 뭘 모르고 있었다! 에밀리는 선천적으로 두려움을 몰랐다. 브렌트 집안 사람들은 겁이 없었다. 그녀 집안 사람들은 모두 군인이었다. 그들은 단호하게 죽음과 맞섰다. 그들은 올곧은 일생을 살았다. 에밀리 브렌트가 그런 것처럼……. 그녀는 부끄러운 일을 저지른 적이 없었다……. 그러므로 죽지 않으리라…….

'하느님은 당신의 사람을 돌보신다.

밤의 공포도, 낮의 화살도 두려워하지 말지니…….'

지금은 대낮이고 어디에도 공포는 없었다.

"우리 중 아무도 이 섬을 떠날 수 없을 거요."

누가 그런 말을 했던가? 맥아더 장군이었다. 그는 엘시 맥퍼슨의 남편과 사촌간이었지. 장군은 죽음을 두려워하지 않는 것 같았다. 실제로 다가올 죽음을 기꺼워하지 않았던가! 사악한 자! 그런 생각은 불경한 것일 터. 죽음을 가볍게 여긴 나머지 실제로 자기 목숨을 끊는 사람들도 있었다. 베아트리스 테일러……. 어젯밤 베아트리스가 꿈에 나타났다. 창밖에서 유리창에 얼굴을 대고 들여보내 달라며 신음하고 있었다. 하지만 그녀를 들여놓고 싶지 않았다. 그렇게 하면 왠지 무서운 일이 일어날 것 같아서…….

에밀리는 소스라치며 정신을 차렸다. 베라가 유심히 그녀를 바라보고 있었다. 그녀는 쾌활한 어조로 말했다.

"다 됐죠? 아침 식사를 들여갑시다."

VI

기묘한 아침 식사였다. 모두 지나치게 예의바르게 행동했다.

"커피를 좀 더 마실 수 있을까요, 브렌트 양?"

"클레이슨 양, 햄 한 조각만 주시겠습니까?"

"토스트 한 쪽 더 하시겠어요?"

여섯 사람은 모두 지나치게 침착하고 정상적이었다.

그렇다면 마음속은 어떠했을까? 쳇바퀴 도는 다람쥐처럼 여러 가지 생각이 맴돌고 있었다.

'다음에는 어떤 일이? 도대체 어떤 일이 일어날 것인가? 누가? 어떻게?'

'그게 효과가 있을까? 잘 모르겠다. 해 보는 게 좋겠지. 시간만 있다면. 부디 시간만 있다면……'

'광신적인 신앙의 소유자라, 그래, 바로 그거야……. 하지만 저 모습을 보면 그 사실을 믿을 수가 없어……. 어쩌면 내가 잘못 생각했는지도……'

'이건 미친 짓이야. 모든 게 엉망진창이야. 난 미쳐 가고 있어. 틀림이 없어졌어. 붉은색 비단 커튼도. 말도 안 되는 일이야. 영문을

모르겠어…….'

'바보 같은 녀석, 내가 한 말을 곧이곧대로 믿다니. 그렇게 쉬울 줄이야……. 하지만 조심해야 해. 아주 조심해야 해.'

'저 여섯 개의 도기 인형들……, 이제 여섯 개뿐이야. 오늘 밤에는 몇 개가 남게 될까?'

"마지막 남은 달걀을 누가 드시겠어요?"

"마멀레이드는요?"

"고맙습니다, 빵을 좀 잘라 드릴까요?"

여섯 사람은 아무 일도 일어나지 않은 양 아침 식사를 했다…….

제12장

I

식사가 끝났다.

워그레이브 판사가 헛기침을 했다. 그는 작지만 권위 있는 목소리로 입을 열었다.

"이 상황에 대해 모두의 의견을 모으는 게 좋을 것 같소. 응접실에서 30분 정도 이야기를 나누는 게 어떻겠소?"

모두 동의를 표했다.

베라가 접시들을 정리하기 시작했다.

"제가 식탁을 치우고 설거지를 하겠어요."

필립 롬바드가 말했다.

"우리가 식기들을 날라드리지요."

"고마워요."

에밀리 브렌트가 일어서려다 다시 주저앉으며 신음소리를 냈다.

"오, 이런."

판사가 물었다.

"무슨 일이시오, 브렌트 양?"

에밀리가 미안하다는 듯 말했다.

"죄송해요. 클레이슨 양을 도와주고 싶지만 그럴 수가 없을 것 같군요. 약간 현기증이 나는군요."

암스트롱 박사가 그녀에게 다가왔다.

"현기증이라고요? 무리도 아닙니다. 아까 받은 충격이 이제야 나타나는 겁니다. 제가 약을……."

"싫어요!"

그녀의 입에서 그런 말이 폭탄처럼 터져나왔다.

모두 깜짝 놀랐다. 암스트롱 박사의 얼굴이 새빨개졌다.

에밀리 브렌트의 얼굴에는 공포와 의혹의 빛이 적나라하게 떠올라 있었다. 암스트롱이 딱딱한 어조로 말했다.

"좋으실 대로 하세요, 브렌트 양."

"난 아무것도 먹지 않겠어요. 현기증이 가라앉을 때까지 여기 가만히 앉아 있겠어요."

그들은 식탁 치우는 일을 끝냈다.

블로어가 말했다.

"난 가정적인 남자라오. 도와드리지요, 클레이슨 양."

베라가 대답했다.

"고맙습니다."

에밀리 브렌트는 식당에 혼자 남아 있었다.

한동안 식료품실에서 두런거리는 소리가 희미하게 들려왔다.

현기증이 가라앉고 있었다. 이제는 금방이라도 잠이 들 것처럼 온몸이 나른해졌다.

귓속에서 붕붕거리는 소리가 들려왔다, 아니면 정말로 방 안에서 뭔가 붕붕거리고 있는 것일까?

그녀는 생각했다.

'벌 같은데, 벌 소리 같아.'

다음 순간 그녀는 벌을 보았다. 벌은 유리창을 기어오르고 있었다. 베라 클레이슨이 오늘 아침 벌 얘기를 했었다.

벌과 꿀 이야기를⋯⋯.

꿀은 그녀가 좋아하는 것이었다. 꿀이 든 벌집을 모슬린 주머니에 넣어 직접 걸러내 보라. 꿀이 떨어지기 시작한다. 뚝, 뚝, 뚝⋯⋯.

누군가 방 안으로 들어온 것 같은데⋯⋯, 누군가 흠뻑 젖은 채 물방울을 뚝, 뚝 떨어뜨리고 있었다⋯⋯. 베아트리스 테일러가 강에서 걸어나온 거야⋯⋯.

고개만 돌리면 그 모습을 볼 수 있으리라.

하지만 그녀는 고개를 돌릴 수가 없었다⋯⋯.

소리를 질러 사람들을 부를 수만 있다면⋯⋯.

하지만 그녀는 소리를 지를 수가 없었다⋯⋯.

집 안에는 아무도 없었다. 그녀 혼자뿐……

발소리가 다가왔다, 끄는 듯한 조용한 발소리가 뒤에서 들려오고 있었다. 물에 빠진 처녀 애의 비틀거리는 발소리가…….

축축하고 습한 냄새가 코에 훅 끼쳤다…….

창 유리 위에서 벌 한 마리가 붕붕, 붕붕거리고 있었다…….

다음 순간 그녀는 바늘 끝이 자신을 찌르는 것을 느꼈다.

벌이 그녀의 목덜미를 쏘았다…….

II

응접실에서는 사람들이 에밀리 브렌트를 기다리고 있었다.

베라 클레이슨이 말했다.

"제가 가서 모셔올까요?"

블로어가 재빨리 말했다.

"잠깐만."

베라가 다시 자리에 앉았다. 모두들 궁금한 눈길로 블로어를 바라보았다. 그가 입을 열었다.

"여러분. 내 생각은 이렇습니다. 멀리 갈 것 없이 지금 식당에 가면 최근 몇 건의 살인을 저지른 자를 만날 수 있다는 겁니다. 그 여자야말로 우리가 찾고 있는 범인이 분명합니다."

암스트롱이 물었다.

"동기가 뭐라고 생각하는데요?"

"광신적인 믿음이지요. 어떻게 생각하시오, 의사 선생?"

암스트롱이 대답했다.

"충분히 있을 수 있는 일입니다. 반박할 이유는 없어요. 하지만 우리에겐 증거가 없습니다."

베라가 말했다.

"아침 식사를 준비할 때 브렌트 양의 태도는 정말 이상했어요. 그녀의 눈빛은……."

베라는 부르르 몸을 떨었다.

롬바드가 말했다.

"그런 정도의 일로 그 여자를 판단할 수는 없습니다. 지금은 우리 모두 약간 정상이 아니거든요!"

블로어가 말했다.

"그뿐만이 아니오. 그 여자만이 그 목소리의 고발 내용에 대해 아무런 해명도 하지 않았소. 왜냐? 할 말이 없었기 때문이오."

베라가 자기 자리에서 몸을 움직거리며 말했다.

"그렇지는 않아요. 나중에 제게 얘기해 주었는걸요."

워그레이브가 물었다.

"브렌트 양이 뭐라고 했소, 클레이슨 양?"

베라는 베아트리스 테일러에 관한 이야기를 들려주었다.

워그레이브 판사가 평가했다.

"충분히 있을 수 있는 이야기요. 나로서는 그 말을 충분히 인정할 수 있소. 말해 주시오, 클레이슨 양. 그 일에 대해 그녀가 죄책감이

나 회한으로 괴로워하는 것 같았소?"

"전혀 그렇지 않았어요. 브렌트 양은 아무런 동요도 없었어요."

블로어가 말했다.

"그런 고지식한 노처녀들은 냉혹하기 짝이 없소! 대개 질투 때문에 그러는 거라오!"

워그레이브가 말했다.

"10시 55분이오. 브렌트 양을 불러와야 할 것 같소."

블로어가 물었다.

"어떤 조치를 취해야 하지 않겠소?"

판사가 대답했다.

"어떤 조치도 취할 수 있을 것 같지 않소. 지금으로서는 우리의 의혹은 단순히 의혹일 뿐이오. 하지만 암스트롱 박사, 앞으로 브렌트 양의 행동을 아주 주의 깊게 관찰해 주기 바라오. 이제 식당으로 가 봅시다."

에밀리 브렌트는 조금 전과 똑같은 모습으로 의자에 앉아 있었다. 뒤쪽에서 다가가며 그들은 전혀 이상한 점을 발견하지 못했다. 그녀가 그들이 들어오는 소리에 반응을 보이지 않는다는 점을 빼고는.

이윽고 그들은 그녀의 얼굴을 볼 수 있었다. 온통 핏빛인 얼굴과 파랗게 질린 입술, 무엇엔가 깜짝 놀란 듯한 두 눈을.

블로어가 외쳤다.

"맙소사, 이 여자 죽었소!"

III

워그레이브 판사의 작고 침착한 목소리가 들려왔다.

"우리 중에서 또 한 사람이 혐의를 벗었군. 너무 늦어 버린 감이 있지만!"

암스트롱이 죽은 여인에게로 몸을 기울였다. 그는 시신의 입술에 코를 갖다대고 냄새를 맡고는 고개를 내저으며 눈꺼풀을 뒤집어보았다.

롬바드가 초조한 어조로 물었다.

"어떻게 죽은 겁니까, 의사 선생? 우리가 이 방을 나갈 때까지만 해도 괜찮았는데!"

암스트롱은 시신의 오른쪽 목덜미에 나 있는 상처에 관심을 돌렸다.

"이건 주사 바늘 자국인데."

창문 쪽에서 윙윙거리는 소리가 들려왔다. 베라가 비명을 질렀다.

"보세요, 벌이에요. 벌이 붕붕거리고 있다고요. 오늘 아침 제가 한 말을 기억하시겠죠!"

암스트롱이 험상궂은 어조로 말했다.

"이 여자를 쏜 건 벌이 아닙니다! 누군가 주사를 놓은 겁니다."

판사가 물었다.

"어떤 독을 주사한 거요?"

암스트롱이 대답했다.

"청산 화합물의 일종인 것 같습니다. 앤터니 매스턴의 경우처럼 청산가리겠지요. 이 여자는 숨이 막혀서 거의 즉사했을 겁니다."

베라가 소리쳤다.

"하지만 저 벌은요? 우연의 일치일 수는 없잖아요?"

롬바드가 단호한 어조로 대답했다.

"물론입니다. 이건 우연의 일치가 아닙니다! 살인범이 세심하게 준비한 겁니다! 놈은 장난을 좋아합니다. 상황을 그 빌어먹을 노랫말에 가능한 한 맞추려는 겁니다!"

그는 처음으로 평정을 잃고 새된 목소리를 내고 있었다. 오랫동안 위험과 모험으로 단련된 그의 신경도 결국은 항복하고 만 모양이었다.

그가 격렬하게 외쳤다.

"이건 미친 짓입니다! 완전히 미쳤어요. 우리 모두가 미쳤단 말입니다!"

판사가 차분하게 말했다.

"우리에겐 아직 추리력이 있다고 믿고 싶소. 이곳에 주사기를 가져온 사람 있소?"

암스트롱 박사가 몸을 똑바로 하며 자신 없는 목소리로 대답했다.

"접니다, 제가 가져왔습니다."

네 사람의 시선이 그에게 고정되었다. 적대감과 의혹으로 가득 찬 그 눈길을 받아내며 그가 말했다.

"주사기 하나는 언제나 갖고 다닙니다. 대부분의 의사들이 그럴 겁니다."

워그레이브 판사가 차분한 목소리로 말했다.

"당연한 말이오. 그 주사기가 지금 어디 있는지 우리에게 말해 주시겠소, 의사 선생?"

"제 가방 안에 있습니다."

"확인해 보도록 합시다."

다섯 사람은 말없이 줄지어 2층으로 올라갔다.

암스트롱 박사의 방 안은 엎어진 가방 속의 물건들로 엉망이 되어 있었다.

주사기는 없었다.

IV

암스트롱이 격한 어조로 말했다.

"누군가 훔쳐 간 겁니다!"

방 안에는 침묵이 감돌았다.

암스트롱은 창문을 등지고 서 있었다. 의혹과 비난에 찬 네 사람의 눈길이 그에게 머물렀다. 암스트롱은 워그레이브에게서 눈길을 떼고 베라를 바라보며 기운 없이 말했다.

"누군가 훔쳐 갔단 말이오."

블로어가 롬바드를 바라보자, 롬바드도 그를 마주보았다.

판사가 말했다.

"이 방 안에는 지금 우리 다섯뿐이오. 우리 중의 하나가 살인범이오. 극도로 위험하고 난처한 상황이오. 죄 없는 네 사람의 안전을 위해 할 수 있는 모든 일을 다해야 하오. 이제 당신에게 묻겠소, 암스트롱 박사, 당신은 어떤 약을 갖고 있소?"

암스트롱이 대답했다.

"여기 작은 약품 상자가 있습니다. 직접 살펴보셔도 좋습니다. 수면제 몇 가지가 있습니다. 트리오날과 술포날 정제입니다. 그리고 진정제, 중탄산소다, 아스피린이 있을 뿐입니다. 청산가리는 갖고 있지 않습니다."

판사가 말했다.

"나 역시 수면제 몇 알을 갖고 있소. 술포날일 거요. 그것도 다량을 투여하면 치명적일 거요. 롬바드 씨, 당신은 권총을 갖고 있소."

필립 롬바드가 날카롭게 물었다.

"그래서 어쨌다는 겁니까?"

"그렇다는 것뿐이오. 내 생각에는 의사 선생이 갖고 있는 약들과 내 수면제, 당신의 권총, 그 밖에 약이나 무기를 모두 모아서 안전한 곳에 두는 게 좋을 것 같소. 그렇게 한 다음 서로 수색을 받는 거요. 몸수색과 소지품 수색을 말이오."

롬바드가 말했다.

"권총을 내주고 나면 난 끝장이오!"

워그레이브가 날카로운 어조로 말했다.

"롬바드 씨, 당신은 건장하고 힘센 젊은이요. 하지만 전직 경감인 블로어 씨 역시 육체적으로 강한 사내요. 두 사람이 싸울 경우 누가 이길지는 모르지만, 이것만은 말할 수 있소. 나와 암스트롱 박사와 클레이슨 양은 블로어 씨 편에 서서 최선을 다해 당신과 싸울 거요. 그러니까, 당신이 내 말을 듣지 않는다면 상당한 위험 부담을 감수해야 할 거요."

롬바드가 고개를 뒤로 젖혔다. 드러난 이가 으르렁대는 개의 입을 연상시켰다.

"잘 알았습니다. 모든 걸 꿰뚫고 계시니 별 수 없군요."

워그레이브 판사가 고개를 끄덕였다.

"이해가 빠른 젊은이군. 권총은 어디 있소?"

"내 침대 탁자 서랍 안에 있습니다."

"잘됐군."

"제가 가져오지요."

"우리와 함께 가는 게 바람직할 것 같소."

필립은 씩 웃으며 말했다. 그의 웃는 모습은 아까보다 더 으르렁대는 개의 입을 연상시켰다.

"정말이지 의심이 많은 영감이시군요, 댁은?"

그들은 복도를 따라 롬바드의 방으로 갔다.

필립은 침대 탁자로 다가가 서랍을 열었다.

다음 순간 그는 욕설을 내뱉으며 한 걸음 물러섰다.

서랍은 비어 있었다.

V

"이제 됐습니까?"

롬바드가 물었다.

그는 벌거벗은 채였다. 세 남자가 몸과 그의 방을 샅샅이 수색했다. 베라 클레이슨은 문 밖 복도에 서 있었다.

수색은 체계적으로 이루어졌다. 암스트롱, 판사, 블로어가 차례로 똑같은 수색을 받았다.

네 사내는 블로어의 방에서 나와 베라에게 다가갔다. 먼저 입을 연 것은 판사였다.

"예외는 없다는 것을 이해해 주기 바라오, 클레이슨 양. 그 권총을 찾아야 하오. 혹시 수영복을 가져왔소?"

베라가 고개를 끄덕였다.

"그렇다면 당신 방으로 들어가 수영복을 입고 이리로 와주시오."

베라가 자기 방으로 들어가 문을 닫았다. 그녀는 잠시 후 몸에 꼭붙는 실크 수영복을 입고 나타났다.

워그레이브가 만족스러운 듯 고개를 끄덕였다.

"고맙소, 클레이슨 양. 이제 당신은 여기 계시오. 우리가 당신 방을 수색해야겠소."

베라는 그들이 나올 때까지 참을성 있게 복도에서 기다렸다. 그런 다음 안으로 들어가 옷을 입고, 기다리고 있는 그들과 합류했다.

판사가 말했다.

"이제 한 가지 사실은 분명해졌소. 우리 다섯 사람 중 아무도 약이나 무기를 갖고 있지 않소. 한 점 올린 셈이오. 이제 약을 안전한 곳에 보관합시다. 식기실에 은식기를 넣어 두는 상자가 있지 않소?"

블로어가 말했다.

"다 좋은 얘기요. 하지만 열쇠는 누가 보관할 거요? 당신이 가질 생각인 것 같은데."

워그레이브 판사는 대답하지 않았다.

그가 식기실을 향해 걷기 시작하자 다른 사람들도 그의 뒤를 따랐다. 은식기들을 넣어 둘 목적으로 만들어진 작은 상자가 하나 있었다. 판사의 지시에 따라 여러 가지 약품들이 그 안으로 들어가고 자물쇠가 채워졌다. 그런 다음 역시 워그레이브의 지시에 따라 그 상자는 다시 식기장 안으로 들어갔고 식기장 역시 자물쇠가 채워졌다. 그런 다음 판사는 상자의 열쇠는 필립 롬바드에게, 식기장의 열쇠는 블로어에게 주면서 말했다.

"당신들 두 사람은 우리들 중 육체적으로 가장 강한 사람들이오. 두 사람 중의 하나가 다른 한 사람에게서 열쇠를 빼앗기는 어려울 거요. 나머지 세 사람 중의 누구도 그럴 수 없을 거요. 식기장이나 상자를 부수기 위해서는 시끄러운 소리가 나고 성가신 과정이 필요하니까 다른 사람들 모르게 그 일을 할 수는 없을 거요."

그는 잠시 말을 끊었다가 다시 이었다.

"우리에겐 아직도 심각한 문제가 남아 있소. 롬바드 씨의 권총이 어디 갔는가 하는 거요."

블로어가 입을 열었다.

"권총의 주인이 가장 잘 알고 있을 거 아니겠소."

롬바드가 분노의 콧김을 내뿜으며 말했다.

"빌어먹을, 그렇게 말해도 못 알아듣다니! 누군가 훔쳐 갔단 말입니다!"

워그레이브가 물었다.

"마지막으로 권총을 본 게 언제요?"

"어젯밤입니다. 잠자리에 들 때 서랍에 있었습니다. 만약의 경우에 대비해 총알을 장전해 두었죠."

판사가 고개를 끄덕였다.

"오늘 아침 로저스를 찾는 동안이나 그의 시신이 발견된 후에 없어진 모양이군."

베라가 말했다.

"집 안팎 어딘가에 감춰놓았을 거예요. 그걸 찾아야 해요."

워그레이브 판사가 손가락으로 턱을 쓰다듬으며 말했다.

"수색한다 해도 별 소득이 있을 것 같지 않소. 살인범은 오랜 시간을 두고 숨길 곳을 궁리했을 거요. 권총을 쉬이 찾지 못할 거요."

블로어가 힘주어 말했다.

"권총이 어디 있는지는 모르지만, 그 주사기가 어디 있는지는 알고 있소. 따라오시오."

그는 현관문을 열고 건물을 돌아갔다.

식당 창문에서 조금 떨어진 곳에서 그는 주사기를 찾아냈다. 그

옆에는 도기 인형 하나가 산산조각이 나 있었다. 다섯 번째로 부서진 꼬마 병정 인형이.

블로어가 만족스런 어조로 말했다.

"여기밖에 있을 곳이 없지. 놈은 그 여자를 죽이고는 창문을 열고 주사기를 던져 버린 다음, 탁자에서 도기 인형을 집어들어 그것 역시 내던진 거요."

주사기에는 지문이 없었다. 말끔히 닦여 있었다.

베라가 단호한 어조로 말했다.

"이제 권총을 찾아보기로 해요."

워그레이브 판사가 말을 받았다.

"어떻게든 찾아야 하오. 하지만 줄곧 함께 있어야 합니다. 잊지 마시오. 혼자 행동하는 건 살인범에게 기회를 주는 일이라는 것을 말이오."

그들은 다락방에서 천장에 이르기까지 집 안을 샅샅이 뒤졌지만 소득이 없었다. 권총의 소재는 여전히 알 수 없었다.

제13장

I

'우리 중의 하나가⋯⋯, 우리 중의 하나가⋯⋯, 우리 중의 하나가⋯⋯.'

이 세 마디가 그들 각자의 머릿속에 줄곧 울려퍼지고 있었다.

다섯 사람은 겁에 질려 있었다. 그들은 서로를 지켜보면서 이제는 자신의 긴장 상태를 감추려는 노력조차 포기한 상태였다.

겉치레 같은 것은 거의 찾아볼 수 없었다. 예의상의 대화 같은 것도 없었다. 그들은 자기 보호라는 공통적인 본능으로 묶여 있는 다섯 명의 적일 뿐이었다.

그러자 그들 모두가 갑자기 인간이 아닌 다른 것이 되어 버린 것 같았다. 그들의 모습은 동물에 더 가까워지고 있었다. 워그레이브 판사는 빈틈없는 늙은 거북처럼 웅크리고 앉아서 몸은 꼼짝도 하지 않은 채 경계의 빛을 띤 두 눈만 기민하게 움직이고 있었다. 전직 경감인 블로어는 평소보다 훨씬 천박하고 야비해 보였다. 그의 걸음걸이는 느릿한 짐승의 발걸음을 연상시켰다. 두 눈에는 핏발이 서 있었다. 잔인함과 우둔함이 뒤섞여 풍겨나오고 있었다. 마치 쫓아오는 사냥꾼에게 덤벼들려는 궁지에 몰린 짐승 같았다. 필립 롬바드는 신경이 곤두서 있는 것 같았다. 그의 귀는 아주 작은 소리에도 예민하게 반응했다. 걸음걸이는 가볍고 재빨랐으며, 몸은 날렵하고 우아했다. 이따금 길고 하얀 이를 온통 드러내보이며 씩 웃곤 했다.

베라 클레이슨은 아주 조용했다. 그녀는 의자에 앉아서 시간을 보내고 있었다. 두 눈은 눈앞의 허공을 응시했다. 멍하니 정신을 놓고 있는 것 같았다. 그런 그녀의 모습은 머리를 유리창에 세차게 부딪히고 땅에 떨어졌다가 누군가 집어올린 한 마리 새와도 같았다. 겁에 질린 채 그곳에 웅크리고 앉아서 그렇게 움직이지 않음으로써 목숨을 구할 수 있게 되기를 소원하고 있었다.

암스트롱은 가엾을 정도로 신경이 날카로워져 있었다. 그는 몸을 비틀며 두 손을 떨었다. 계속해서 담배를 피워 물었다가 불을 당기자마자 비벼 끄곤 했다. 꼼짝없이 앉아 있어야 하는 상황이 다른 사람들보다 더 견디기 어려운 모양이었다. 이따금 그의 입에서는 신경질적인 이야기가 쏟아져 나오곤 했다.

"이렇게, 이렇게 아무것도 하지 않고 여기 앉아 있어야 하는 겁니까? 뭔가 할 일이 있을 겁니다, 분명, 분명히 무언가 할 수 있는 일이 있지 않겠습니까? 모닥불을 피운다든지……?"

블로어가 무거운 어조로 대꾸했다.

"이런 날씨에?"

비가 또다시 억수같이 쏟아지고 있었다. 바람이 세차게 불어닥쳤다. 억수같이 쏟아지는 울적한 빗소리에 그들은 거의 미칠 지경이었다.

암묵적인 동의하에 그들이 하고 있는 일이 한 가지 있었다. 그들은 널찍한 응접실에 앉아 있었다. 한 번에 오직 한 사람만이 방을 나갈 수 있었다. 나머지 네 사람은 나간 사람이 돌아올 때까지 기다렸다.

롬바드가 말했다.

"시간 문제일 뿐입니다. 날씨는 좋아질 겁니다. 그러면 뭔가 할 수 있을 겁니다. 모닥불을 피워 신호를 보내든가 뗏목을 만들든가, 뭐라도 할 수 있을 겁니다!"

암스트롱이 갑자기 소리 높여 웃으며 말했다.

"시간, 시간 문제라고요? 우리에겐 시간이 없어요! 모두 죽을 거란 말입니다……."

워그레이브 판사가 입을 열었다. 그의 작고 명료한 목소리에는 열정과 단호함이 담겨 있었다.

"조심하면 죽지 않을 거요. 아주 조심해야 한다오……."

때가 되자 그들은 점심을 먹었다. 하지만 정식 식사는 아니었다.

다섯 사람은 모두 부엌으로 갔다. 식료품실에는 통조림이 잔뜩 비축되어 있었다. 그들은 소 혓바닥 요리 통조림 한 통과 과일 통조림 두 통을 딴 다음 부엌 식탁에 빙 둘러서서 먹었다. 그런 다음 다 같이 어깨를 맞대고 응접실로 돌아와 의자에 앉아서는 다시 서로를 훔쳐보기 시작했다.

그들의 머릿속에는 비정상적이고 광적이고 병적인 생각이 스쳐 가고 있었다.

'암스트롱일 거야……. 지금 막 저자가 나를 옆눈으로 힐끔거렸 잖아. 그의 눈빛은 완전히……, 완전히 미친 사람 같았어. 저자는 의사가 아닐지도 몰라. 그래, 그럴 거야! 저자는 정신병원에서 탈출한 정신병자야. 그런데 의사인 척하고 있는 거야. 틀림없어……. 사람들에게 말해야 할까? 소리를 지를까? 아냐, 저자에게 경계심을 품게 해선 안 돼. 게다가 겉으로는 너무나 멀쩡해 보이잖아. 지금 몇 시지? ……아직도 3시 15분밖에 안 됐다니! ……맙소사, 난 미쳐 버릴 거야. 그래, 암스트롱이야……. 지금 나를 보고 있어…….'

'난 결코 당하진 않겠어! 난 나 자신을 방어할 수 있어……. 곤경에 빠진 적이 한두 번이 아니잖아……. 도대체 권총은 어디로 간 것일까? ……누가 가져갔을까? ……누가 갖고 있을까? ……아무도 갖고 있지 않다는 걸 확인했지. 모두 수색을 당했지. 아무도 권총을 갖고 있지 않아. 하지만 누군가는 그것이 어디 있는지 알고 있을 거야…….'

'모두 미쳐 가고 있어. 모두 미쳐 버릴 거야……. 죽음을 두려워하면서……. 우리는 모두 죽음을 두려워하지……. 나도 두려워. 그래, 하지만 그렇다고 다가오는 죽음을 피할 수는 없지……. '영구차가 문앞에 와 있습니다.' 이 구절을 어디서 읽었던가? 저 여자……. 저 여자를 지켜봐야지. 그래, 저 여자를 지켜봐야지…….'

'3시 40분……. 겨우 3시 40분이라니. 시계가 멎은 게 아닐까……. 이해할 수가 없어. 그래, 이해할 수가 없어……. 도저히 있을 수 없는 일인데……. 일어나고 있잖아……. 왜 우리는 깨어나지 못하는 것일까? 깨어나라, 심판의 날이 왔도다. 아냐, 그건 아냐! 제대로 생각할 수만 있다면 좋겠는데……. 내 머리, 내 머릿속에서 무슨 일인가 일어나고 있어. 머리가 터져 버릴 것 같아, 산산조각날 것 같아……. 이런 일은 일어날 수가 없어……. 몇 시지? 맙소사, 아직도 3시 45분이잖아.'

'정신을 차려야 해……. 정신을 똑바로 차려야 해. 정신만 차릴 수 있다면……. 모든 게 분명해. 명백하다고. 하지만 의심을 사서는 안돼. 속임수를 써야 할 것 같아. 그래야 해. 누가 좋을까? 그게 문젠데. 누가 좋을까? 그가 좋을 것 같아, 그래, 그가 좋겠어.'

괘종 시계가 다섯 번 울렸다. 다섯 사람 모두 깜짝 놀랐다.

베라가 말했다.

"차 드실 분 있어요?"

잠시 아무도 말이 없었다. 블로어가 대답했다.

"한잔하고 싶소."

베라가 자리에서 일어서며 말했다.

"제가 가서 만들어 오겠어요. 모두 여기 앉아 계세요."

워그레이브 판사가 부드러운 어조로 말했다.

"내 생각엔 말이오, 아가씨. 우리 모두 당신을 따라가서 차를 끓이는 것을 지켜보는 게 좋을 것 같소."

베라는 판사를 물끄러미 노려보다가 이윽고 신경질적으로 짧게 웃었다.

"어련하시겠어요! 그러셔야지요!"

다섯 사람은 부엌으로 갔다. 차를 만들자, 베라와 블로어가 마셨다. 다른 세 사람은 위스키를 마셨다. 새 병을 땄고 못질된 상자에서 꺼낸 탄산수를 사용했다.

판사가 파충류를 연상시키는 미소를 띠며 중얼거렸다.

"아주 조심해야 하오……."

그들은 다시 응접실로 돌아갔다. 여름이었는데도 방 안은 어두웠다. 롬바드가 전등 스위치를 켰지만 불이 들어오지 않았다. 그가 말했다.

"그렇지! 로저스가 없으니 하루 종일 모터가 가동되지 않았을 겁니다."

그는 잠시 망설이다가 말했다.

"모두 밖으로 나가서 모터를 돌려야 할 것 같은데요."

워그레이브 판사가 말했다.

"식료품실에 양초 꾸러미가 있는 걸 봤소. 그걸 쓰는 게 나을 것 같소."

롬바드가 밖으로 나갔다. 나머지 네 사람은 서로를 지켜보며 앉아 있었다.

롬바드는 양초 상자 하나와 받침 접시 몇 개를 가지고 돌아왔다. 다섯 자루의 초에 불이 붙여져 방 안 여기저기에 놓였다.

시계는 5시 45분을 가리키고 있었다.

II

6시 20분이 되자, 베라는 더 이상 그곳에 앉아 있을 수가 없었다. 그녀는 자기 방으로 돌아가 욱신거리는 관자놀이와 머리를 찬물로 식혀야겠다고 생각했다.

그녀는 자리에서 일어나 방으로 향했다. 그리고 다음 순간 그녀는 발길을 돌려 상자에서 초 한 자루를 꺼냈다. 그녀는 초에 불을 붙이고 받침 접시 위에 촛농을 조금 떨어뜨린 다음 그 위에 초를 고정시켰다. 그런 다음 네 사람이 앉아 있는 방을 나가 문을 닫았다. 그녀는 층계를 올라가 복도를 따라 자기 방 앞에 이르렀다.

그녀는 방문을 열었다. 그러나 다음 순간 그 자리에서 움직일 수가 없었다.

그녀의 콧구멍이 벌름거렸다.

그 바다……. 세인트 트레디닉의 바다 냄새였다.

틀림없었다. 착각일 리가 없었다. 섬에서는 당연히 바다 냄새가 나는 법이지만, 이 냄새는 달랐다. 이 냄새는 그날 그 해변의 냄새,

썰물이 밀려나고 바위에 덮인 해초가 햇빛에 마르며 나는 바로 그 냄새였다.

"섬까지 헤엄쳐도 돼요, 클레이슨 선생님?"

"왜 저는 섬까지 헤엄치면 안 되는 거죠?"

지겹게도 징징거리는 버릇없는 녀석! 그 애만 없었다면, 휴고는 부자가 되었을 것이고, 사랑하는 여자와 결혼할 수 있을 텐데…….

휴고…….

분명히, 분명히 휴고가 곁에 있는 것 같잖아? 아니, 그는 방 안에서 기다리고 있을 거야…….

그녀는 걸음을 내딛었다. 창문에서 불어오는 바람이 촛불을 덮쳤다. 촛불은 깜빡거리다가 꺼지고 말았다…….

어둠 속에 서자 그녀는 갑자기 두려움에 사로잡혔다…….

'바보같이 굴지 마.'

베라 클레이슨은 스스로에게 타일렀다.

'아무 일도 없을 거야. 다른 사람들은 아래층에 있어. 네 사람 모두. 이 방 안에는 아무도 없어. 누가 있을 수가 없어. 괜한 상상일 뿐이야, 베라.'

하지만 그 냄새, 세인트 트레디닉 해변의 그 냄새는……. 그 냄새는 상상한 것이 아니었다. 그건 진짜였다.

그리고 방 안에 누군가 있었다……. 무슨 소리가 들렸다. 분명히 무슨 소리인가 들렸는데…….

다음 순간 가만히 서서 귀를 기울이는 그녀의 목덜미에, 차갑고 끈끈한 손이 와 닿았다. 바다 냄새가 나는 젖은 손이……

III

베라는 비명을 질렀다. 그녀는 계속해서 비명을 질러 댔다. 극도의 공포가 깃든 절규, 도움을 청하는 필사적인 외침이었다.

아래층에서 의자가 나동그라지고 문이 열리고 층계를 달려 올라오는 소리가 울렸지만 그녀는 의식하지 못했다. 오직 극도의 공포만을 느꼈을 뿐.

이윽고 그녀가 정신을 차리는 순간, 문간에서 촛불 빛이 깜박거리더니 사람들이 방 안으로 달려 들어왔다.

"무슨 일이오? 무슨 일이냐고? 맙소사, 이게 뭐야?"

그녀는 부르르 몸을 떨며 한 걸음 내딛더니 바닥에 쓰러지고 말았다.

그녀는 몽롱한 가운데 누군가 자신을 내려다보고 있다는 것을 의식할 수 있었다. 누군가 자신의 고개를 무릎 사이에 억지로 밀어넣고 있었다.

갑자기 누군가 "맙소사, 저걸 봐요!" 하고 빠르게 외치는 소리에 그녀는 정신이 들었다. 그녀는 눈을 뜨고 고개를 들어 촛불을 든 사람들이 바라보는 쪽으로 눈길을 돌렸다.

널찍하고 축축한 해초 줄기 하나가 천장에 매달려 있었다. 어둠 속에서 그녀의 목덜미에 와 닿은 것은 바로 그것이었다. 그것을 끈

끈한 사람 손이라고 생각했던 거였다! 그녀의 생명을 앗아가기 위해 저승에서 돌아온, 물에 빠져 죽은 사람의 손이라고.

그녀는 발작적으로 웃기 시작했다. 이윽고 그녀가 입을 열었다.

"해초였군요. 해초였을 뿐인데……, 하지만 그 냄새는 분명……."

다음 순간 그녀는 다시 실신하고 말았다. 메스꺼움이 밀려갔다가 다시 밀려왔다. 누군가 또다시 그녀의 머리를 무릎 사이에 억지로 밀어넣었다.

까마득한 시간이 흐른 것 같았다. 사람들이 그녀에게 마실 것을 갖다주었다. 잔의 감촉이 입술에 와닿았다. 그녀는 브랜디 냄새를 맡았다.

고마운 마음으로 막 그것을 마시려는 순간 문득 머릿속에서 경고의 목소리가 울렸다. 그녀는 일어나 앉으며 잔을 밀치고는 날카로운 어조로 물었다.

"이건 어디서 가져온 거죠?"

블로어가 잠시 그녀를 응시하더니 대답했다.

"아래층에서 가져온 거요."

"마시지 않겠어요……."

잠시 침묵이 흘렀다. 이윽고 롬바드가 웃음을 터뜨리고 감탄하는 투로 말했다.

"다행입니다, 베라 양. 반쯤 정신이 나갈 정도로 겁에 질린 상황에서도 재치를 잃지 않다니. 내가 따지 않은 새 병을 가져오지요."

그가 재빨리 방을 나갔다.

베라가 불안정한 어조로 말했다.

"이젠 괜찮아요. 물을 좀 마셔야겠어요."

그녀가 일어서려 애쓰자 암스트롱이 그녀를 부축해 주었다. 그녀는 그에게 기대어 비틀거리며 세면대로 가서는 찬물을 틀어 잔에 물을 받았다. 블로어가 분개한 어조로 말했다.

"이 브랜디는 아무 이상도 없소."

암스트롱이 물었다.

"어떻게 아십니까?"

블로어가 화난 어조로 말했다.

"난 그 안에 아무것도 넣지 않았소. 당신이 알고 싶어하는 게 그거 아니오?"

암스트롱이 대답했다.

"당신이 그랬다는 말이 아닙니다. 당신이 그랬을 수도 있고, 이런 혼란을 틈타서 누군가 술병에 장난을 쳤을 수도 있지요."

롬바드가 날랜 동작으로 방으로 돌아왔다.

그는 새 브랜디 한 병과 코르크 따개를 들고 있었다.

그는 봉인된 병을 베라의 코 밑에 내밀었다.

"보십시오, 아가씨. 틀림없는 겁니다."

그는 얇은 주석으로 된 껍질을 벗겨내고 코르크 마개를 잡아뽑았다.

"집 안에 술이 충분해서 다행입니다. 사려 깊은 U. N. 오웬 덕택이지요."

베라가 심하게 몸을 떨었다.

암스트롱이 잔을 들고 있는 동안 롬바드가 브랜디를 따랐다. 그가 말했다.

"이걸 마시면 좀 나을 겁니다, 클레이슨 양. 심한 충격을 받았을 테니까."

베라는 술을 조금 마셨다. 그녀의 얼굴에 핏기가 돌아왔다.

필립 롬바드가 웃음을 터뜨리며 말했다.

"그러니까 이번 살인은 계획대로 되지 않은 셈이군요!"

베라가 들릴 듯 말 듯한 목소리로 말했다.

"이 일이 계획적이었다는 건가요?"

롬바드가 고개를 끄덕였다.

"당신이 겁에 질려 죽어 넘어지기를 기대했을 겁니다! 사람에 따라서는 그럴 수도 있잖습니까, 의사 선생님?"

암스트롱은 자신의 견해를 밝히지 않았다. 그는 미심쩍은 어조로 말했다.

"흐음, 무어라 말하기 어렵습니다. 젊고 건강한 사람의 경우 심장이 약하지 않다면 그럴 위험은 없어요. 하지만……."

그는 블로어가 가져온 브랜디 잔을 집어들었다. 그리고 그 안에 손가락 하나를 담갔다가 조심스럽게 맛을 보았다. 그의 표정에는 변화가 없었다. 그는 애매한 어조로 말했다.

"흐음, 아무 이상도 없군요."

블로어가 화를 내며 앞으로 나섰다.

"내가 그 잔에 장난을 쳤다는 뜻으로 하는 말이라면, 당신 머리통을 날려 버리겠소."

브랜디로 기운을 되찾은 베라가 화제를 바꾸었다.

"판사님은 어디 계시죠?"

세 사람은 얼굴을 마주보았다.

"참 이상하군……. 우리와 같이 올라온 줄 알았는데."

블로어가 말했다.

"나도 그런 줄 알았는데……, 당신 생각은 어떻소, 의사 선생? 당신이 내 뒤에 올라왔잖소?"

암스트롱이 대답했다.

"뒤따라오는 줄 알았는데……, 당연히 우리보다 걸음이 늦으니까요. 그는 노인이랍니다."

그들은 서로 얼굴을 마주보았다.

롬바드가 말했다.

"정말 이상한데……."

블로어가 소리쳤다.

"그를 찾아봐야 하오."

그가 문을 향해 달려갔다. 다른 사람들도 그의 뒤를 따랐다. 베라가 맨 끝이었다.

그들이 층계를 내려갔을 때 암스트롱이 어깨 너머로 외쳤다.

"어쩌면 아직 응접실에 계실지도 모르겠군요."

그들은 홀을 가로질렀다. 암스트롱이 큰 소리로 불렀다.

"워그레이브 판사님, 워그레이브 판사님, 어디 계십니까?"

대답이 없었다. 크지 않은 빗소리를 제외하면 집 안은 괴괴한 침묵에 싸여 있었다.

이윽고 응접실 입구에 도착한 암스트롱이 갑자기 걸음을 멈추었다. 다른 사람들이 몰려들어 그의 어깨 너머를 바라보았다.

누군가 비명을 질렀다.

워그레이브 판사는 방 한구석에 놓인 등 높은 의자에 앉아 있었다. 두 개의 촛불이 그의 양쪽에서 타오르고 있었다. 하지만 사람들을 가장 놀라고 소스라치게 한 것은 진홍빛 옷을 입고 머리에는 판사용 가발을 쓰고 있는 그의 모습이었다.

암스트롱 박사가 손짓으로 사람들을 물러나게 했다. 그는 술에 취한 사람처럼 비틀거리며, 요란한 차림으로 말없이 앉아 있는 판사에게 다가갔다.

그는 몸을 앞으로 기울여 움직임이 없는 판사의 얼굴을 들여다보았다. 그런 다음 가발을 휙 들어올렸다. 가발이 바닥에 떨어지면서 머리카락이 빠지고 없는 앞머리 위쪽 중앙에 둥글게 얼룩진 자국이 드러났다. 거기에서 뭔가 뚝뚝 떨어지고 있었다.

암스트롱 박사는 축 늘어진 판사의 손을 들어올려 맥박을 짚어보았다. 이윽고 그는 다른 사람들을 향해 돌아섰다.

그가 입을 열었다. 아무런 감정도 실려 있지 않은, 멀리서 들려오는 듯한 목소리였다.

"총을 맞았습니다……."

블로어가 외쳤다.

"맙소사, 그 권총!"

의사가 줄곧 감정없는 목소리로 말했다.

"머리를 관통당했어요. 즉사했을 겁니다."

베라가 떨어진 가발을 들여다보았다. 그녀가 입을 열었다. 그녀의 목소리는 공포로 흔들리고 있었다.

"브렌트 양이 잃어버린 회색 털실이에요……."

블로어가 말했다.

"그리고 저건 욕실에서 없어진 진홍색 커튼이오……."

베라가 들릴 듯 말 듯한 목소리로 말했다.

"그러니까 이렇게 쓰려고……."

갑자기 필립 롬바드가 웃음을 터뜨렸다. 높고 부자연스러운 웃음이었다.

"'다섯 꼬마 병정이 법률 공부 했다네. 하나가 법원에 갔네. 그리고 네 명이 남았네.' 이게 바로 교수형 판사 워그레이브의 최후로군요. 이제 그는 선고를 내릴 수 없습니다! 검은 법모도 쓸 수 없습니다! 법정에 앉을 일도 이게 마지막이로군요! 사건 개요를 통해 죄 없는 사람을 죽음으로 몰고 갈 수도 없습니다! 에드워드 시튼이 이 자리에 있었다면 웃음을 터뜨렸을 텐데! 맙소사, 배꼽을 잡았을 텐데!"

쏟아져 나오는 롬바드의 말에 사람들은 충격을 받고 소스라쳤다.

베라가 소리쳤다.

"바로 오늘 아침에 당신은 그가 살인범일 거라고 했잖아요!"

필립 롬바드의 표정이 달라졌다. 제정신이 돌아온 모양이었다. 그가 나지막한 목소리로 말했다.

"부정하지 않겠습니다……. 으음, 내가 잘못 생각했습니다. 우리 중에서 또 한 사람의 무죄가 증명되었군요. 너무 늦게야 말입니다!"

제14장

I

그들은 워그레이브 판사를 그의 방으로 옮겨와 침대에 눕혔다.

그런 다음 그들은 다시 아래로 내려와 홀에 선 채 서로의 얼굴을 마주보았다.

블로어가 무거운 어조로 말했다.

"이제 우린 어떻게 해야 하오?"

롬바드가 활기찬 어조로 말했다.

"뭘 좀 먹죠? 식사를 하려던 참이었으니 말입니다."

그들은 다시 부엌으로 갔다. 또다시 그들은 소 혓바닥 요리 통조림을 열었다. 그들은 거의 맛을 느끼지 못한 채 기계적으로 그것을 먹었다.

베라가 말했다.

"난 다시는 소 혓바닥 요리를 먹지 않겠어요."

그들은 식사를 끝냈다. 그들은 부엌의 식탁에 둘러앉아 서로의 얼굴을 물끄러미 응시했다.

블로어가 입을 열었다.

"이제 우리 넷만 남았소. 다음엔 누굴까?"

암스트롱이 그를 응시하고는 거의 기계적으로 말했다.

"우리 모두 극도로 조심해야……."

그는 더 이상 말을 잇지 않았다.

블로어가 고개를 끄덕였다.

"바로 그 사람이 하던 말이오. 그런데 바로 그 사람이 죽었잖소!"

암스트롱이 말을 받았다.

"어떻게 그런 일이 일어날 수 있었을까요?"

롬바드가 단호한 어조로 말했다.

"영리하기 짝이 없는 이중 계략입니다! 클레이슨 양의 방에 매달아 놓은 해초는 소기의 성과를 거두었지요. 모두 그녀가 죽어 가고 있다고 여기고 2층으로 달려 올라갔습니다. 그 와중에서 그 노인이 방심한 틈을 타서 누군가 그를 죽인 겁니다."

블로어가 말했다.

"어째서 아무도 총소리를 듣지 못했을까?"

롬바드가 고개를 내저었다.

"클레이슨 양은 계속 비명을 질러 댔고, 바람이 윙윙 소리를 내며

불어닥쳤고, 우리는 무슨 일이냐고 외치며 달려갔습니다. 그렇죠,
들렸을 리가 없지요."

그는 잠시 말을 끊었다.

"하지만 그런 속임수는 다시는 통하지 않을 겁니다. 다음번엔 뭔
가 다른 것을 생각해 내야 할 겁니다."

블로어가 말했다.

"놈은 아마도 그럴 거요."

그의 목소리에는 석연찮은 기운이 서려 있었다. 두 사람의 눈길
이 마주쳤다.

암스트롱이 말했다.

"남은 건 우리 네 사람뿐인데, 누가 범인인지 아직 모르고 있으
니……."

블로어가 말했다.

"내 생각에는……."

베라가 말했다.

"제 생각에는 분명……."

암스트롱이 천천히 말했다.

"내 생각에는 틀림없이……."

필립 롬바드가 말했다.

"내 생각에는 바로……."

그들은 또다시 서로의 얼굴을 마주보았다.

베라가 비틀거리며 자리에서 일어서며 말했다.

"몸이 몹시 안 좋군요. 전 좀 누워야겠어요……. 완전히 녹초가
됐어요."

롬바드가 말했다.

"그러는 게 좋겠습니다. 앉아서 서로 얼굴만 마주보고 있다고 해
서 뾰족한 수가 생기는 것은 아니니까."

블로어가 말했다.

"이의 없소……."

의사가 중얼거렸다.

"좋은 생각이긴 하지만 우리 중 아무도 잠들 수 없을 것 같군요."

그들은 문을 향해 걸었다. 블로어가 말했다.

"지금 그 권총은 어디 있을까?"

II

그들은 층계를 올라갔다.

그 다음 벌어진 일은 희극의 한 장면 같았다.

네 사람은 자기 방의 문 손잡이를 잡았다. 그런 다음 구령에 맞추
기라도 한 것처럼 동시에 방 안으로 들어가 문을 닫았다. 이어 빗장
이 걸리고 가구가 옮겨지는 소리가 들려왔다.

겁에 질린 네 사람은 아침이 올 때까지 바리케이드를 친 채 방에
칩거해 있었다.

III

문 손잡이 아래 의자를 끼워 놓고 돌아서서 필립 롬바드는 안도의 한숨을 내쉬었다.

그는 화장대로 다가갔다.

깜박거리는 촛불 빛 속에서 그는 자신의 얼굴을 유심히 살펴보았다.

그는 부드러운 어조로 자신에게 말했다.

"그래, 이 사건은 널 완전히 흥분시키고 있어."

문득 그의 얼굴에 늑대를 연상시키는 특유의 미소가 스쳐갔다.

그는 재빨리 옷을 벗었다.

그는 침대로 가면서 침대 탁자 위에 손목 시계를 올려놓았다.

그런 다음 탁자 서랍을 열었다.

그는 그 자리에 못 박힌 듯 서서 서랍 안을 내려다보았다. 그 안에는 권총이 들어 있었다…….

IV

베라 클레이슨은 침대에 누웠다.

촛불이 옆에서 줄곧 타오르고 있었다.

하지만 촛불을 끌 용기가 생기지 않았다.

그녀는 어둠이 두려웠다…….

그녀는 스스로에게 되풀이해서 말했다.

"내일 아침까지 안전할 거야. 어젯밤에도 아무 일도 일어나지 않 았잖아. 오늘 밤에도 아무 일 없을 거야. 어떤 일도 일어날 수 없어. 방문에 빗장을 질러 놨잖아. 아무도 들어올 수 없을 거야……."

갑자기 한 가지 생각이 그녀의 머릿속에 떠올랐다.

'바로 그거야! 여기 있어야지! 문을 잠그고 이 방에서 나가지 말 아야지! 먹는 건 중요하지 않아! 구조의 손길이 올 때까지, 이 안에 서, 안전하게 있을 수 있어! 하루든, 이틀이든…….'

이 방에서 나가지 않는다. 그래, 하지만 그럴 수 있을까? 몇 시간 을 계속, 더불어 얘기를 나눌 사람도 없고, 생각하는 것 말고는 할 일도 없이…….

그녀의 머릿속에 콘월과 휴고와, 자신이 시릴에게 했던 말이 떠 올랐다.

짜증스럽게 징징거리며 그녀를 졸라대는 시릴…….

"클레이슨 선생님, 왜 저 바위까지 헤엄쳐 가서는 안 되는 거죠? 전 할 수 있어요. 할 수 있다고요."

그 말에 이렇게 대답했던 것이 정말 자신이었던가?

"물론이지. 넌 할 수 있어, 시릴. 할 수 있고말고."

"그러면 헤엄쳐서 가도 돼요, 클레이슨 선생님?"

"하지만, 시릴. 그러면 네 어머니가 무척 걱정하실 거야. 이렇게 하렴. 내일 그 바위까지 헤엄쳐 가는 거야. 선생님이 해변에서 네 어 머니께 말을 걸어서 잠시 너를 보지 않도록 할게. 그러다가 네가 어디 있나 하고 찾으실 때쯤엔 넌 그 바위 위에 서서 어머니께 손을 흔드는 거야. 깜짝 놀랄 선물이 될 거야!"

"오, 정말 멋져요, 클레이슨 선생님! 기분 최고일 거예요!"

그때 그녀는 바로 하자고 말했었다. 바로 내일! 휴고는 뉴케이로 떠나게 되어 있었다. 그가 돌아올 때쯤에는, 모든 일이 끝나 있을 터였다.

그래, 하지만 일이 잘못된다면? 문제가 생긴다면? 시릴이 구조될 수도 있었다. 그러면 그 애는 이렇게 말하겠지. "클레이슨 선생님이 괜찮을 거라고 하셨어요." 하지만 그래서 어떻다는 건가? 어느 정도의 위험을 무릅쓰지 않고 무슨 일을 하겠는가! 최악의 사태가 닥치면 이렇게 둘러대리라. "어떻게 그렇게 엉뚱한 거짓말을 할 수 있니, 시릴? 선생님이 언제 그런 말을 했어!" 사람들은 자신의 말을 믿으리라. 시릴은 종종 말을 꾸며 대곤 하지 않았던가. 그 애는 미더운 아이가 아니었다. 물론 시릴을 속일 수는 없겠지. 하지만 그건 별로 중요하지 않았다……. 그리고 어쨌든 잘못될 리가 없었다. 그녀는 물에 뛰어들어 그 애를 구하는 척할 테니까. 하지만 자신이 닿기 전에 시릴은 이미……, 아무도 의심하지 않을 터였다…….

휴고는 사실을 눈치 챘던 것일까? 그래서 그가 그렇게 기묘하고 낯선 시선으로 자신을 바라보았던 것일까? ……그는 알고 있었던 걸까?

그래서 심문이 끝나자마자 그렇게 서둘러 가 버린 것일까?

그녀의 편지에 그는 답장을 보내지 않았다.

휴고…….

베라는 잠을 이루지 못하고 침대 속에서 몸을 뒤척였다. 아니, 아
니, 휴고 생각을 해서는 안 됐다. 너무나 고통스러웠다! 이미 끝난,
끝난, 다 끝나 버린 일이었다……. 휴고를 잊어야 했다.

그런데 왜 아까 이 방 안에 그가 함께 있는 것 같은 느낌이 들었
던 것일까?

그녀는 물끄러미 천장을 바라보았다. 천장 한가운데 시커먼 대형
갈고리가 삐죽 나와 있었다.

처음 보는 갈고리였다.

해초는 거기에 걸려 있었던 거였다.

목덜미에 와 닿던 그 차갑고 찐득한 감촉을 떠올리고 그녀는 몸
을 부르르 떨었다.

그녀는 그 갈고리가 싫었다. 쳐다보지 않을 수 없는, 생각하지 않
을 수 없는……, 시커먼 대형 갈고리가…….

V

전직 경감 블로어는 침대가에 앉았다.

실팍한 얼굴에서 핏발 선 작은 두 눈이 번득이고 있었다. 돌격 준
비를 갖춘 야생 멧돼지 같았다.

그는 한잠도 잘 수 없을 것 같은 느낌이 들었다.

이제 위험은 코앞에 다가오고 있었다……. 열 명 중에서 여섯이

사라졌다.

그토록 현명하고, 그토록 주의 깊고, 그토록 빈틈없던 늙은 판사도 죽고 말았다.

블로어는 잔인한 쾌감 같은 것을 느끼며 코웃음을 쳤다.

그 늙은이가 뭐라고 했던가?

"아주 조심해야만 하오……."

독선적이고 위선적이고 거만한 늙은이 같으니라고. 전능한 신이라도 되는 것처럼 판사석에 앉아 있더니. 자업자득이지……. 그는 이제 더 이상 조심할 필요가 없으리라.

그리고 이제 그들 네 사람이 남았다. 그 여자, 롬바드, 암스트롱, 그리고 자신이.

곧 그들 중의 한 사람이 저 세상으로 가리라……. 하지만 그게 윌리엄 헨리 블로어는 아닐 터였다. 아니고말고.

(하지만 그 권총…… 그 권총은 어떻게 된 것일까? 마음이 산란했다. 그놈의 권총!)

블로어는 침대에 걸터앉아 미간을 찌푸린 채 생각에 잠겼다. 그는 작은 두 눈을 가늘게 뜨고 골똘히 권총 문제를 생각했다…….

정적 속에서 아래층의 괘종시계가 울리는 소리가 들려왔다.

자정이었다.

그는 살짝 긴장을 풀고, 심지어 침대 위에 눕기까지 했다. 하지만 옷은 입은 채였다.

그는 누워서 생각을 이어나갔다. 현직에 있을 때처럼 모든 일을 처음부터 꼼꼼히고 찬찬하게 돌이켜보기 시자했다. 마지막에는 철저한 사람이 이기는 법.

촛불이 타고 있었다. 성냥이 손 닿는 곳에 있는지를 확인하고 그는 촛불을 불어 껐다.

어둠 속에 있자니 이상하게 불안했다. 머릿속에서 천 년 묵은 공포들이 깨어나 서로 싸우는 것 같았다. 몇 개의 얼굴이 눈앞에 어른거렸다. 우스꽝스러운 회색 털실을 뒤집어쓰고 있던 판사의 얼굴, 죽은 로저스 부인의 싸늘한 얼굴, 앤터니 매스턴의 일그러지고 시뻘게진 얼굴이.

또다른 얼굴이 있었다. 숱 없는 담황색 콧수염에 안경을 쓴 창백한 얼굴이었다.

언젠가 본 얼굴이었다. 언제일까? 이 섬에 와서 본 얼굴은 아니었다. 아니, 그보다 훨씬 오래전에 본 것 같았다.

그 얼굴의 주인공이 누구인지 기억할 수 없다니 이상하지 않은가…….명청한 얼굴, 약간 얼간이 같아 보이는 사내였다.

이런!

강한 충격과 함께 그는 그 얼굴의 주인공을 기억해 냈다.

란더였다!

이상하게도 그는 란더의 얼굴을 깡그리 잊고 있었다. 어제까지만 해도 그의 얼굴을 기억하려 애썼지만 도무지 생각이 나지 않았다.

그런데 이제 그 얼굴의 이목구비 하나하나가 어제 본 것처럼 선명하고 또렷하게 눈앞에 떠올라 있었다.

란더는 결혼한 남자였다. 그의 아내는 몸집이 작고 가냘픈 여자로 근심에 찬 표정을 짓고 있었다. 아이도 하나 있었다. 열네 살가량 된 소녀였다. 처음으로 그는 그들이 그 후 어떻게 되었을지 궁금했다.

(그놈의 권총. 그 권총은 어떻게 된 것일까? 그게 훨씬 더 중요했다.)

생각이 거듭될수록 점점 혼란스러울 뿐……. 권총의 행방이 어떻게 된 것인지 알 수가 없었다.

이 집 안의 누군가가 그 권총을…….

아래층에서 괘종시계가 1시를 알렸다.

문득 생각이 끊겼다. 그는 신경이 곤두서서 벌떡 일어나 앉았다. 무슨 소린가 들려왔던 것이다. 침실 문밖 어딘가에서 들려오는 아주 희미한 소리였다.

어둠에 싸인 집 안을 누군가 돌아다니고 있었다.

이마에 땀이 솟았다. 은밀하고 소리 없이 복도를 따라 걷고 있는 건 도대체 누굴까? 분명 누군가 수상한 짓을 하고 있었다!

육중한 몸집이었음에도 그는 소리 없이 침대에서 내려와 성큼성큼 두 걸음을 내딛어 문가에 서서 귀를 기울였다.

하지만 그 소리는 다시 들려오지 않았다. 그렇지만 잘못 들은 것은 분명 아니었다. 그 발소리는 그의 방문 바로 바깥에서 들려왔던 것이다. 머리카락이 쭈뼛 곤두섰다. 또다시 공포가 밀려왔다…….

밤중에 누군가 살금살금 집 안을 돌아다니고 있었다.

그는 귀를 기울였다. 하지만 그 소리는 다시 들려오지 않았다.

그러자 새로운 유혹이 그를 사로잡았다. 밖으로 나가 살펴보고 싫어서 그는 조바심이 났다. 어둠 속을 배회하는 게 누구인지만 알 수 있다면.

하지만 방문을 여는 것는 어리석은 짓일 터였다. 상대는 바로 그것을 원하고 있는지도 몰랐다. 자기가 내는 소리를 듣고 무슨 일인가 알아보기 위해 누군가 밖으로 나올 것을 기대하고 있는지도 몰랐다.

블로어는 온몸이 뻣뻣해진 채 귀를 기울이며 서 있었다. 이제는 사방에서 삐걱이는 소리, 옷이 스치는 소리, 알 수 없는 두런거림 같은 것이 들려오는 것 같았다. 하지만 그의 완강하고 현실적인 두뇌는 그 소리들이 자신의 상상력의 소산임을 알고 있었다.

그런데 다음 순간 상상이 아닌 어떤 소리가 들려왔다. 그 발소리는 아주 조심스럽고 아주 조용했지만 블로어처럼 신경을 바짝 세우고 귀를 기울이고 있는 사람이라면 충분히 들을 수 있는 소리였다.

누군가 가만히 복도를 따라 걷고 있었다. 롬바드의 방과 암스트롱의 방은 둘 다 그의 방보다 복도 안쪽에 있었다. 발소리는 머뭇거리거나 비틀거리지 않고 그의 방문을 지나쳤다.

그 순간 블로어는 마음을 정했다.

놈이 누구인지 알아내야 했다! 발소리는 분명 그의 방을 지나 계단 쪽으로 향하고 있었다. 놈은 어디로 가고 있는 것일까?

일단 마음을 정하자 블로어는 육중하고 굼떠 보이는 겉모습과는 달리 놀랍도록 재빠르게 움직였다. 그는 발끝으로 걸어 침대로 돌아가서는 성냥통을 주머니에 넣은 다음, 침대 곁에 있는 전기 스탠드의 플러그를 뽑아 전선을 스탠드 몸체에 둘둘 감았다. 묵직한 에보나이트 판이 달린 크롬 스탠드는 쓸 만한 무기가 될 터였다.

그는 소리 없이 문으로 달려가 문 손잡이 아래 끼워 놓은 의자를 치우고 조심스럽게 빗장을 풀었다. 그는 복도로 나갔다. 아래층 홀에서 희미한 소리가 들려왔다. 블로어는 신발을 벗은 채 층계 꼭대기를 향해 소리 없이 달려갔다.

그때 그는 발소리가 그렇게 또렷하게 들린 이유를 알 수 있었다. 바람이 완전히 가라앉고, 날씨가 말끔하게 개인 모양이었다. 층계참의 창문으로 희미한 달빛이 비쳐들어 아래층 홀을 비추고 있었다.

누군가 현관문을 통해 막 밖으로 나가고 있었다.

그를 쫓아 층계를 달려 내려가려다가 그는 걸음을 멈추었다.

다시 한 번 바보짓을 할 뻔했다! 그것은 그를 집 밖으로 유인하기 위한 덫일 게다!

하지만 놈은 그것이야말로 자신의 실수라는 것, 이제 자신의 목숨이 블로어의 손에 달렸다는 것을 모르고 있을 터였다. 2층에 있는 세 사람의 방 중에서, 하나는 분명 비어 있을 것이 아닌가. 그게 누구의 방인지 알아내기만 하면 되지 않는가!

블로어는 조용히 발길을 돌려 복도를 따라 걸었다.

그는 우선 암스트롱 박사의 방문 앞에 걸음을 멈추고 가볍게 문을 두드렸다. 대답이 없었다.

그는 잠시 기다렸다가 필립 롬바드의 방으로 갔다.

즉각 대답이 들려왔다.

"누구시죠?"

"블로어요. 암스트롱이 방에 없는 것 같소. 잠시 기다리시오."

그는 복도 맨끝에 있는 방으로 가서 다시 가볍게 문을 두드렸다.

"클레이슨 양. 클레이슨 양."

깜짝 놀란 듯한 베라의 목소리가 들려왔다.

"누구세요? 무슨 일이죠?"

"됐소, 클레이슨 양. 잠깐만 기다리시오. 곧 돌아오겠소."

그는 다시 롬바드의 방으로 달려갔다. 순간 방문이 열렸다. 롬바드는 왼손에 촛불을 들고 있었다. 파자마 잠옷 위에 바지를 걸친 차림이었다. 오른쪽 손은 웃옷 주머니 속에 들어가 있었다. 그가 날카로운 어조로 물었다.

"도대체 무슨 일입니까?"

블로어가 재빨리 상황을 설명했다. 롬바드의 눈빛이 번쩍 빛났다.

"암스트롱? 그러니까 바로 그자였다는 거군요!"

그는 암스트롱의 방문 앞으로 갔다.

"미안합니다, 블로어 씨, 하지만 우선 확인을 해 봐야겠소."

그는 나무로 된 방문을 신경질적으로 두드렸다.

"의사 선생님, 의사 선생님."

대답이 없었다.

롬바드는 무릎을 꿇고 앉아 열쇠 구멍을 들여다보았다. 그는 열쇠 구멍 속에 조심스럽게 새끼 손가락을 집어넣어 보고는 말했다.

"이 문은 안에서 잠긴 것이 아니군요."

블로어가 대답했다.

"그러니까 놈은 방을 나와 문을 잠그고 열쇠를 가져간 거요."

필립이 고개를 끄덕였다.

"흔한 수법이죠. 우리는 놈을 잡아야 합니다, 블로어 씨. 이번에는 기필코 놈을 잡아야 한단 말이죠! 잠깐만."

그는 베라의 방으로 달려갔다.

"베라."

"예."

"우리는 암스트롱을 잡으러 갈 겁니다. 놈은 밖으로 나갔습니다. 무슨 일이 있어도 방문을 열어선 안 됩니다. 알겠어요?"

"예, 알겠어요."

"암스트롱이 와서 나나 블로어가 살해당했다고 해도 동요해서는 안 됩니다. 나와 블로어가 함께 올 때에만 문을 여는 겁니다. 이해했 겠죠?"

"알았어요. 그렇게 바보는 아녜요."

"좋아요."

그는 블로어에게로 가서 말했다.

"이제 그를 잡으러 갑시다! 사냥을 나가는 겁니다!"

"조심해야 하오. 그가 권총을 갖고 있다는 걸 명심하시오."

필립 롬바드가 층계를 달려내려가며 킬킬거렸다.

"그 점은 당신이 잘못 생각한 것 같군요."

그는 현관문을 열면서 말했다.

"걸쇠가 벗겨져 있군요. 밖에서도 열 수 있도록 말입니다."

그는 말을 이었다.

"그 권총은 내가 갖고 있습니다!"

그 말을 하면서 그는 주머니에서 권총을 반쯤 꺼내보였다.

"오늘 밤 내 침대 탁자 서랍을 여니 들어 있더군요."

블로어는 현관 층계에 얼어붙은 듯 멈춰섰다. 그의 표정이 달라졌다. 필립 롬바드가 그것을 보았다.

"어리석은 행동 마세요, 블로어 씨! 난 당신을 쏘려는 게 아닙니다! 원한다면 방으로 돌아가 문 안쪽에 가구를 쌓아 놓고 들어앉아 있어도 좋습니다! 난 암스트롱을 잡으러 갈 테니까."

그는 달빛 속으로 달려나갔다. 잠시 망설이던 블로어는 롬바드를 뒤쫓으며 생각했다.

'권총이 필요하긴 해. 나중에는……'

권총을 든 범인과 몸싸움을 벌인 적이 있었다. 아무리 어려운 상황에서도 블로어는 좌절하지 않았다. 위험이 닥치면 용기 있게 맞서리라. 보이는 것은 두렵지 않았다. 두려운 것이 있다면 막연하고 불가사의한 위험뿐이었다.

VI

뒤에 남은 베라는 일어나 옷을 입었다.

그녀는 한두 차례 방문에 눈길을 주었다. 문은 아주 견고했다. 열쇠와 빗장으로 잠궈 두었고, 문 손잡이 아래에는 참나무 의자를 끼워 두었다.

힘으로 밀어서 부서질 문은 아니었다. 특히 암스트롱의 힘으로는 어림도 없었다. 그는 육체적으로 센 편은 아니었다.

만약 그녀가 암스트롱 입장이라면, 힘이 아니라 꾀를 동원할 터였다.

필립 말대로 암스트롱은 블로어와 필립 중의 하나가 죽었다고 말할지도 몰랐다. 아니면 치명적인 상처를 입은 척 신음소리를 내며 그녀의 방문 앞으로 다가올지도 몰랐다.

다른 가능성도 있었다. 저택에 불이 났다고 거짓말을 할 수도 있었다. 나아가 실제로 저택에 불을 지를지도……. 그렇다, 그럴 수도 있었다. 두 사내를 집 밖으로 유인한 다음 미리 뿌려둔 석유에 불을 붙일 수도 있었다. 그럴 경우 자신은 바보처럼 문 안쪽에 가구를 쌓아 놓고 방 안에서 꼼짝도 하지 않고 있다가 변을 당할 터였다.

그녀는 창가로 다가갔다. 그렇게 끔찍한 일은 일어나지 않으리라. 위기가 닥치면 창문으로 탈출할 수도 있었다. 뛰어내릴 수도 있다는 뜻이었다. 창 아래에는 정돈된 꽃밭이 자리잡고 있었다.

의자에 앉은 그녀는 일기장을 꺼내 분명하고 거침없는 필치로 써 내려가기 시작했다.

시간을 보내야 했다.

문득 그녀는 몸을 굳히고 귀를 기울였다. 무슨 소리인가 들려왔던 것이다. 유리가 깨지는 소리 같았다. 그 소리는 아래층에서 들려오고 있었다.

그녀는 온 신경을 집중해 귀를 기울였지만 그 소리는 다시 들려오지 않았다.

실제인지 상상인지 알 수 없는 가운데, 소리 죽인 발소리, 층계가 삐걱이는 소리, 옷이 스치는 소리 같은 것이 들려왔다. 하지만 모두 애매했다. 블로어가 그랬던 것처럼 그녀는 그 소리가 자기 상상의 소산이라고 결론지었다.

하지만 다음 순간 훨씬 구체적인 소리가 들려왔다. 아래층에서 사람들이 왔다 갔다 하고 있었다. 두런거리는 소리가 들려왔다. 그러더니 누군가 층계를 올라오는 분명한 발소리가 들려왔다. 문이 열렸다가 닫혔다. 발소리는 머리 위의 다락방으로 올라가고 있었다. 거기에서 발소리가 멈추었다.

마침내 발소리가 복도를 따라 걸어왔다. 롬바드의 목소리가 들렸다.

"베라 양, 괜찮습니까?"

"예, 무슨 일이에요?"

블로어의 목소리가 말했다.

"문 좀 열어 주시겠소?"

베라는 문으로 갔다. 그녀는 의자를 치우고 열쇠를 돌려 열고 빗장을 벗긴 다음 문을 열었다. 두 사내가 숨을 헐떡이며 서 있었다. 두 사람의 발과 바지 아래쪽이 물에 젖어 있었다.

그녀가 물었다.

"어떻게 됐어요?"

롬바드가 대답했다.

"암스트롱이 사라졌습니다……."

VII

베라가 소리를 질렀다.

"뭐라고요?"

롬바드가 대답했다.

"이 섬에서 완전히 종적을 감췄습니다."

블로어가 맞장구쳤다.

"사라져 버렸다는 표현이 맞소! 무슨 사악한 마술이라도 쓴 것처럼 말이오."

베라가 조바심을 치며 말했다.

"그럴 순 없어요! 어딘가 숨어 있을 거예요."

블로어가 대답했다.

"아니, 그렇지 않소! 장담하건대 이 섬에는 숨을 데가 전혀 없소! 밖에는 달빛이 환하게 비치고 있소. 대낮처럼 말이오. 따라서 숨어 있을 수가 없소."

베라가 말했다.

"집 안으로 돌아왔을지도 모르죠."

블로어가 말했다.

"우리도 그 생각을 했소. 그래서 집 안을 수색했소. 우리가 왔다 갔다 하는 소리를 들었을 거요. 맹세코 그는 이곳에 없소. 깨끗하게 사라져 버렸소. 줄행랑을 놓았단 말이오."

베라가 믿을 수 없다는 듯 말했다.

"믿을 수가 없어요."

롬바드가 말했다.

"사실이랍니다, 아가씨."

그는 잠시 말을 끊었다가 다시 이었다.

"또 하나 말해 둘 게 있어요. 식당 유리창이 깨어져 있더군요. 식탁 위에 남은 꼬마 병정 인형은 세 개뿐이랍니다."

제15장

I

세 사람은 부엌 식탁에 앉아 아침 식사를 하는 중이었다.

밖에는 햇빛이 비치고 있었다. 쾌청한 날씨였다. 언제 그랬던가 싶게 폭풍우는 말끔히 개어 있었다.

날씨가 변하자 그 섬에 갇힌 죄수들의 기분도 변했다.

막 악몽에서 깨어난 것 같은 느낌이었다. 물론 위험은 남아 있었지만, 백주 대낮의 위험은 실감이 나지 않는 법. 밖에서는 바람이 윙윙 불어닥치는 와중에 모포처럼 그들을 둘러싸고 있던, 사람을 마비시키는 어제의 공포 분위기는 사라지고 없었다.

롬바드가 말했다.

"오늘은 섬 꼭대기로 올라가 거울로 신호를 보내 봅시다. 어떤 똑똑한 친구가 벼랑을 오르다가 그걸 본다면 구조 요청 신호라는 것을 알아차릴 겁니다. 저녁에는 횃불을 피웁시다. 문제는 나무가 별로 남아 있지 않다는 겁니다. 그리고 신호를 보낸다 해도 마을에서는 우리가 노래하고 춤추고 노는 것으로 오해할 수도 있지요."

베라가 말했다.

"누군가 구조 요청 신호라는 걸 알아차릴 거예요. 그렇게만 되면 사람들이 우리를 구하러 오겠죠. 늦어도 저녁 무렵까지는요."

롬바드가 말했다.

"날씨는 맑아졌지만 파도는 아직 가라앉지 않았습니다. 무서울 정도로 높지요! 내일까지는 이 섬 근처에 배를 댈 수 없을 겁니다."

베라가 비명을 질렀다.

"여기서 하룻밤을 더 보내야 한다고요?"

롬바드가 할 수 없지 않느냐는 듯이 어깨를 으쓱해 보였다.

"사태를 직시해야 합니다! 24시간이면 될 겁니다. 그동안만 버틸 수 있으면 우린 무사할 겁니다."

블로어가 헛기침을 하며 말했다.

"사태를 명료하게 정리해 보는 게 좋겠소. 암스트롱은 도대체 어떻게 된 것일까?"

롬바드가 대답했다.

"한 가지 사실은 분명합니다. 식탁에 남아 있는 꼬마 병정 인형은 세 개뿐입니다. 그 사실로 미루어 보면 암스트롱은 죽은 것 같은데요."

베라가 물었다.

"그렇다면 어째서 시체를 발견할 수 없었을까요?"

블로어가 대답했다.

"내가 궁금한 게 바로 그거요."

롬바드가 고개를 내저으며 말했다.

"정말 이상합니다. 무슨 일인지 영문을 알 수가 없습니다."

블로어가 자신 없는 어조로 말했다.

"바다에 던져졌는지도 모르지."

롬바드가 날카로운 어조로 물었다.

"누가 그랬단 말입니까? 당신이? 내가? 그가 현관문을 통해 밖으로 나가는 것을 보았다고 했잖습니까. 그리고 당신은 내 방으로 와서 나를 불러서 함께 그를 찾으러 나갔습니다. 도대체 내가 언제 그를 죽여서 그의 시체를 밖으로 끌고 나간단 말입니까?"

"나도 모르겠소. 하지만 한 가지 사실만큼은 분명하오."

"그게 뭡니까?"

"그 권총 말이오. 그건 당신 거요. 이제 당신이 갖고 있소. 그걸 줄곧 갖고 있지 않았다는 증거가 없단 말이오."

"이것 보십시오, 블로어 씨. 모두 몸수색을 받았잖습니까."

"물론이오, 당신은 수색을 받기 전에 권총을 숨겼겠지. 그런 다음 도로 찾아온 거요."

"멍청한 소리 말아요. 맹세코 그 총은 사라졌다가 내 서랍 속에 돌아와 있었습니다. 그걸 발견했을 때만큼 놀란 적은 다시 없었습니다."

"그런 말을 우리보고 믿으라는 거요! 암스트롱이든 다른 누구든 간에 살인범이 도대체 왜 그걸 도로 갖다놓았겠소?"

롬바드가 속절없이 어깨를 으쓱해 보였다.

"내가 어떻게 알겠습니까. 미친 짓이라고 할 수밖에. 도대체 있을 법하지 않은 일입니다. 아무 의미도 없는 것 같기도 하고."

블로어가 동의했다.

"그렇소, 터무니없소. 좀더 나은 이야기를 꾸며 댔어야지."

"그게 바로 내 말이 진실이라는 증거 아니겠습니까?"

"아닌 것 같소."

"어련하시겠습니까."

"이것 보시오, 롬바드 씨. 당신의 주장처럼 당신이 정직한 인간이 라면……."

필립이 나지막하게 말했다.

"언제 내가 정직한 사람이라고 주장했습니까? 아니, 난 그런 말 한 적 없습니다."

블로어는 아랑곳하지 않고 말을 계속했다.

"당신 말이 진실이라면 할 일은 한 가지뿐이오. 당신이 그 권총을 갖고 있는 한, 클레이슨 양과 내 목숨은 당신 손에 달려 있소. 그 권 총을 다른 위험물과 함께 보관하고 당신과 내가 열쇠 두 개를 나눠 가져야만 공평하오."

담배에 불을 붙인 필립 롬바드가 연기를 내뿜으며 말했다.

"말도 안 되는 소리 마세요."

"그럴 수 없다는 거요?"

"그래요, 난 그럴 수 없습니다. 이 권총은 내 겁니다. 나 자신을 방어하기 위해 이게 필요합니다. 그래서 내줄 수 없습니다."

"그렇다면 결론은 하나뿐이오."

"내가 U. N. 오웬이란 말입니까? 마음대로 생각하시죠. 하지만 그렇다면, 어젯밤 왜 당신을 쏘지 않았겠습니까? 기회가 여러 번 있었는데."

블로어가 고개를 내저었다.

"나도 모르겠소. 그건 사실이오. 당신에게도 이유가 있었겠지."

베라는 줄곧 어느 편도 들고 있지 않았다. 이윽고 그녀는 몸을 움찔하며 입을 열었다.

"두 분 다 멍청하기 짝이 없군요."

롬바드가 그녀를 바라보았다.

"무슨 말인가요?"

"두 분은 그 동요 구절을 잊고 계세요. 열쇠는 거기 있다는 걸 모르세요?"

그녀는 의미심장한 어조로 그 구절을 암송했다.

"'네 꼬마 병정이 바다 향해 나갔네.

훈제 청어가 잡아먹었네. 그리고 세 명이 남았네.'

훈제 청어, 그게 바로 열쇠예요. 암스트롱은 죽지 않았어요…….

그는 우리로 하여금 자신이 죽었다고 믿게 하려고 도기 인형을 치워 버린 거예요. 두 분이 어떤 말씀을 하시든 자유지만, 암스트롱은 아직 이 섬에 있어요. 그의 실종은 훈제 청어, 그러니까 우리를 헛갈리게 하려는 계략일 뿐이에요*……."

롬바드가 다시 자리에 앉았다.

"당신 말이 맞을지도 모르겠군요."

블로어가 한마디 했다.

"그렇소. 하지만 그자가 어디 있다는 거요? 우리가 전부 찾아보지 않았소. 집 안팎을 말이오."

베라가 비웃는 어조로 말했다.

"우리는 그 권총을 찾아보았지만 찾지 못했잖아요? 하지만 그건 어딘가에 감춰져 있었다고요!"

롬바드가 중얼거렸다.

"크기에 약간 차이가 있잖습니까, 아가씨, 성인 남자와 권총은 틀리지요."

"그렇다고 달라지는 건 없어요. 제 말이 맞을 거예요."

블로어가 우물거리며 말했다.

"놈이 나서서 실마리를 줄 리가 있겠소? 시 구절에서 훈제 청어를 언급하다니. 다른 말을 쓸 수도 있었을 텐데."

베라가 소리쳤다.

"그자가 미쳤다는 걸 모르시겠어요? 모든 게 미친 짓이잖아요!

---

* 여우 사냥을 위해 사냥개가 여우 냄새를 분간하도록 훈련을 시킬 때 여우 냄새와는 다른 냄새를 풍기는 것으로 훈제 청어를 썼던 일에서, 본질과는 상관없는 힌트, 속임수를 의미하게 되었다.

노랫말에 따라 이루어지는 이 모든 일이 말이에요! 판사님께 법복을 입히고, 장작을 패는 동안 로저스를 죽이고, 로저스 부인에게 약을 먹여 잠에서 깨어나지 못하게 만들고, 브렌트 양이 죽는 순간 벌한 마리를 윙윙거리게 하다니! 무서운 아이가 장난을 치고 있는 것같아요. 모든 게 들어맞는다고요."

블로어가 말했다.

"그렇소, 당신 말이 맞소."

그는 잠깐 생각에 잠겼다.

"어쨌든 이 섬에는 동물원이 없소. 거길 가려면 놈도 좀 힘들 거요."

베라가 소리쳤다.

"모르시겠어요? 지금 우리는 동물원에 있어요. 어젯밤 우리는 인간이 아니었어요. 여기가 바로 동물원이라고요."

II

그들은 벼랑에서 교대로 육지에 거울로 구조 요청 신호를 보내며 아침 나절을 보냈다.

누군가 그것을 보았다는 답신 같은 것은 없었다. 응답 신호는 오지 않았다. 미풍이 살랑거리는 청명한 날씨였지만 저 아래 바다에서는 거센 파도가 일고 있었다. 바다에 나와 있는 배는 보이지 않았다.

그들의 수색은 이번에도 성과가 없었다. 의사의 흔적은 어디에도 없었다.

베라가 저택 쪽을 바라보았다.

약간 숨을 헐떡이며 그녀가 말했다.

"집 밖에 나와 있으니까 훨씬 안전하게 느껴지는군요. 우리, 집으로 돌아가지 말아요."

롬바드가 말했다.

"괜찮은 생각인데요. 이곳에 있으면 훨씬 안전합니다. 누구라도 멀리서부터 모습을 보이지 않고는 우리에게 접근할 수 없으니 말입니다."

베라가 말했다.

"여기 있기로 해요."

블로어가 말했다.

"밤을 보내야 할 것 아니오. 밤이 되면 안으로 들어가야 하오."

베라가 부르르 몸을 떨었다.

"전 정말 견딜 수 없을 것 같아요. 또 하룻밤을 이곳에서 보낼 순 없어요!"

필립이 말했다.

"방 안에서 빗장을 지르고 있으면 안전할 겁니다."

베라가 두 팔을 뻗으며 중얼거렸다.

"그렇겠죠. 다시 햇빛을 쬐니까 정말 좋군요."

그녀는 생각했다.

'정말 이상한 일이야……. 이 느낌은 행복과 흡사한걸. 실제로는 여전히 위험에 처해 있는데……. 어쩐지 지금만큼은, 아무 일도 아

닌 것 같아……. 대낮이니까……. 온몸에 기운이 넘쳐서, 절대 죽지 않을 것 같아…….'

블로어가 손목 시계를 보며 말했다.

"2시 정각이군. 점심 식사를 해야 하지 않겠소?"

베라가 고집스러운 어조로 대답했다.

"전 저택으로 돌아가지 않겠어요. 여기, 야외에 있겠어요."

"허어, 갑시다, 클레이슨 양. 기운이 떨어져선 안 될 것 아니오."

"소 혓바닥 요리 통조림만 보아도 구역질이 날 것 같아요. 전 아무것도 먹고 싶지 않아요. 다이어트를 하는 사람들은 여러 날 단식도 하잖아요."

"난 끼니를 거를 순 없소. 당신은 어떻소, 롬바드 씨?"

필립이 대답했다.

"나도 소 혓바닥 요리 통조림에는 그다지 생각이 없습니다. 클레이슨 양과 함께 여기 있겠어요."

블로어는 망설였다. 베라가 말했다.

"전 괜찮아요. 당신이 등을 돌리는 순간 롬바드 씨가 절 쏘지는 않을 거예요. 그 점을 걱정하신다면 말이에요."

"그렇다면 됐소. 하지만 따로 행동하지 않기로 약속했잖소."

필립이 말했다.

"사자굴로 들어가고 싶어하는 건 바로 당신입니다. 원한다면 같이 가 드리지요."

"아니, 그럴 필요 없소. 여기 계시오."

필립이 웃음을 터뜨렸다.

"아직도 날 두려워하고 있는 겁니까? 이런, 원한다면 난 당장이라도 당신을 쏠 수 있습니다."

"맞는 말이오. 하지만 그러면 계획에 어긋날 거 아니오. 한 번에 한 사람씩, 특정한 방식으로 해치워야 하는 거요."

"이런, 훤히 꿰뚫고 계시는군."

"물론이오."

블로어는 말을 이었다.

"혼자 집 안으로 들어가자니 약간 신경이 곤두서는군."

필립이 부드러운 어조로 말했다.

"그래서 내 권총을 빌려 달라는 겁니까? 내 대답은 안 된다는 겁니다. 그럴 수 없습니다. 그렇게 평가해 주는 건 고맙지만 그렇게 순진하지는 않으니까요."

블로어는 할 수 없다는 듯이 어깨를 으쓱해 보이고는 저택으로 향하는 가파른 언덕길을 올라가기 시작했다.

롬바드가 부드럽게 말했다.

"동물들의 점심 시간이군! 동물들은 습관에 충실한 법이지!"

베라가 걱정스러운 어조로 물었다.

"집 안으로 들어가는 게 위험하지 않을까요?"

"그런 건 걱정하지 않아도 될 겁니다! 알다시피 암스트롱은 무기를 갖고 있지 않습니다. 그리고 블로어는 신체적으로 암스트롱보다 두 배는 강하고, 아주 조심을 하고 있을 겁니다. 어쨌든 암스트롱이 집 안에 있을 가능성은 별로 없어요. 나는 그가 집 안에 없다는 걸 알아요."

"하지만, 그렇다면 결론은?"

필립이 부드러운 어조로 대답했다.

"블로어지요."

"오, 정말 그렇게 생각하세요?"

"내 말을 들어봐요, 아가씨. 블로어의 설명을 당신도 들었잖습니까. 그게 사실이라면 난 분명 암스트롱의 실종과 아무 관계도 없습니다. 그의 얘기에 따르면 난 결백합니다. 하지만 그는 그렇지 않습니다. 발소리가 들리고 누군가 아래층으로 내려가 현관문을 통해 나갔다는 건 어디까지나 그의 말일 뿐입니다. 그 얘기가 전부 거짓말일 수도 있습니다. 그런 일이 있기 한두 시간 전에 이미 암스트롱을 제거했는지도 모릅니다."

"어떻게 말인가요?"

롬바드는 어깨를 으쓱해 보였다.

"그걸 모르겠습니다. 하지만 내 의견을 말하자면, 우리가 두려워해야 할 사람은 블로어뿐입니다! 그자에 대해 우리가 뭘 알고 있습니까? 경감이었다는 말도 꾸며낸 것인지 모릅니다! 그가 실제로 어떤 인물인지는 아무도 모르는 겁니다. 정신나간 백만장자일 수도 있고, 머리가 돈 사업가일 수도 있고, 브로드무어 정신 이상 범죄자 수용소에서 탈출한 미치광이일 수도 있습니다. 한 가지는 확실하지요. 그동안의 살인을 저지른 사람이 그자일 수 있다는 겁니다."

베라의 안색이 허옇게 질렸다. 그녀는 숨을 헐떡이며 말했다.

"그가, 우리를 죽이려 한다면……?"

롬바드는 주머니 속의 권총을 토닥이며 부드러운 어조로 말했다.

"난 경계를 게을리하지 않을 겁니다."

그런 다음 그는 호기심이 서린 눈길로 그녀를 바라보았다.

"날 믿는 겁니까, 베라 양? 내가 당신을 쏘지 않으리라는 걸 어떻게 그렇게 확신하는 겁니까?"

"누군가는 믿어야 하잖아요……. 사실 저는 블로어에 대한 당신 생각이 틀렸다고 생각해요. 제 생각으론 여전히 암스트롱이 범인인 것 같아요."

그녀가 갑자기 그에게로 몸을 돌렸다.

"언제나, 누군가 옆에 있다는, 그런 느낌이 들지 않으세요? 누군가 당신을 지켜보며 기다리고 있다는 느낌 말이에요."

롬바드가 천천히 대답했다.

"신경이 곤두서서 그런 것뿐입니다."

베라가 안타깝다는 듯 되물었다.

"그렇다면 당신도 느끼긴 했다는 건가요?"

그녀는 부르르 몸을 떨며 그에게 좀더 몸을 기울였다.

"말해 줘요, 당신 생각엔……."

그렇게 말한 뒤 그녀는 갑자기 입을 다물었다가는 다시 이었다.

"언젠가 이런 이야기를 읽은 적이 있어요. 미국의 자그마한 마을에 두 명의 대법관이 파견됐어요. 그들은 정의를 집행했죠. 신의 정의를 말이에요. 왜냐하면 그들은 이 세상 사람이 아니었으니까……."

롬바드가 눈썹을 치켜올렸다.

"하늘에서 내려왔단 말입니까? 아니, 난 그런 허황한 얘기는 믿지 않습니다. 이번 일은 틀림없이 사람이 꾸민 일이에요."

베라가 조그맣게 말했다.

"때때로, 정말 그런지 확신할 수가……."

롬바드가 그녀를 바라보며 말했다.

"그건 양심의 가책 때문일 겁니다."

한동안 입을 다물었다가 그가 아주 조용한 어조로 말했다.

"요컨대 당신이 그 아이를 물에 빠져 죽게 한 거군요?"

베라가 격한 어조로 외쳤다.

"난 그러지 않았어요! 안 그랬다고요! 어떻게 그렇게 말할 수가 있어요!"

그가 너털웃음을 터뜨렸다.

"아니, 그런 겁니다. 당신이 그런 짓을 저질렀어요, 아가씨! 이유는 모르겠습니다. 적당한 이유가 떠오르질 않는군요. 아마 남자가 개입되었겠죠, 그렇지 않습니까?"

베라는 문득 팔다리에 힘이 빠지고 피로가 엄습하는 것을 느꼈다. 그녀가 기운 없는 어조로 대답했다.

"그래요, 남자가 있었어요……."

롬바드가 부드럽게 말했다.

"고맙군요. 바로 그걸 알고 싶었답니다……."

베라가 갑자기 몸을 바로 세우며 외쳤다.

"이게 무슨 소리죠? 지진이 난 게 아닐까요?"

"아니, 그렇지 않아요. 하지만 이상하군요. 땅이 쿵 하고 울리는 소리가 났는데. 그리고 비명 같은 게 들린 것 같지 않습니까? 난 들었는데."

그들은 저택 쪽을 응시했다.

롬바드가 말했다.

"그 소리는 저쪽에서 들려왔어요. 가 보는 게 좋을 것 같습니다."

"싫어요, 싫다고요. 난 가지 않겠어요."

"좋을 대로 해요. 나 혼자 갈 테니까."

베라가 체념한 어조로 말했다.

"좋아요. 같이 가겠어요."

그들은 저택으로 향하는 언덕을 올랐다. 햇빛이 비치는 테라스는 평화롭고 순결해 보였다. 그들은 거기서 잠시 망설이다가 현관문으로 들어가는 대신 조심스럽게 건물을 돌기 시작했다.

그들은 블로어를 발견했다. 블로어는 돌로 된 동쪽 테라스 위에 큰대자로 널브러져 있었다. 그의 머리는 거대한 흰 대리석 덩어리에 맞아 산산조각이 나 있었다.

필립이 위를 올려다보며 물었다.

"저 위가 누구 방의 창문입니까?"

베라가 낮고 떨리는 목소리로 대답했다.

"내 방이에요. 그리고 저건 내 방의 벽난로 선반 위에 있던 괘종

시계고……. 이제 기억이 나는군요. 그건, 곰 모양이었어요."

그녀는 거듭해서 중얼거렸다. 그녀의 목소리는 떨리고 있었다.

"그건 곰 모양이었어요……."

III

필립이 그녀의 어깨를 움켜쥐었다.

그가 급하고 불길한 어조로 말했다.

"이제 알겠군요. 암스트롱은 집 안 어딘가에 숨어 있는 겁니다. 내가 놈을 잡겠습니다."

베라가 그의 팔에 매달리며 외쳤다.

"바보 같은 짓 말아요. 이제 우리 차례예요! 다음번에는 우리라고요! 그는 우리가 자기를 찾기를 바라고 있어요! 우리가 어떻게 행동할지 예상하고 있다고요!"

필립이 걸음을 멈추었다. 그는 생각에 잠긴 어조로 말했다.

"당신 말에도 일리가 있군요."

베라가 소리쳤다.

"어쨌든 이제는 내 말이 맞다는 걸 인정해야 해요."

그가 고개를 끄덕였다.

"그래요, 당신 말이 맞습니다! 암스트롱이 분명합니다! 하지만 도대체 어디에 숨어 있었을까? 우리가 샅샅이 찾아봤는데……."

베라가 다급하게 말했다.

"어젯밤에 못 찾았다면 지금도 찾을 수 없을 거예요……. 당연하지 않나요."

롬바드가 마지못해 동의했다.

"그렇긴 하지만……."

"그자는 미리 은밀한 곳을 마련해 둔 거예요. 당연히 그래야 했겠죠. 오래된 장원 저택의 비밀 장소처럼 말이에요."

"이건 그렇게 오래된 저택이 아니잖습니까."

"그자가 그런 장소를 만들었을 수도 있어요."

필립 롬바드는 고개를 저으며 말했다.

"우리는 집 안을 샅샅이 수색했습니다. 첫날 아침에 말이죠. 단언하건대 이 집 안에는 그럴 만한 곳이 없습니다."

"분명히 집 안 어딘가에……."

"난 찾아보고 싶은데……."

베라가 소리쳤다.

"그래요, 찾아보고 싶겠죠! 그런데 그자는 그걸 알고 있다고요! 그는 거기서 당신을 기다리고 있단 말이에요!"

롬바드가 주머니에서 권총을 슬쩍 꺼내보이며 말했다.

"당신도 알겠지만 내겐 이게 있답니다."

"당신은 블로어에게 아무 일 없을 거라고 했어요. 암스트롱보다 강하다고요. 그는 육체적으로도 암스트롱보다 강하고 주의를 게을리하지 않았어요. 하지만 당신은 암스트롱이 정신병자라는 사실을 염두에 두지 않고 있어요! 미친 사람은 모든 걸 유리하게 이용해요.

멀쩡한 사람보다 두 배는 더 교활하다고요."

롬바드는 권총을 도로 주머니에 넣으며 말했다.

"그렇다면 해변으로 갑시다."

IV

마침내 롬바드가 입을 열었다.

"밤이 오면 어떻게 할 겁니까?"

베라는 대답하지 않았다. 그는 힐난하듯 다그쳤다.

"그 생각은 해 보지 않았습니까?"

그녀가 기운 없는 어조로 대답했다.

"우린 어떻게 해야 되죠? 오, 맙소사, 난 두려워요……."

필립 롬바드는 생각에 잠긴 어조로 말했다.

"오늘은 날씨가 화창합니다. 달이 뜰 겁니다. 적당한 장소를 찾아야 합니다. 벼랑 꼭대기가 좋을 것 같군요. 그곳에 앉아서 아침이 오기를 기다립시다. 절대로 잠이 들어서는 안 됩니다. 한순간도 경계를 게을리해선 안 됩니다. 누군가 다가오면 내가 쏴 버리지요!"

그는 잠시 말을 끊었다.

"그런 옷차림으로는 추울 것 같군요."

베라는 목이 잠긴 채 웃으며 말했다.

"춥다고요? 하지만 죽고 나면 더 추울 거예요."

필립 롬바드가 조용히 대답했다.

"그래요, 당신 말이 맞습니다."

베라가 불안한 듯 쉴 새없이 몸을 움직거리며 말했다.

"여기 이대로 앉아 있으면 곧 미쳐 버릴 것 같아요. 좀 걸어요."

"좋습니다."

그들은 바다를 내려다보며 바위를 따라 천천히 걸었다. 해가 서쪽으로 기울고 있었다. 부드러운 황금빛 석양이 그 광채로 그들을 감싸주고 있었다.

베라가 갑자기 신경질적으로 킬킬거리며 말했다.

"목욕이라도 할 수 있으면 좋을 텐데……."

필립은 바다를 내려다보았다. 그가 불쑥 말했다.

"저기 저게 뭐죠? 보여요? 저 큰 바위 옆, 아니 오른쪽으로 조금 떨어진 곳에 있는 것 말입니다."

베라가 그곳을 바라보며 말했다.

"옷가지 같은데요!"

롬바드가 웃음을 터뜨렸다.

"누군가 바닷물에 목욕이라도 즐기고 있단 말입니까? 그럴 리가. 그저 해초겠죠."

"가 봐요."

롬바드가 그곳으로 다가가며 말했다.

"사람의 옷가지군요. 옷가지가 분명해요. 저건 신발이군요. 자, 이쪽으로 내려갑시다."

그들은 바위를 기어 내려갔다.

베라가 갑자기 걸음을 멈추고 말했다.

"옷이 아니에요. 저건 사람이에요."

남자의 시체가 바위 사이에 끼어 있었다. 아침 밀물에 밀려온 모양이었다.

롬바드와 베라는 바위를 기어 내려가 그곳에 이르렀다. 그들은 고개를 숙이고 아래를 내려다보았다.

자줏빛으로 변색된, 무시무시한 익사자의 얼굴······.

롬바드가 외쳤다.

"맙소사, 암스트롱이잖아."

제16장

I

까마득한 시간이 흐른 것 같았다……. 눈앞이 소용돌이쳤다……. 시간이 정지해 있었다……. 움직이지 않은 채, 서서 천 년이 지나갔다…….

아니, 겨우 일이 분이 지났을 뿐인가…….

두 사람은 망연히 서 있었다. 시체를 내려다보며…….

천천히, 아주 천천히 베라 클레이슨과 필립 롬바드는 고개를 들고 서로를 마주보았다…….

II

이윽고 롬바드가 웃음을 터뜨리며 말했다.

"그러니까 이렇게 된 거군요, 그렇지 않습니까, 베라 양?"

"이 섬에는 아무도 없어요, 아무도 말예요. 당신과 나 말고는……."

그녀의 목소리는 속삭임에 가까웠다.

"그렇고말고요. 그러니 지금 우리가 처한 상황도 분명하지 않습니까?"

"어떻게 그럴 수가……. 그 곰 모양의 대리석 시계가 어떻게 블로어의 머리 위로 떨어질 수 있었을까요?"

그가 어깨를 으쓱해 보였다.

"요술이라도 부린 모양이죠, 아가씨. 정말 탁월한……."

그들의 눈길이 다시 만났다.

베라가 생각했다.

'어째서 지금까지 저 사람 얼굴을 뜯어보지 않았을까? 저 사람 얼굴은, 그래, 늑대를 연상시켜……. 저 무시무시한 이빨 좀 봐…….'

롬바드가 말했다. 그의 목소리는 늑대가 으르렁거리는 것처럼 사납고 위협적이었다.

"당신도 알겠지만 이게 끝입니다. 우리는 이제 진실을 알게 된 겁니다. 이제 끝이란 말입니다……."

베라가 조용히 대답했다.

"나도 알아요……."

그녀는 바다를 응시했다. 맥아더 장군도 바다를 응시하지 않았던가. 그게 바로 어제였단 말인가? 아니 그제였던가? 그 역시 이렇게 말하지 않았던가. "종말이오……."

장군은 체념 어린 태도로 그렇게 말했다. 그는 차라리 잘됐다는 표정이었다.

하지만 베라는 그런 말, 그런 생각에 반발이 일었다.

'아냐, 이게 끝일 리가 없어.'

그녀는 죽은 사내를 내려다보며 말했다.

"가엾은 암스트롱 박사……."

롬바드가 코웃음을 쳤다.

"그건 뭡니까? 여자다운 연민의 감정입니까?"

"그래서 안 될 이유가 뭐죠? 당신에겐 동정심도 없나요?"

"당신한테라면 전혀 느끼지 않습니다. 그런 건 아예 기대하지 말아요!"

베라는 다시 시체를 바라보면서 말했다.

"시신을 옮겨야 해요. 집 안으로 옮기기로 해요."

"다른 희생자들과 한데 모아 놓아야 한단 말입니까? 모든 걸 깔끔하고 확실하게 하기 위해서? 그대로 두어도 될 것 같은데요."

"어쨌든 밀물이 들어와도 물에 잠기지 않도록 끌어내도록 해요."

롬바드가 웃음을 터뜨리며 말했다.

"원한다면 그럽시다."

그는 몸을 기울이고 시신을 잡아당겼다. 베라가 그에게 몸을 기대고 그를 도왔다. 그녀는 온 힘을 기울여 시신을 잡아끌었다.

롬바드가 숨을 헐떡였다.

"그리 쉬운 일은 아니군요."

하지만 그들은 밀물 때 생긴 바위의 물자국 위로 시신을 끌어올리는 데 성공했다.

롬바드가 허리를 펴며 말했다.

"이제 만족하시나요?"

베라가 대답했다.

"만족하고말고요."

그녀의 어조에는 그를 놀라게 하는 무엇인가가 깃들어 있었다. 그는 빙글 몸을 돌렸다. 주머니를 두드려 보기도 전에 그는 권총이 없어졌다는 사실을 깨달았다.

그녀는 일이 미터 떨어져서 손에 권총을 들고 그를 바라보고 있었다.

롬바드가 말했다.

"여자다운 배려를 보인 게 그 때문이었군요! 내 주머니에서 권총을 슬쩍하려고 말입니다."

그녀는 고개를 끄덕였다.

그녀는 안정되고 확고한 자세로 권총을 겨누고 있었다.

이제 죽음은 필립 롬바드 바로 곁에 와 있었다. 그 어느 때보다도 죽음이 가까이에 있음을 그는 깨달았다.

그렇다해도 그는 아직 항복하지 않았다.

그는 권위 있는 어조로 말했다.

"자, 그걸 이리 내요."

그의 머리가 핑핑 돌아가고 있었다. 어떤 방법, 어떤 수단을 써야
할까. 대화를 할까, 달래서 마음을 놓게 할까, 아니면 단숨에 달려
들까.

평생 동안 롬바드는 여러 차례 곤경에 직면했다. 지금도 그런 셈
이었다.

그는 천천히 따지듯이 말했다.

"이것 봐요, 아가씨. 내 말 좀⋯⋯."

그러면서 그는 갑자기 그녀에게 달려들었다. 표범처럼, 고양이처
럼 재빠르게⋯⋯.

베라는 반사적으로 방아쇠를 당겼다⋯⋯.

달려오던 롬바드의 몸이 정지하는가 했더니 이윽고 쿵 하고 바닥
에 쓰러졌다.

베라는 손에 권총을 쥔 채 조심스럽게 그에게 다가갔다.

하지만 조심할 필요가 없었다.

필립 롬바드는 이미 죽어 있었다. 총알이 심장을 꿰뚫었다⋯⋯.

III

안도감이 베라를 휩쌌다. 거대하고 감미로운 안도감이었다.

마침내 끝났다.

더 이상 두려움도 없었고, 신경을 곤두세울 일도 없었다…….

이 섬에는 이제 그녀 말고는 아무도 없었다…….

아홉 구의 시체와 그녀뿐이었다.

하지만 그런들 어떻단 말인가? 그녀는 살아 있었다.

그녀는 그 자리에 앉았다. 감미로운 행복감, 달콤한 평화…….

더 이상 두려움은 없었다…….

IV

석양이 질 무렵 베라는 마침내 몸을 일으켰다. 극도의 무기력 때문에 그녀는 줄곧 앉아 있었다. 그녀의 마음에는 기분 좋은 안도감 이외의 다른 감정이 들어찰 여지가 없었다.

이윽고 시장기와 졸음이 몰려왔다. 무엇보다도 자고 싶었다. 침대에 몸을 던지고, 자고 자고 또 자고 싶었다…….

내일은 구조대가 도착하리라. 하지만 사실은 그것조차 아무래도 좋았다. 이곳에 머물러 있어도 상관없었다. 이제 자신은 혼자 있지 않은가…….

오! 이 축복 받은, 축복 받은 평화…….

그녀는 일어나 저택을 바라보았다.

더 이상 무서워할 것이 없었다! 그녀를 기다리는 공포 같은 것은 더 이상 없었다! 그저 잘 지어진 평범한 현대식 저택일 뿐. 하지만 얼마 전까지만 해도 그곳을 바라보기만 해도 몸이 부르르 떨리지 않았던가…….

공포란 얼마나 기묘한 것인지……!

그래, 그것도 이제 끝났다. 그녀는 무시무시한 곤경에서 벗어났다. 자신의 기지와 기민함으로 형세를 역전시켰다.

그녀는 저택을 향해 천천히 걷기 시작했다.

해가 지고 있었다. 서쪽 하늘은 빨강과 주황의 줄무늬로 가득 차 있었다. 아름답고 평화로운 장면…….

베라는 생각했다.

'모든 게 꿈 같아…….'

그녀는 너무나도 피곤했다! 정말이지 손가락 하나 까딱할 수 없을 정도였다. 팔다리가 쿡쿡 쑤셨고, 눈꺼풀이 경련하고 있었다. 더 이상 두려워할 필요 없어……. 잠 속으로 빠져드는 거야. 잠 속으로…… 잠 속으로…… 잠 속으로…….

이 섬에는 이제 아무도 없었으므로 그녀는 안전하게 잠들 수 있을 터였다. 한 꼬마 병정은 혼자가 되었다네.

그녀는 혼자 미소를 지었다.

그녀는 현관 앞 층계를 오르기 시작했다. 저택이 이상할 정도로 평화롭게 느껴졌다.

베라는 생각했다.

'보통 사람이라면 각 방마다 시체가 누워 있는 집 안에서 잠을 잘 순 없을 거야!'

부엌으로 가서 뭘 좀 먹어야 하지 않을까?

그녀는 한순간 망설이다가 그러지 않기로 마음먹었다. 정말이지 너무나도 피곤했다…….

그녀는 식당 문 앞에서 잠시 걸음을 멈추었다. 식탁 한가운데에는 아직도 세 개의 도기 인형이 남아 있었다.

베라가 웃음을 터뜨렸다.

"아직도 세 개라니, 얘들아."

그녀는 두 개의 인형을 집어 창문 밖으로 던졌다. 테라스의 돌에 맞아 인형이 부서지는 소리가 들려왔다.

그녀는 마지막 남은 도기 인형을 집어들어 손바닥에 놓고 감싸쥐며 말했다.

"넌 나랑 같이 가자. 우리가 이겼단다! 우리가 이겼어!"

석양빛 속에서 홀은 어둑했다.

베라는 작은 병정 인형을 손에 쥔 채 층계를 오르기 시작했다. 느릿하게. 갑자기 두 다리에 힘이 빠졌던 것이다.

'한 꼬마 병정이 외롭게 남았다네.' 끝이 어떻게 되더라? 아, 그래! '그가 결혼을 하고 그리고 아무도 없었네.'

결혼이라니……. 우습게도, 휴고가 집 안에 있는 것 같은 기분이 다시 엄습했다…….

아주 강한 느낌이었다. 그렇다, 휴고가 2층에서 그녀를 기다리고 있었다.

베라는 혼잣말로 중얼거렸다.

"바보같이 굴지 마. 넌 지금 너무 피곤해서 말도 안 되는 상상을 하고 있는 거야."

그녀는 천천히 계단을 올라갔다.

계단 꼭대기에 이르렀을 때 부드러운 카펫 위로 뭔가 소리 없이 떨어졌다. 그녀는 자신이 권총을 떨어뜨렸다는 사실을 알아채지 못했다. 다만 도기 인형을 손에 꼭 쥐고 있을 뿐이었다.

집 안은 너무나도 조용했다! 하지만 여전히 누군가 집 안에 있는 것처럼…….

휴고가, 2층에서, 그녀를 기다리고 있으리라…….

'한 꼬마 병정이 외롭게 남았다네.'

마지막 구절이 뭐였더라? 결혼에 관한 것이었던가? 아니면 다른 내용이었던가?

그녀는 자기 방 문 앞에 이르렀다. 휴고가 방 안에서 그녀를 기다리고 있다는, 강한 확신이 들었다.

그녀는 방문을 열었다…….

다음 순간 그녀는 헉 하고 숨을 멈추었다…….

천장 갈고리에 늘어진, 저건 대체 뭐란 말인가? 올가미? 그리고 그 아래 놓여 있는 의자, 저걸 발로 차야 하는 걸까…….

이것이 휴고가 바라는 일인가…….

그래, 그것이 동요의 마지막 구절이었다.

"그가 가서 목을 맸네. 그리고 아무도 없었네……."

그녀의 손에서 도기로 된 꼬마 인형이 굴러떨어졌다. 그것은 또 르르르 굴러가 벽난로의 울에 부딪쳐 깨어지고 말았다.

베라는 자동 인형처럼 걸음을 내딛었다. 이것이 끝이었다. 축축하게 젖은 차가운 손이 (물론, 시릴의 손이었다.) 목덜미에 와 닿았던 이곳에서…….

"넌 저 바위까지 헤엄쳐 갈 수 있어, 시릴……."

너무나도 손쉬운 살인이었다!

하지만 그 후 그 사실은 밤낮없이 기억 속에 되살아났다…….

그녀는 몽유병자처럼 허공을 응시하며 의자 위로 올라갔다…….
그리고 올가미 속에 목을 넣었다.

그런 그녀를 휴고가 지켜보고 있었다.

의자가 나동그라졌다…….

에필로그

런던 경찰국 부국장인 토머스 레기 경은 짜증스러운 어조로 말했다.

"하지만 온통 믿기지가 않는 얘기군."

메인 경감이 공손한 어조로 대답했다.

"무리도 아닙니다, 부국장님."

부국장은 말을 계속했다.

"어떤 섬에서 열 사람이 죽었는데, 살아 있는 사람이 없다니. 이런 말도 안 되는 얘기가 어디 있나!"

메인 경감이 우직한 어조로 대답했다.

"그렇지만 그게 사실입니다, 부국장님."

"제기랄, 그들을 죽인 자가 있을 것 아닌가, 메인."

"그게 우리가 알아내야 할 사항입니다, 부국장님."

"의사의 보고서에도 도움될 만한 내용이 없나?"

"없습니다, 부국장님. 워그레이브와 롬바드는 총알을 맞았습니다. 워그레이브는 머리에, 롬바드는 심장에 맞았습니다. 브렌트 양과 매스턴은 청산가리로 독살되었습니다. 로저스 부인은 클로랄 과용으로 죽었고, 로저스는 도끼에 맞아 머리가 쪼개졌습니다. 블로어는 머리가 산산조각났고 암스트롱은 익사했습니다. 맥아더는 뒷머리에 받은 타격으로 두개골이 부서졌고, 베라 클레이슨은 목을 매 죽었습니다."

부국장은 눈살을 찌푸리며 말했다.

"전부 다 끔찍하군."

그는 잠시 생각에 잠겼다가 짜증스러운 어조로 말했다.

"스티컬헤이번 마을에서 뭔가 도움이 될 만한 얘기를 들었을 게 아닌가? 제기랄, 마을 사람들은 뭔가 알고 있었을 거야."

메인 경감은 모를 일이라는 듯이 어깨를 으쓱해 보였다.

"그 마을 사람들은 순박하고 평범한 뱃사람들입니다. 그들의 말에 따르면 그 섬은 오웬이라는 사람에게 팔렸다더군요. 그게 그들이 알고 있는 내용의 전부입니다."

"그 섬에 식량 조달이나 그 밖에 필요한 일을 해 온 사람이 누구인가?"

"모리스, 아이작 모리스라는 사내입니다."

"그는 이 일에 대해 뭐라고 하던가?"

"그는 아무 말도 할 수 없습니다, 부국장님. 이미 이 세상 사람이 아니니까요."

부국장은 미간을 찌푸렸다.

"그 모리스라는 자에 대해 뭔가 알고 있는 게 있나?"

"그럼요, 부국장님. 우리는 그에 관해 정보를 갖고 있습니다. 모리스는 점잖은 신사가 아니었습니다. 그는 3년 전 베니토 불량 증권 사기 사건에 연루된 적이 있습니다. 그가 관련이 있다는 건 분명했지만, 증거가 없었지요. 또 마약 거래에도 관여하고 있었지만 역시 증거가 없었습니다. 모리스란 자는 아주 용의주도했습니다."

"그러면 그가 이 사건의 배후 인물이었단 말인가?"

"그렇습니다, 부국장님. 그가 이 섬의 매매를 성사시켰습니다. 하지만 자신이 그 섬을 사는 게 아니라 미지의 제삼자를 대신하는 거라고 했다더군요."

"자금 출처를 캐면 뭔가 나오지 않겠나?"

"부국장님께서 모리스를 아신다면 그런 말씀은 하지 않으실 겁니다! 그자의 솜씨는 어찌나 탁월한지 영국에서 가장 실력 있는 회계사도 내용을 알아낼 수 없을 정도입니다! 우리는 그 사실을 베니토 사건 때 확인했지요. 그렇습니다, 그자는 자기 고용주를 철저히 보호했습니다."

부국장이 한숨을 내쉬었다. 메인 경감이 말을 계속했다.

"모리스는 스티컬헤이번에서 모든 일을 처리했습니다. 그는 자신이 '오웬'이라는 인물을 대리하고 있다고 밝혔습니다. 또한 그곳 사람들에게 그 섬에서 모종의 실험이 있을 거라고 설명한 것도 바로

그자였습니다. 일주일 동안 '무인도'에서 살 수 있는지 내기를 했다
면서 혹시 구조 요청 신호가 있더라도 신경 쓰지 말라고 했다는 겁
니다."

토머스 레기 경은 마음이 편치 않은 듯 몸을 움직거리며 말했다.

"그러니까 자네 말은 그곳 사람들은 아무 눈치도 채지 못했다는
건가? 그런 말을 듣고서도?"

메인은 모르겠다는 듯이 어깨를 으쓱해 보이며 말했다.

"잊고 계시는 게 있습니다, 부국장님. 병정 섬의 전 주인은 엘머
롭슨이라는 미국인 청년이었습니다. 그는 그곳에서 기상천외한 파
티를 열곤 했습니다. 현지인들은 처음에 깜짝 놀랐겠죠. 하지만 점
차 그런 일에 익숙해져서 병정 섬과 관련된 일은 이상한 게 정상이
라고 여기게 된 모양입니다. 생각해 보면 그럴 수 있는 일입니다, 부
국장님."

부국장은 우울한 얼굴로 그의 말을 인정했다.

메인이 말을 이었다.

"초대객들을 그 섬까지 태워다 준 프레드 내러코트라는 자가 한
가지 흥미로운 이야기를 했습니다. 그의 말에 따르면, 자신은 이번
초대객들을 보고 깜짝 놀랐답니다. '롭슨 씨가 초대한 손님들과는
전혀 달랐다'는 겁니다. 섬에서 구조 요청 신호가 있었다는 말을 듣
자, 모리스의 지시에도 불구하고 그가 배를 띄운 것은 초대객들이
모두 너무나도 평범하고 조용한 이들이었기 때문이랍니다."

"그가 사람들을 데리고 섬으로 간 게 언젠가?"

"구조 요청 신호는 11일 아침 보이스카우트들에 의해 목격되었습니다. 그날은 배를 띄울 수가 없었습니다. 12일 오후에야 처음으로 그곳 해안에 배를 띄울 수 있었습니다. 배가 섬에 도착하기 전에는 아무도 섬을 떠날 수 없었을 거라고 모두들 입을 모으고 있습니다. 폭풍우 후에 파도가 무척 높았답니다."

"헤엄을 쳐서 육지까지 올 수는 없었을까?"

"해안까지 거리가 1.5킬로미터가 넘는 데다가 파도가 거칠었습니다. 그리고 많은 사람들이 절벽 위에서 섬 쪽을 지켜보고 있었답니다. 보이스카우트들 외에도 말입니다."

부국장은 한숨을 내쉰 다음 말했다.

"집 안에서 발견된 레코드는 어떤가? 도움이 될 만한 단서를 잡지 못했나?"

메인 경감이 대답했다.

"제가 조사해 봤습니다. 그것은 연극의 소도구나 영화 음향 소품을 만드는 회사에서 제조된 것으로, 아이작 모리스를 통해 U. N. 오웬 앞으로 배달되었습니다. 제작사에서는 미공연 희곡 작품의 아마추어 공연을 위한 것인 줄 알았답니다. 원고는 타이프라이터로 친 것이었는데 레코드와 함께 돌려주었답니다."

"그렇다면 그 내용은 어떤가?"

메인 경감은 무거운 어조로 대답했다.

"그 말씀을 드리려던 참입니다, 국장님."

그는 헛기침을 했다.

"저는 그 고발 내용을 가능한 한 철저하게 조사했습니다. 그 섬에 제일 먼저 도착한 로저스 부부에 대해 먼저 말씀드리겠습니다. 그들은 브래디 양의 집에서 일하고 있었는데, 그 브래디 양이 갑자기 죽었습니다. 그녀를 검시한 의사는 확실한 이야기를 하지 않았습니다. 그의 말에 따르면 그들이 그녀를 독살하지 않은 것은 분명하지만 자신의 개인적인 생각으로는 뭔가 석연치 않은 점이 있었다는군요. 그들이 직무를 태만히 했기 때문에 그녀가 죽은 것 같답니다. 다시 말해서 증명할 수 없는 사건입니다.

다음에는 워그레이브 판사에 대한 겁니다. 이건 사실입니다. 그는 시튼 사건 담당 판사였습니다.

하지만 시튼은 유죄였습니다. 명백히 유죄였습니다. 그가 교수형 당하고 난 뒤, 명명백백한 증거가 나왔습니다. 하지만 당시에는 말이 많았지요. 열에 아홉은 시튼이 결백한 데도 판사의 사건 진술이 악의적이었다고 생각했었으니까요.

클레이슨이라는 여자는 어떤 집에 가정 교사로 있었는데, 그 집에서 한 아이가 물에 빠져 죽었습니다. 하지만 그 여자는 그 사건과 아무 관계도 없는 듯했고, 실제로 그 여자의 행동은 훌륭했습니다. 소년을 구출하기 위해 헤엄을 치다가 물살에 밀려 겨우 구조되었다고 합니다."

"계속하게."

부국장이 한숨을 내쉬며 말했다.

메인도 한숨을 내쉬었다.

"이제 암스트롱 박사 차례입니다. 유명한 의사로 할리 가에 진료실이 있습니다. 직업적으로 올곧고 공정한 인물입니다. 불법적인 수술을 했다거나 하는 기록은 찾을 수 없었습니다. 1925년 그가 리스모어 병원에 근무하고 있을 때 그의 수술을 받은 환자 중에 클리스라는 이름의 여자가 있었던 것은 사실입니다. 복막염이었던 그녀는 수술 중에 죽었습니다. 그가 서툴렀을 수도 있습니다. 당시 그는 경험이 별로 없었으니까요. 하지만 서투른 것은 범죄가 아닙니다. 물론 동기도 없었습니다.

다음 에밀리 브렌트 양의 경우입니다. 베아트리스 테일러라는 처녀는 그녀의 집에서 일하던 여자였습니다. 임신한 그녀는 주인집에서 쫓겨나 강에 뛰어들어 목숨을 끊었습니다. 잘한 일이라고는 할 수 없지만 역시 범죄는 아닙니다."

"그게 요점인 것 같네. U. N. 오웬은 법의 힘이 미치지 못하는 사건들을 처리하려 했던 거라네."

메인은 그 말에는 아무 언급도 없이 다음 차례로 넘어갔다.

"매스턴이란 청년은 상당히 무모한 운전을 해 왔습니다. 그는 두 차례 큰 사고를 냈습니다. 제 생각으로는 그런 자는 다시는 핸들을 잡을 수 없게 해야 한다고 봅니다. 그런 자에게는 그래야 마땅합니다. 존 콤스와 루시 콤스는 그가 케임브리지 근처에서 차로 치어 죽인 두 아이들 이름입니다. 그는 친구들의 증언으로 벌금을 내고 풀려났습니다.

맥아더 장군의 경우에는 뚜렷한 것을 전혀 찾아낼 수 없었습니다. 군무 및 모든 기록이 좋았습니다. 아서 리치먼드는 프랑스에 있을 때 그의 휘하에 있었는데, 작전 중에 죽었습니다. 그와 장군 간에 불화 같은 것은 전혀 없었습니다. 사실 그들은 가까운 사이였습니다. 당시에는 그런 실수가 종종 있었습니다. 지휘관들이 애꿎은 부하들을 희생시키는 경우 말입니다. 그 경우도 그런 실수였던 것 같습니다."

"그럴지도 모르지."

"이제 필립 롬바드 차례입니다. 롬바드는 해외에서 몇 가지 특이한 업무에 참가한 적이 있는 인물입니다. 그는 한두 번 유죄 판결을 받을 뻔하기도 했습니다. 담대하고 사소한 일에 구애받지 않는 것으로 명성이 높았습니다. 눈에 띄지 않는 곳에서 여러 건의 살인을 저질렀을 수도 있는 그런 자입니다. 이제 블로어 차례입니다."

메인은 잠깐 망설였다.

"그는 우리처럼 경찰이었습니다."

움찔 몸을 움직인 부국장이 강한 어조로 말했다.

"블로어라. 그놈은 나쁜 놈이야."

"그렇게 생각하십니까, 부국장님?"

"줄곧 그렇게 생각해 왔네. 하지만 그자는 영리해서 잘못을 추궁당하지 않고 넘어가곤 했지. 내 생각에 그자는 란더 사건에서 위증을 했어. 당시 나는 그 사실에 분개했지. 하지만 아무것도 찾아낼 수가 없었어. 난 해리스에게 그 일을 맡겼는데 그 역시 아무것도 찾아내지 못했네. 하지만 난 아직도 그때 우리가 수사 방향만 잡을 수 있었다면 뭔가 찾아냈을 거라고 믿고 있네."

토머스 레기 경은 침묵하다가 말을 이었다.

"그런데 아이작 모리스가 죽었다고? 언제 죽었나?"

"그걸 물어보실 줄 알았습니다, 부국장님. 아이작 모리스는 8월 8일 밤에 죽었습니다. 수면제 과용이었지요. 바르비투르산염의 일종인 것 같습니다. 사고사인지 자살인지는 밝혀지지 않았습니다."

레기는 천천히 말했다.

"내가 무슨 생각을 하고 있는 줄 아는가, 메인 경감?"

"알 것 같습니다, 부국장님."

레기는 무거운 어조로 말했다.

"모리스의 죽음이 시기적으로 너무 딱 맞아떨어진단 말일세!"

메인 경감이 고개를 끄덕이며 말했다.

"그렇게 말씀하실 줄 알았습니다, 부국장님."

부국장은 탕 소리가 나게 주먹을 탁자 위에 내려놓으며 소리쳤다.

"이 사건 전체가 터무니없잖나. 있을 수 없는 일이야. 바위투성이의 벌거숭이 섬에서 열 사람이 죽었네. 우리는 누가, 왜, 어떻게 그런 일을 저질렀는지 전혀 모르고 있네."

메인이 기침을 하고 나서 말했다.

"꼭 그렇지는 않습니다, 부국장님. 이유는 어느 정도 알고 있는 셈입니다. 정의감에 불탄 어떤 정신병자가 법의 힘이 미치지 않는 죄인들을 벌주기 위해 나선 겁니다. 그자는 열 사람을 뽑았습니다. 그들이 정말 죄가 있는지 아닌지는 상관없이……."

부국장은 몸을 기울이고는 날카로운 어조로 말했다.

"정말 상관하지 않았을까? 혹시……."

그는 말을 멈추었다. 메인 경감은 공손히 그의 말을 기다렸다. 한숨을 내쉬며 레기는 고개를 내저었다.

"말을 계속하게. 잠시 딴 생각을 했다네. 단서가 잡힐 듯 했는데. 금방 사라져 버렸네. 하던 말을 계속하게나."

메인이 말을 계속했다.

"말하자면 처형되어야 할 사람이 열 명 있었습니다. 그들은 처형되었습니다. U. N. 오웬은 자신의 과업을 수행했습니다. 그런 다음 어떤 방법을 썼는지는 모르지만 그 섬에서 증발해 버린 겁니다."

"타의 추종을 불허하는 증발술이군. 하지만 알다시피, 경감, 우린 그걸 밝혀내야 하네."

"그 섬을 떠나기 위해서는 그 섬에 왔어야 합니다, 국장님. 관련자들의 말에 따르면 그자는 그 섬에 온 적이 없습니다. 그렇다면 유일하게 타당한 추리는 그 열 사람 중에 그자가 포함되어 있다는 겁니다."

부국장이 고개를 끄덕였다.

메인이 열띤 어조로 말했다.

"우리는 그 점을 생각해 보았습니다, 부국장님. 그 점을 집중적으로 파고들었지요. 먼저 말씀드리고 싶은 건 우리가 병정 섬에서 일어난 일에 대해 아주 캄캄한 상태만은 아니라는 겁니다. 베라 클레이슨은 일기를 쓰고 있었고, 에밀리 브렌트도 그랬습니다. 워그레이브 노인도 메모를 해 두었더군요. 건조하고 딱딱한 내용이지만 아주 명료합니다. 그리고 블로어 역시 메모를 남겼습니다. 그 모든 것의 내용이 일치합니다. 살인은 이런 순서로 일어났습니다. 매스턴, 로저스 부인, 맥아더, 로저스, 브렌트 양, 워그레이브 순으로 말입니다. 베라 클레이슨은 판사가 죽은 후 암스트롱이 밤에 저택을 나갔고, 블로어와 롬바드가 그를 찾으러 갔다고 썼습니다. 블로어는 자기 공책에 한 가지 사항을 더 기록해 두었습니다. '암스트롱이 사라졌다'는 단 두 마디를 말입니다.

부국장님, 이제 이 모든 자료를 종합하여 타당한 결론에 이를 수 있으리라 생각됩니다. 기억하시겠지만 암스트롱은 물에 빠져 죽었습니다. 암스트롱이 정신병자라면, 다른 이들을 모두 죽인 다음 절벽 위에서 몸을 던져 자살하든가, 아니면 육지로 헤엄을 치다가 죽었어야 하지 않겠습니까?

그건 훌륭한 추리입니다. 하지만 불가능합니다. 그렇습니다, 부국장님, 그럴 수는 없었습니다. 무엇보다도 경찰의의 증언이 그럴 수 없다는 걸 증명해 줍니다. 경찰의는 8월 13일 아침 일찍 그 섬에 도착했습니다. 그의 이야기 중에는 도움이 될 만한 것이 별로 없습니다. 모두들 적어도 서른 여섯 시간 또는 그보다 훨씬 이전에 사망했다는 것뿐입니다. 하지만 암스트롱에 대해서는 상당히 명확한 이야기를 하고 있습니다. 그의 말에 따르면 암스트롱의 시신은 여덟 시간에서 열 시간 정도 물 속에 잠겨 있다가 물 위로 밀려 올라왔다는 겁니다. 그렇다면 이런 추리를 할 수 있습니다. 암스트롱은 10일에서 11일 사이의 밤중에 바다로 나온 것이 분명합니다. 그 이유를 설명하겠습니다. 우리는 그의 시신이 파도에 밀려 육지로 올라온 지점을 찾아냈습니다. 그의 시신은 두 개의 바위 사이에 끼어 있었습니다. 그 바위에는 옷 조각과 머리카락이 남아 있었습니다. 시신은 11일 밀물 때, 다시 말해서 오전 11시경 그곳으로 밀려왔음에 틀림없습니다. 그 후 폭풍우가 잦아들자 밀물 때의 수위도 상당히 낮아졌습니다.

암스트롱이 다른 세 사람을 죽인 다음 그날 밤 바로 바다로 뛰어들었을 수도 있지 않느냐고 하실 겁니다. 하지만 이해할 수 없는 일이 한 가지 있습니다. 암스트롱의 시신이 밀물 때의 물 자국 위로 끌어올려져 있었다는 겁니다. 우리가 그의 시신을 발견한 곳은 파도가 미칠 수 없는 위쪽이었습니다. 그리고 그의 시신은 땅 위에 똑바로 뉘어 있었습니다. 깔끔하고도 단정하게 말입니다.

그러므로 한 가지 사실이 분명해집니다. 암스트롱이 죽은 후에도 그 섬에는 누군가 살아 있었다는 겁니다."

그는 잠시 말을 끊었다가 계속했다.

"그렇다면 정확히 어떤 결론에 이르게 될까요? 11일 아침의 상황은 이렇습니다. 암스트롱은 '사라졌습니다'.(익사한 거지요.) 남은 사람은 셋, 필립 롬바드, 윌리엄 헨리 블로어, 베라 엘리자베스 클레이슨입니다. 롬바드는 총에 맞았습니다. 그의 시신은 바닷가, 암스트롱의 시신 옆에서 발견되었습니다. 베라 클레이슨은 자신의 침실에서 목매달아 죽은 시체로 발견되었습니다. 블로어의 시신은 테라스에 있었습니다. 그의 머리는 무거운 대리석 패종시계에 맞아 깨져 있었습니다. 그 돌뭉치는 2층 창문에서 떨어진 것 같습니다."

부국장이 날카롭게 물었다.

"누구 방 창문인가?"

"베라 클레이슨의 방입니다. 부국장님, 이제 각각의 경우를 따로 살펴보겠습니다. 먼저 필립 롬바드의 경우입니다. 대리석 덩어리를 블로어 위로 떨어뜨린 사람이 그라고 가정해 보겠습니다. 그 후 베라 클레이슨을 꾀어 목을 매달게 한 다음 그는 해변으로 가서 심장을 쏘아 자살했다고 말입니다.

하지만 그랬다면, 누가 그에게서 권총을 가져갔을까요? 왜냐하면 그 권총은 집 안의 층계 꼭대기에 있는 방문 바로 안쪽에서 발견되었기 때문입니다. 그 방은 워그레이브의 방입니다."

"권총에 지문은 없었나?"

"있었습니다, 부국장님. 베라 클레이슨의 것이었습니다."

"그렇다면 바로……."

"무슨 말씀을 하시려는 건지 압니다, 부국장님. 범인은 베라 클레이슨이라는 거겠지요. 그녀가 롬바드를 쏜 다음 권총을 가지고 저택으로 돌아와서는 블로어의 머리 위에 대리석 덩어리를 떨어뜨린 다음 스스로 목을 맸다는 겁니다.

그런 추리는 잘 들어맞습니다. 어느 정도까지는 말입니다. 그녀의 침실에는 의자가 하나 있었고, 그 의자의 앉는 부분에는 그녀의 신발 모양으로 해초 자국이 나 있었습니다. 그녀는 의자에 올라가 올가미 속에 목을 넣은 다음 의자를 차 버린 것 같습니다.

하지만 의자는 나동그라져 있지 않았습니다. 그것은 다른 의자들처럼 등받이가 벽에 면한 채 똑바로 세워져 있었습니다. 베라 클레이슨이 죽은 뒤, 누군가 다른 사람이 그렇게 해 놓은 것입니다.

이제 남은 건 블로어입니다. 롬바드를 쏴 죽이고 베라 클레이슨을 꾀어 목을 매도록 한 다음 밖으로 나와 끈 같은 것으로 매어둔 거대한 대리석 덩어리를 자기 머리 위로 떨어지게 했다는 것이 저로서는 도대체 믿기질 않습니다. 사람은 그런 식으로 자살하진 않으니까요. 더구나 블로어는 그런 형의 인간이 아닙니다. 우리는 블로어가 어떤 자인지 알고 있습니다. 그는 이상적인 정의를 갈망하는 그런 인간이 아니었습니다."

부국장이 입을 열었다.

"동감이네."

메인 경감이 말을 이었다.

"그렇다면 부국장님. 그 섬에 그 외의 누군가가 있었던 게 분명합니다. 그가 모든 게 끝나자 뒷일을 정돈해 놓은 겁니다. 하지만 그동안 그는 줄곧 어디 있었을까요. 그리고 어디로 갔을까요? 스티컬헤이번 마을 사람들은 구조용 보트가 도착하기 전에 아무도 섬을 떠날 수 없었으리라고 단언하고 있습니다. 하지만 그렇다면……."

그가 말을 멈추었다.

부국장이 말을 받았다.

"그렇다면……."

그는 한숨을 내쉬고는 고개를 내저었다. 그는 몸을 앞으로 기울이며 말했다.

"그렇다면 누가 그들을 죽였을까?"

고기잡이 배 '엠마 제인' 호의 선장이
런던 경찰국에 보내온 편지 전문

어릴 때부터 나는 내 성격이 모순투성이임을 깨닫고 있었다. 무엇보다도 내게는 구제불능의 낭만적 상상력이 있었다. 어릴 적 모험 소설을 읽으면서 중요한 서류를 병에 넣어 바다에 던지는 장면에서 나는 언제나 전율에 떨곤 했다. 그런 생각을 하면 아직도 전율이 느껴진다. 그런 이유에서 나는, 종이에 모든 것을 기록한 다음 병에 넣어 바다에 던지는 이 방법을 택했다. 이 기록이 발견될 확률은 백에 하나 정도이리라. 그리고 그렇게 되면(아니 그저 내가 너무 자만하는 것이려나?), 베일에 싸여 있던 살인 사건의 전모가 밝혀지리라.

내게는 낭만적 경향 외에도 다른 선천적인 특징이 있었다. 죽는 것을 보거나 직접 죽이는 데 가담하면, 강한 가학적 쾌감이 느껴지곤 했다. 정원의 여러 가지 독충들과 말벌을 가지고 놀았던 기억이 난다……. 어릴 때부터 나는 무엇인가를 죽이고 싶은 강한 욕망을 갖고 있었다.

하지만 이런 욕망과 상충되는 특징도 있었다. 강한 정의감이 그 것이다. 내가 한 행동 때문에 죄없는 사람이나 동물이 고통을 당하 거나 죽는 경우가 생기면 견딜 수가 없었다. 그런 일은 반드시 막아 야 한다고 늘 생각해 왔다.

그런 정신 상태의 소유자인 내가 직업으로 법관을 선택한 것은 당연한 일이었다. 심리학자라면 충분히 이해할 수 있으리라. 법을 집행하는 직업은 그런 내 본능을 어느 정도 만족시켜 주었다.

범죄와 그에 상응하는 처벌은 언제나 나를 매혹시켰다. 나는 온 갖 종류의 탐정 소설과 모험 소설을 즐겨 읽었다. 나는 은밀한 즐거 움을 느끼며 탁월한 살인 방법을 고안해 내기도 했다.

재판을 주재하게 되자, 나의 또다른 은밀한 본능이 계발되기에 이르렀다. 가증스러운 범인이 피고석에서 종말이 서서히 다가오는 것을 깨닫고 고통스러워하는 장면은 내게 감미로운 쾌감을 안겨 주 었다. 하지만 죄 없는 사람이 피고석에서 고통받는 경우에는 아무 런 즐거움도 느낄 수 없었다는 것을 밝혀 둔다. 피고가 무죄라고 여 겨지는 경우 배심원들을 유도하여 혐의 사실이 없다는 판결을 내리 게 한 적도 두 건 이상 있었다. 하지만 공정하고 효율적인 영국 경 찰 덕택에 살인죄로 내 앞에 불려온 피고들의 대부분은 실제로 그 범죄를 저지른 이들이었다.

에드워드 시튼이라는 사내도 그런 경우였다고 여기서 밝혀 두고 싶다. 그의 외모와 태도는 사람들의 동정을 샀고 배심원들에게 좋은 인상을 주었다. 그러나 진부하지만 명백한 증거가 있었을 뿐 아니라 범죄자에 대한 내 지식에 비추어서도 나는 그가 범인이라는 것을 확신할 수 있었다. 그는 자신을 믿어 준 노파를 잔인하게 살해한 것이다.

나는 교수형 판사라는 악명을 얻었지만 그것은 부당하다. 나는 판결문에서 언제나 엄정하고 철저한 입장을 견지해 왔다.

나는 다만 몇몇 변호인의 감정적 호소로부터 배심원들을 보호했을 뿐이다. 그들의 관심을 구체적인 증거로 돌리게 한 것뿐이다.

오랜 세월에 걸쳐 내 마음속에서는 변화가 일어났고 나는 그것을 의식하고 있었다. 자제력이 줄어들고 있었다. 판결을 내리는 대신 집행하고 싶은 욕망이 커져갔다.

솔직히 말하자면, 나는 직접 사람을 죽이고 싶은 욕망에 사로잡혔다. 그것은 자신을 표현하고 싶어하는 예술가의 욕망과 다름없을 터! 나는 범죄의 예술가라고 할 수 있었다! 내 직업적 요구에 의해 엄격하게 통제된 내 상상력은 알지 못하는 사이에 무섭게 자라나고 있었다.

꼭, 반드시, 틀림없이 살인을 저질러야 했다! 나아가 특별한 살인이어야 했다! 흔하지 않은 환상적인 범죄, 엄청난 그 무엇이어야 했다! 그런 점에서 나는 소년기의 상상력을 아직도 지니고 있는 모양이다.

도저히 있을 수 없는, 극적인 그 무엇을 나는 원했다!

나는 사람을 죽이고 싶었다……. 그렇다, 나는 사람을 죽이고 싶었다…….

하지만, 모순처럼 들릴 수도 있지만, 선천적인 정의감이 나를 통제하는 동시에 구속하고 있었다. 죄 없는 사람을 희생시킬 수는 없었다.

그러던 중 갑자기 한 가지 아이디어가 머릿속에 떠올랐다. 그것은 일상적인 대화 중에 우연히 나온 이야기에서 시작되었다. 나와 얘기를 나누던 사람은 의사였다. 평범하고 이름 없는 개업의였던 그는 지나가는 말로 법의 힘이 미치지 않는 살인이 자주 저질러진다고 말했다.

그러면서 그는 특이한 예를 들었다. 최근 사망한 그의 환자였던 어떤 노부인의 경우였다. 그의 말에 따르면, 그녀가 죽은 것은 그 집에서 일하고 있던 집사 부부가 강장제를 주지 않았기 때문이라는 것이었다. 그들은 그녀가 죽으면 상당한 재산을 받게 되어 있었다. 그런 종류의 일은 증명하기가 거의 불가능하다, 하지만 자신은 그 추리를 확신한다고 그 의사는 말했다. 그와 비슷한 계획적인 살인이 줄곧 저질러지고 있지만 법의 힘이 미치지 않는다는 말과 함께.

그것이 이 사건의 시작이었다. 순간 나는 내가 나아가야 할 길을 분명히 알 수 있었다. 나는 하나의 살인이 아니라 대규모의 살인을 저지르기로 마음먹었다.

어릴 때 들었던 동요가 머릿속에 떠올랐다. 열 꼬마 병정에 대한 동요였다. 두 살 때, 나는 그 동요를 듣고 차례로 하나씩 죽어 가는 그 가차없는 줄어듦, 피할 수 없는 운명에 매혹되었다.

나는 은밀하게 희생자를 수집하기 시작했다…….

여기서 그 일이 어떻게 이루어졌는지 자세하게 늘어놓을 생각은 없다. 나는 사람을 만나면 언제나 격의 없이 대화를 나누기로 방침을 정했다. 그 결과는 정말이지 놀라웠다. 요양원에 있는 동안 나는 암스트롱 박사 사건을 알게 되었다. 나를 돌봐주던 간호사는 열렬한 금주론자였다. 그녀는 술의 해악을 증명하기 위해 오래전 병원에서 일어난 사건을 내게 말해 주었다. 어떤 의사가 술에 취해 수술을 하다가 환자를 죽게 했다는 것이다. 그 간호사에게 어디서 견습 기간을 보냈는지 무심한 척 질문함으로써 나는 이내 필요한 정보를 얻었다. 나는 어렵지 않게 그 의사와 환자를 알아낼 수 있었다.

맥아더 장군의 행적은 클럽에서 옛날 군대 시절 이야기를 하던 중 알게 되었다. 필립 롬바드의 어이없는 무용담은 최근 아마존 강에서 돌아온 어떤 사내가 들려준 것이었다. 마조르카 섬에서는 어떤 멤사브*가 분개한 어조로 독선적 청교도인 에밀리 브렌트와 그녀의 가여운 가정부에 대한 이야기를 들려주었다. 앤터니 매스턴은 그와 비슷한 범죄를 저지르는 많은 사람들 중에서 내가 뽑아낸 것이다. 자신이 죽게 한 생명에 대해 아무런 책임도 느끼지 않는, 냉담하고 무감각한 그를 보고 나는 그가 살아 있을 가치가 없는, 사회에 해독을 끼치는 인간이라고 결론지었다. 전직 경감 블로어에 대한 이야기는 아주 자연스럽게 알게 되었다. 동료 몇 명이 열띤 어조로

---

* 인도에서 신분 높은 기혼 여성. 흔히 유럽 여성을 칭할 때 쓰던 말.

자유롭게 란더 사건을 토론하는 것을 들었던 것이다. 그의 범죄 행위는 심각한 것이었다. 경찰은 법의 심부름꾼으로서 어디까지나 성실해야 하는 법. 왜냐하면 직업상 그들의 말은 거의 언제나 사실로 인정되니까.

마지막으로 베라 클레이슨에 대한 이야기를 듣게 된 것은 대서양을 횡단하는 배 안에서였다. 어느 날 밤 늦은 시각에 나는 끽연실에서 휴고 해밀턴이라는 잘생긴 남자와 단둘이 앉아 있었다.

휴고 해밀턴은 괴로워하고 있었다. 고통을 덜기 위해서 잔뜩 취한 상태였다. 눈물을 흘리며 자기 얘기를 털어놓을 정도로. 별다른 성과를 기대하지 않은 채 나는 습관적으로 말을 시키기 시작했다. 그의 대답은 나를 소스라치게 했다. 아직도 그가 했던 말이 기억난다. 그의 말은 이러했다.

"선생님 말씀이 맞습니다. 살인이란 대부분의 사람들이 생각하는 그런 식으로 이루어지는 게 아닙니다. 비소를 먹이고 절벽에서 밀어 버리는, 그런 종류의 것이 아니란 말입니다."

그는 몸을 앞으로 기울여 자기 얼굴을 바싹 들이댔다.

"전 살인을 저지른 여자를 알고 있습니다. 알다뿐입니까. 그 여자를 미치도록 사랑했습니다……. 맙소사, 때로는 아직도 그녀를 사랑하고 있는 것 같습니다……. 이건 지옥입니다, 정말이지, 지옥이에요. 저기, 그 여자가 그런 짓을 저지른 것은 어느 정도 저 때문이었는데……. 저로서는 꿈에도 생각 못했던 일입니다, 여자가 그렇게 잔인한 존재인지. 잔인하기 짝이 없지요. 그런 아가씨, 그렇게 반듯하고 예쁜 아가씨가 그런 짓을 저지르리라고는 선생님도 생각도 하실 수 없을 겁니다, 그녀가 그럴 수 있을 거라고 생각도 하실 수 없을 거예요. 어린아이를 바다로 데려가 물에 빠져 죽게 하다니, 여자가 그런 일을 저지를 수 있다고 생각이나 하실 수 있으세요?"

내가 그에게 물었다.

"그녀가 그랬다는 게 분명하오?"

그는 갑자기 술이 깬 듯한 목소리로 대답했다.

"분명하고말고요. 물론 아무도 그녀를 의심하지 않았습니다. 하지만 저는 출장에서 돌아와, 그녀와 눈이 마주치는 순간, 알 수 있었습니다……. 그리고 그녀도 제가 알고 있다는 것을 깨달았을 거예요……. 그녀가 깨닫지 못했던 것은 제가 그 아이를 정말 사랑했다는 겁니다……."

그는 더 이상 털어놓지 않았지만, 내가 자세한 내용을 알아내는 데 필요한 실마리는 충분했다.

내게는 열 번째 희생자가 필요했다. 나는 모리스라는 사내를 열 번째 희생자로 만들기로 했다. 그는 수상쩍은 일을 하는 작달막한 사내였다. 그가 한 여러 가지 일 중에는 마약 밀매도 있었다. 그자는 내 친구의 딸을 마약 중독자로 만들어 스물한 살에 자살하게 만든 장본인이었다.

이렇게 정보를 수집하는 동안 이 계획은 내 머릿속에서 서서히 무르익어 갔다. 그 마지막 작업으로 나는 할리 가의 진료실로 의사를 만나러 갔다. 앞서 말했듯이 나는 한 차례 수술을 받은 적이 있

다. 할리 가의 그 의사와 면담을 통해 나는 또다시 수술을 한다 해
도 가망이 없다는 것을 알았다. 의사는 아주 그럴듯한 말로 돌려 말
했지만, 나는 상대의 말에서 진실을 끄집어내는 일에 익숙했다.

나는 그 의사에게 내 결정을 밝히지 않았다. 내 죽음을, 자연의 순
리에 따르는 더디고 지루한 것으로 만들 수는 없었다. 그렇다, 내 죽
음은 흥분의 광채 한가운데서 다가올 터였다. 죽는 순간까지 나는
삶을 누리리라.

이제 병정 섬의 살인 사건에 대한 구체적인 이야기로 들어가자.
내 정체를 드러내지 않기 위해 모리스라는 사내를 이용해 그 섬을
사들이는 일은 그다지 어렵지 않았다. 그 사내는 그런 종류의 일에
능숙했다. 미래의 희생자들에 대해 알아낸 정보를 도표화함으로써
나는 각 사람에게 어울리는 적절한 미끼를 만들 수 있었다. 내 계획
은 모두 들어맞았다. 8월 8일 내 초대객들은 모두 병정 섬에 도착했
다. 그중에는 나도 포함되어 있었다.

모리스는 이미 처리하고 난 후였다. 그는 소화 불량으로 고생하
고 있었다. 런던을 떠나기 전 나는 그에게 약을 한 알 주면서 밤에
자기 전에 먹으라고 했다. 내 위장병에 놀라운 효과를 본 약이라는
말과 함께. 그는 추호도 의심하지 않고 내 말을 믿었다. 그에게는 가
벼운 침울증 증세가 있었다. 문제가 생길 만한 서류나 기록을 남겨
놓지 않을까 하는 우려는 전혀 할 필요가 없었다. 그는 그런 종류의
인간이 아니었으니까.

섬에서의 살인 순서는 특별히 생각과 배려를 요했다. 내가 보기

에 내 손님들의 범죄는 각각 그 정도가 달랐다. 죄가 가장 가벼운 사람부터 처치되어야 한다고 나는 생각했다. 보다 냉혹한 범인에게 는 오랜 정신적 고통과 두려움을 안겨 주는 게 마땅했다.

앤터니 매스턴과 로저스 부인이 먼저 살해되었다. 매스턴은 즉사 했고, 로저스 부인은 평화롭게 자다가 숨을 거두었다. 내가 확인한 바 매스턴은 대부분의 사람들이 지닌 도덕적인 책임감이 선천적으 로 결여된 인간이었다. 그는 도덕 관념이 없는 무신론자였다. 그리 고 로저스 부인은 십중팔구 남편의 꾐에 넘어가 그런 짓을 저질렀 을 터였다.

이 두 사람이 어떻게 죽음에 이르렀는지 자세히 설명할 필요는 없을 것 같다. 경찰이 쉽사리 밝혀낼 수 있을 테니까. 정원이 딸린 주택을 갖고 있는 사람은 말벌 처치용으로 청산가리를 쉽사리 손에 넣을 수 있다. 나는 상당량의 청산가리를 구해 놓았다. 축음기에서 그 목소리가 흘러나오고 난 뒤 긴박하게 상황이 돌아가는 동안 매 스턴의 비어 가는 잔에 그것을 넣는 것은 어려운 일이 아니었다.

고발장이 낭독되고 있는 동안 나는 내 손님들의 얼굴을 유심히 살펴보았다. 오랜 법정 경험으로 미루어 나는 그들의 죄가 모두 사 실임을 확신할 수 있었다.

최근 통증이 심해질 때면 나는 강력한 수면제인 수화 클로랄을 복용해 왔다. 그 치사량을 모으는 것은 내게는 어려운 일이 아니었 다. 로저스가 자기 부인을 주려고 가져온 브랜디를 탁자에 내려놓 기에, 나는 지나가면서 그 약을 잔 속에 넣었다. 당시는 아직 서로를 의심하지 않고 있었으므로 쉬운 일이었다.

맥아더 장군은 고통없이 죽었다. 그는 자기 뒤로 내가 다가오는 소리를 듣지 못했다. 물론 나는 아주 신중하게 틈을 봐서 테라스를 떠나야 했지만, 모든 것이 순조롭게 진행되었다.

내가 예상했던 대로 섬 수색이 이루어졌고, 그 결과 섬에는 우리 일곱 사람을 제외하고는 아무도 없다는 사실이 밝혀졌다. 그러자 즉각 사람들은 서로를 의심하기 시작했다. 계획을 실행에 옮기기 위해서는 내 편이 꼭 필요했다. 나는 그 역할을 할 인물로 암스트롱 박사를 선택했다. 그는 속아 넘어가기 쉬운 사내로 나를 통찰력과 명성을 지닌 인물로 여기고 있었다. 나 같은 지위의 사람이 살인범이 된다는 것은 그로서는 꿈도 못 꿀 일이었다! 그의 의혹은 온통 롬바드에게 쏠려 있었으므로 나도 그의 생각에 동의하는 척했다. 나는 그에게 살인범을 덫에 걸리게 할 수 있는 계략이 있음을 넌지시 비추었다.

각자의 방이 이미 수색되었지만 몸수색은 아직 행해지지 않고 있었다. 하지만 조만간 몸수색도 행해질 터였다.

8월 10일 아침 나는 로저스를 죽였다. 그는 화덕에 불을 피우기 위해 장작을 패고 있었으므로 내가 다가오는 소리를 듣지 못했다. 나는 그의 주머니에서 식당 열쇠를 꺼냈다. 전날 밤 그가 식당 문을 잠가 두었던 것이다.

로저스의 시체가 발견되자 소동이 일어났고 그 와중에서 나는 살그머니 롬바드의 방으로 들어가 그의 권총을 훔쳤다. 그가 권총을 갖고 있다는 걸 나는 알고 있었다. 사실은 그를 면접할 때 권총을 가져오라고 말하라고 모리스에게 지시해 두었던 것이다.

아침 식사 시간에 나는 브렌트 양의 잔에 새로 커피를 따르면서 남아 있던 클로랄을 모두 넣었다. 우리는 그녀를 남겨 두고 응접실로 갔다. 나는 잠시 후 자리를 떴다. 그녀가 의식이 거의 없는 상태였으므로 고농도의 청산가리 용액을 쉽사리 주사할 수 있었다. 붕붕거리는 벌을 풀어 놓은 것은 정말이지 유치했다. 하지만 왠지 그러고 싶었다. 가능한 한 동요의 가사에 맞추고 싶었던 것이다.

다음 순간 이미 예상했던 일이 일어났다. 물론 그것을 제안한 사람은 나 자신이었다. 우리는 모두 철저한 몸수색을 받았다. 나는 권총을 안전하게 숨겨 놓았고, 청산가리나 클로랄도 갖고 있지 않았다.

그 무렵 나는 암스트롱에게 우리의 계획을 실행에 옮길 때가 되었다고 신호를 보냈다. 계획이란 단순했다. 내가 다음번 희생자인 것처럼 보이게 한다는 것이었다. 그렇게 되면 살인범은 당황할 것이고, 그렇지 않더라도 일단 죽은 것으로 되면 나는 자유롭게 집 안을 돌아다니며 미지의 살인범이 무슨 짓을 하는지 살펴볼 수 있을 터였다.

암스트롱은 그 계획에 열렬히 찬성했다. 우리는 그날 저녁 그 계획을 실행에 옮겼다. 붉은 진흙을 이마에 조금 바르고, 붉은 커튼과 털실을 동원하자 무대가 완성되었다. 줄곧 깜박거리며 희미하게 방 안을 비추는 촛불 빛 아래서 나를 가까이 살펴볼 사람은 암스트롱뿐이었다.

계획은 완벽하게 성공했다. 내가 교묘하게 걸어 둔 해초를 발견하자, 클레이슨 양은 온 집 안이 울릴 정도로 비명을 질러 댔다. 사람들이 모두 2층으로 올라가고 난 후 나는 죽은 사람처럼 변장을 하고 자세를 취했다.

나를 발견한 다음 사람들이 보인 반응은 내가 바란 그대로였다. 암스트롱은 자신의 역할을 나무랄 데 없이 멋지게 연기해 냈다. 사람들은 나를 2층으로 데려가 내 침대에 눕혔다. 내 죽음을 의심하는 사람은 아무도 없었다. 모두 겁에 질리고 두려움에 떨고 있었다.

나는 암스트롱과 1시 45분에 집 밖에서 만나기로 약속해 두었다. 나는 그를 데리고 저택 뒤의 벼랑 끝으로 갔다. 그곳에서라면 다가오는 사람을 볼 수 있고, 침실과는 반대편이므로 집 안에서는 보이지 않으리라고 그를 안심시켰다. 그는 전혀 나를 의심하지 않았다.

'훈제 청어가 잡아먹었네…….'라는 동요 구절이 떠오르기만 했더라도 그는 의혹을 품었으리라. 하지만 그는 훈제 청어, 곧 거짓 정보를 곧이곧대로 받아들였다.

그 일은 너무나도 쉬웠다. 나는 외마디 소리를 지른 다음 벼랑 아래로 몸을 굽히며 외쳤다. "저게 동굴 입구가 아닌가? 좀 살펴보게." 그가 적당히 몸을 기울였다. 재빨리 세게 떠밀자 그는 몸의 균형을 잃고 첨벙 하는 물소리를 내며 거친 바다 속으로 떨어졌다. 나는 저택으로 돌아왔다. 블로어가 들은 것은 내 발소리였을 것이다. 나는 암스트롱의 방으로 돌아왔다가 잠시 후 이번에는 누군가 들을 수 있도록 소리를 내면서 그의 방을 떠났다. 층계를 다 내려왔을 때

나는 누군가의 방문이 열리는 소리를 들었다. 내가 현관문을 통해 나가는 모습을 누군가 보았으리라.

잠시 후 그 발소리는 나를 따라왔다. 나는 곧장 저택을 에둘러 열어 두었던 식당 창문을 통해 안으로 들어갔다. 이어 창문을 닫고, 일부러 유리창을 깨뜨렸다. 그런 다음 2층으로 올라가 다시 내 침대에 누웠다.

나는 사람들이 집 안을 다시 수색하기는 하겠지만, 그들이 시체 하나하나를 자세히 살펴보지는 않을 것이라고 계산했다. 암스트롱이 시체인 척 누워 있는 건 아닌지 그들이 확인해 보려 한다 해도 시트를 슬쩍 들춰보는 것만으로도 충분할 테니 말이다. 내 예상은 정확히 들어맞았다.

깜빡 잊고 말을 안 했는데, 그 사이에 나는 롬바드의 방에 권총을 도로 갖다 두었다. 수색이 벌어진 동안 그것이 어디에 숨겨져 있었는지 궁금한 사람이 있을지도 모르겠다. 식료품 저장실에는 통조림들이 잔뜩 쌓여 있었다. 나는 제일 아래에 있는 통조림을 땄다. 그 안에는 비스킷이 들어 있었던 것 같다. 그 안에 권총을 넣고 테이프로 붙여 놓았다.

겉으로 보기에 손도 안 댄 음식 더미, 특히 납땜이 되어 있는 통조림 통을 샅샅이 조사하는 사람은 없으리라는 내 계산은 적중했다.

붉은 커튼은 착착 개어 응접실 의자 위에 놓고 그 위에 사라사 무명 커버를 도로 씌워 놓았고, 털실은 의자 쿠션에 작은 구멍을 내어 그 안으로 밀어넣어 두었다가 꺼내 썼다.

이윽고 내가 예상했던 순간이 왔다. 세 사람은 서로에 대한 지독한 공포 때문에 무슨 짓이든 저지를 수 있었다. 세나가 그중의 한 사람은 권총을 갖고 있었다. 나는 집 안에서 창문을 통해 그들을 지켜보고 있었다. 블로어 혼자 저택으로 오는 것을 보고 나는 준비해 둔 대형 대리석 시계를 떨어뜨렸다. 블로어가 처치되었다……

내 침실의 창문에서 나는 베라 클레이슨이 롬바드를 쏘는 것을 보았다. 대담하고 영리한 아가씨였다. 그녀가 롬바드에게 좋은 상대가 될 것이라고 나는 생각해 왔다. 나는 서둘러 그녀의 방에 무대를 만들었다.

그것은 흥미진진한 심리학적 실험이었다. 스스로의 죄책감과 한 사람을 쏘아죽인 데서 오는 팽팽한 긴장 상태와 주변 상황이 주는 최면적인 암시가 결합되어 그녀를 자살로 몰고갈 수 있을 것인가? 나는 가능하리라고 생각했고, 내 생각은 맞아떨어졌다. 나는 베라 클레이슨이 스스로 목을 매는 것을 옷장 옆에 숨어 지켜보았다.

이제 마지막 단계에 이르렀다. 나는 앞으로 걸어나와 나동그라진 의자를 벽에 붙여세웠다. 권총은 층계 꼭대기에 있었다. 베라가 그곳에 떨어뜨린 모양이었다. 나는 그녀의 지문을 뭉개 버리지 않도록 조심했다.

이제 남은 일은?

이 글을 마저 써서 봉투에 넣고 그 봉투를 병 속에 넣고 봉인한 다음 그 병을 바다에 던지리라.

왜?

도대체, 왜?

아무도 풀 수 없는 미궁의 살인 사건을 창조해 내는 것이야말로 내가 꿈꾸던 일이 아니었던가.

하지만 이제 나는 예술가란 작품만으로 만족할 수 없음을 깨달았다. 다른 사람들이 인정해 주기를 바라는 것은 부정할 수 없는 자연스러운 욕구가 아니겠는가.

수치를 무릅쓰고 고백하지 않을 수 없다. 내가 얼마나 탁월했던가 하는 것만큼은 누군가 알아주었으면 하는 내 가여운 인간적인 바람을…….

나는 병정 섬의 수수께끼가 영원히 풀리지 않으리라고 생각한다. 물론 내가 생각한 것 이상으로 경찰의 수사 능력이 뛰어날 수도 있다. 어쨌든 이 사건에는 세 가지 열쇠가 있다. 첫째, 경찰은 에드워드 시튼이 유죄라는 것을 분명히 알고 있다. 따라서 그 섬에 간 열 사람 중의 하나는 명백히 살인을 저지르지 않은 셈이고, 따라서 역설적이게도 논리적으로 보면 바로 그 사람이 살인범이 되는 것이다. 두번째 열쇠는 동요의 일곱번째 구절에 있다. 암스트롱의 죽음은 그가 덥석 문 '훈제 청어', 곧 거짓 정보와 관계가 있다. 결과적으로 보면 그가 먹힌 셈이다. 다시 말해서 그 단계에서 모종의 속임수가 있었다는 것, 암스트롱이 그 속임수에 넘어가 살해당했다는 것을 분명히 가리키고 있다. 그 구절이야말로 수사의 열쇠가 될 수 있다. 왜냐하면 당시 살아남은 사람은 넷뿐이었고, 그 넷 중에서 그에게 신뢰감을 줄 수 있는 사람은 나뿐이었으니까.

세번째 단서는 상징적인 것이다. 내 시신에는 이마에 자국이 나 있다. 카인의 표지인 것이다.

이제 한두 가지만 더 이야기하면 끝난다.

이 글이 담긴 병을 바다에 던진 다음 나는 내 방으로 돌아와 침대에 몸을 눕힐 것이다. 내 안경에는 가느다란 검은 고무줄이 달려 있다. 몸으로 안경을 누르고 있는 상태에서 그 고무줄을 문 손잡이에 느슨하게 감은 다음 권총에 느슨하게 묶을 것이다. 그 결과 다음과 같은 일이 일어나리라.

나는 한쪽 손으로 손수건에 싸인 권총을 쥐고 방아쇠를 당길 것이다. 내 손은 옆구리로 털썩 떨어지겠지만 권총은 고무줄 때문에 문 쪽으로 당겨지면서 손잡이에 부딪쳐 저절로 고무줄이 풀리면서 바닥에 나동그라지리라. 그리고 매듭이 풀린 고무줄은 내 몸 아래 놓인 안경에 아무 일도 없었던 것처럼 달려 있게 될 것이다. 바닥에 떨어진 손수건은 아무 문제도 되지 않으리라.

나는 내 손님이자 희생자들의 기록대로 이마에 총을 맞은 채 내 침대에 반듯하게 누워 있는 상태로 발견되리라. 우리의 시신이 검시될 무렵에는 사망 시간을 정확하게 추정하기가 어려울 것이다.

파도가 가라앉으면 육지에서 배와 사람들이 도착할 것이다.

그들은 열 구의 시체와 병정 섬에서 일어난 풀리지 않는 수수께끼를 발견하리라.

로렌스 워그레이브

작품 해설

1939년에 쓰인 『그리고 아무도 없었다』는 애거서 크리스티가 전성기에 집필한 또 하나의 걸작으로, 그녀의 유명한 구성 능력이 가장 탁월하게 발휘된 한 예가 될 것이다. 이 작품은 사우스 데번 해안의 한 섬에서 오도 가도 못하게 된 열 사람을 중심으로 전개된다. 오늘날 버그 섬으로 불리는 이 섬은, 이 이야기에 나오는 것처럼 해안에서 멀리 떨어져 있지는 않지만 실제로 존재한다. 할머니가 태어난 토키가 이곳 해안에서 멀지 않기 때문에 이 섬은 크리스티의 팬들이 즐겨 찾는 명소가 되었다. 말년에 그녀가 구입한 그린웨이라는 사유지도 토키에서 그리 멀지 않는데, 토기와 버그 섬 사이 다트 강변에 있는 이곳은 『죽은 자의 어리석음』의 무대가 되기도 했다. 이처럼 할머니는 언제나 자신에게 친숙한 곳을 배경으로 이야기를 전개하는 쪽을 더 편하게 여겼다.

나중에 밝혀지는 『그리고 아무도 없었다』의 구성은 절묘하다. 열 사람이 데번 주의 한 외딴 섬에서 주말을 보내기 위해 갖가지 가짜 구실로 불려온다. 첫날 밤, 녹음기에서는 그 섬에 있는 사람 모두가 삶의 어느 시점에서 살인죄를 범했다는 내용이 흘러나온다. 이른바 희생자들의 이름이 나오는데, 모든 경우 범죄가 명백하지 않다. 외딴 곳에서 자행되어 목격자가 없거나, 실제로 죽이려고 한 것은 아니지만 불가피하게 죽음을 야기할 부주의를 저질렀거나, 엄격한 도덕적 태도로 사람을 비참하게 만들어 자살로 몰아갔다거나 하는 식이다. 다시 말해서 영영 드러나지 않고, 사실상 살인이라고 하기 어려운 종류의 살인들이다. 하지만 정의라는 순수한 관점에서 보자면 그것들은 대낮에 토기에 대로에서 사람을 총으로 쏜 것만큼이나 확실하게 희생자의 목숨을 앗아 갔다. 말하자면 이것이 이 이야기의 도덕적 동기다. 어느 광신적인 도덕주의자가 과거에 저질러진 여러 불의들을 한꺼번에 바로잡기로 마음먹은 것이다.

이 작품의 탁월한 점은 사건의 진상이 그 섬에 있는 사람들에게, 그리고 독자들에게 점차적으로 드러난다는 데 있다. 벽난로 선반에 놓인 열 개의 도기 인형과 액자 속의 옛 동시로 인해 긴장은 한층 고조된다. 살인이 벌어질 때마다 도기 인형이 하나씩 수수께끼처럼 사라지고, 동시는 모여 있던 꼬마들이 하나 둘 떠난 다음 불길하게도 "그리고 아무도 없었네."라는 구절로 끝나는 것이다. 이 흥미진진한 드라마는 오늘날 연극과 영화로 제작되어 커다란 성공을 거두었다.

하지만 내 경우 이 작품을 책으로 읽으면서 서서히 긴장감이 고조되어 나중에는 참을 수 없을 정도가 되었는데, 다른 매체로는 이런 장점을 충분히 느낄 수 없었다고 고백하지 않을 수 없다.

애거서 크리스티는 오랜 세월에 걸쳐 작품들을 썼는데, 그중 오늘날과 같은 기술이 발명되지 않았던 시절에 쓰인 많은 것들은 때로 비판을 받기도 하고, 심지어는 도저히 있을 법하지 않다는 이유로 조롱을 당하기도 한다. 『그리고 아무도 없었다』도 그런 작품 가운데 하나일 것이다.

어째서 그들은 좀 더 일찍 섬을 떠나지 않았을까? 어째서 그들은 작은 배로 탈출하지 않고 섬 안에서 안전을 도모했을까? 그리고 그들이 애초에 그런 초대에 응할 만큼 어수룩한 이들이었을까?

애거서 크리스티가 이 자리에 있다면 두 가지를 이야기했을 것 같다. 우선 상황의 비현실성에 대해서는 어느 정도 인정하지만, 있을 법하지 않은 일이라고 해서 긴장감이 떨어지지는 않는다. 대부분의 독자들은 분명 처음부터 작품에 빠져, 적어도 책을 다 읽고 난 다음 날까지는 그 비현실성에 대해 아무런 의구심도 갖지 않을 것이라고 주장할 것이다. 나 역시 그녀의 의견에 공감한다.

둘째로, 작품의 말미에 이르게 되면 독자들은 애거서 크리스티가, 그리고 범인이 아주 세심하게 일을 계획했다는 것, 또한 언뜻 보기에 있을 법하지 않은 몇몇 상황들도 미리 예견되고 고려된 것임을 깨닫게 되리라는 것이다. 어쨌든 1939년에 전자 우편이라든가 구조 헬기 같은 것이 있었다면 이런 이야기는 착상되기 어려웠으리라는 점만은 인정한다. 하지만 이 작품의 매력은 기술의 발달에 아무런 영향을 받지 않는 것 같다. 오늘날 현대 기술에 무지하거나 낙후된 나라가 아닌 미국에서 이 작품이 가장 많이 팔리고 있으니 말이다. 어쩌면 기술이 위세를 떨치지 않는 세계로 돌아가는 것도 매력적이지 않겠는가!

사족 하나! 『그리고 아무도 없었다』는 내가 열 살 무렵인 1953년인가 1954년에 처음 읽은 할머니의 작품이었는데, 그때 나는 이 책을 읽고 나서 완전히 겁에 질렸더랬다!

매튜 프리처드

옮긴이 | 김남주

김남주는 서울에서 태어나 이대 불문과를 졸업하고 주로 프랑스 문학과 인문학 책들을 우리말로 옮겨왔다. 옮긴 책으로 프랑수아즈 사강의 『브람스를 좋아하세요』, 로맹 기리의 『새들은 페루에 가서 죽다』와 『가면의 생』, 엑토르 비앙시오티의 『밤이 낮에게 하는 이야기』와 『아주 느린 사랑의 발걸음』, 아멜르 노통브의 『사랑의 파괴』와 『오후 네 시』와 『로베르』, 필립 솔레르스의 『모차르트 평전』, 레몽 장의 『세잔 졸라를 만나다』, 로버트 래드포드의 『달리』, 도미니크 보나의 『세 예술가의 연인』, 그리고 황금가지판 크리스티 전집 1, 2, 5, 12, 13, 15, 20, 44권 등이 있다.

애거서 크리스티 에디터스 초이스

그리고 아무도 없었다

1판 1쇄 펴냄 2013년 12월 31일
1판 30쇄 펴냄 2024년 1월 24일

지은이 | 애거서 크리스티
옮긴이 | 김남주
발행인 | 박근섭
편집인 | 김준혁
펴낸곳 | 황금가지

출판등록 | 2009. 10. 8 (제2009-000273호)
주소 | 06027 서울 강남구 도산대로 1길 62 강남출판문화센터 5층
전화 | 영업부 515-2000 편집부 3446-8774 팩시밀리 515-2007
홈페이지 | www.goldenbough.co.kr

도서 파본 등의 이유로 반송이 필요할 경우에는 구매처에서 교환하시고
출판사 교환이 필요할 경우에는 아래 주소로 반송 사유를 적어 도서와 함께 보내주세요.
06027 서울 강남구 도산대로 1길 62 강남출판문화센터 6층 민음인 마케팅부

© ㈜민음인, 2013. Printed in Seoul, Korea

ISBN 978-89-6017-775-8 04840
ISBN 978-89-8273-108-2 04840 (set)

㈜민음인은 민음사 출판 그룹의 자회사입니다.
황금가지는 ㈜민음인의 픽션 전문 출간 브랜드입니다.